Les Mystères de Noah

Tome II

L'auteur peut être joint sur Facebook et Instagram :
Page : Nettle Peregrine – Auteur
Instagram : nettleperegrine
Mail : nettleperegrine@gmail.com

Auteur : Nettle Peregrine
2019 - Les Mystères de Noah

ISBN : 978-2-9565508-1-5

Nettle Peregrine

Les Mystères de Noah

La lune bleue

1

La lune bleue

« Imaginez une lune teintée de bleue, si belle, si envoûtante, que vous ne pourriez plus la quitter des yeux.

Et si, derrière ses magnifiques reflets, se cachait un immense pouvoir ? »

*

Une belle matinée de printemps s'annonçait.

Dorphin s'était levé à l'aube, comme d'habitude. Il aimait être seul, entendre le chant du coq et voir apparaître à l'horizon les premières lueurs du jour. Il n'était plus tout jeune, il avait, ainsi, l'impression de voler du temps au temps. D'ailleurs, traînasser au lit, ce n'était pas dans ses habitudes. Non, dès le matin, il avait le vent en poupe.

Il se servit une grande tasse de café qu'il remplit à ras bord, puis il sortit sur sa terrasse et s'assit un bon moment dans son fauteuil préféré, un vieux siège recouvert de lin. Plongé dans ses pensées, il observa le soleil s'élever lentement au-dessus des arbres et illuminer peu à peu les montagnes et les forêts de la vallée.

Plusieurs mois s'étaient écoulés depuis la bataille, un terrible événement qui avait à jamais marqué les habitants de Chaumie. Un jour, pensa-t-il, on raconterait aux enfants, le soir, au coin du feu, comment le village avait résisté aux attaques de la sorcière noire. On leur parlerait des nains jaunes, de Filondor, et de Noah, évidemment, de son immense courage.

Mais alors qu'une page de son existence se tournait lentement, il sentait qu'il était temps pour lui de profiter de ce renouveau, de cette paix bien méritée. En effet, s'il avait, jusqu'alors, consacré tout son temps au village qui l'avait vu naître, il n'avait plus qu'une seule envie en tête maintenant : croquer la vie à pleines dents.

Ce jour-là, en regardant l'horizon, il sut qu'il ne ferait pas toutes les choses qu'on attendait de lui et qu'il n'irait pas à la réunion du conseil qui se tenait au village. Pas cette fois. Ce matin-là, son visage, marqué d'une expression curieuse et inhabituelle, semblait avoir changé, mieux encore : il semblait avoir rajeuni.

De nature, Dorphin n'était pas un aventurier et ses plaisirs étaient simples. En dehors de son travail à la ferme et de son rôle de chef du village, il aimait chasser et cueillir des champignons, c'était une véritable passion. Très rares étaient ceux qu'il ne connaissait pas. Il avait cette façon de renifler leur parfum, rien ne lui échappait. Mais aujourd'hui, tout cela ne lui suffisait plus. Il avait envie de se montrer audacieux, il avait besoin de se prouver à lui-même qu'il valait encore quelque chose.

Il se leva brusquement de son fauteuil, posa sa tasse de café sur le rebord de la fenêtre et se débarrassa de la couverture qui lui recouvrait les épaules.

« Je suis prêt, il est temps… Je dois partir avant qu'il ne soit trop tard, avant que quelque chose me pousse à renoncer à mon voyage », marmonna-t-il, les yeux pétillants d'excitation.

Il avait fait son choix, il voulait réaliser son rêve, et rien ni personne ne l'en empêcherait, il y mettait un point d'honneur.

Une fois rentré à l'intérieur, il attendit que sa fille se réveille afin de lui expliquer les raisons de son départ. Comment Lucie allait-elle réagir ? Allait-elle tenter de l'en empêcher ?

Quand elle émergea de sa chambre, les yeux encore ensommeillés, il sut qu'il valait mieux attendre un peu pour ne pas la braquer. Lucie était une gentille fille, mais elle avat la tête sur les épaules et ce qu'il s'apprêtait à lui annoncer risquait de ne pas lui plaire. Alors il lui laissa quelques minutes, le temps qu'elle sirote une gorgée d'eau et qu'elle se réveille un peu.

Plongée dans ses pensées, elle avait pour habitude de s'asseoir un moment près de la fenêtre pour regarder le soleil se lever. À la suite de cela, elle se préparait une boisson chaude, tout en rangeant la vaisselle de la veille. C'est exactement ce qu'elle fit ce jour-là et il eut l'impression que ça durait une éternité. Puis, ne pouvant plus contenir son envie de lui annoncer la nouvelle, il s'approcha d'elle à pas de velours.

— Tu as très bonne mine, ce matin, dit-il en prenant le temps de la flatter.

Puis il s'efforça de prendre une voix assurée.

— Je dois m'absenter quelques jours. Tu n'as pas à t'inquiéter, j'ai tout prévu.

— Quelques jours ? Où ça ? demanda la jeune fille, étonnée.

— Eh bien, euh... je pars à la chasse, prétendit-il en toussotant bêtement.

Surprise, elle lui lança un regard rempli d'interrogations.

— À la chasse ? Mais... Nous sommes au printemps. Sans être une experte, je sais bien que ce n'est pas la meilleure période, non ?

Embarrassé, il se tut un instant. Non seulement il ne savait pas lui mentir, mais elle avait, en plus de cela, un esprit bien aiguisé.

— Bon, écoute... reprit-il. À dire vrai, j'ai besoin de prendre du temps pour moi-même. Il y a tant d'endroits que j'ai encore à découvrir... J'en profiterai pour observer les animaux, ça me fera le plus grand bien.

— Observer les animaux... dit-elle d'un ton perplexe. Et avec qui pars-tu ?

— Seul.

Elle écarquilla les yeux.

— Seul ? Depuis ton accident, tu m'as toujours dit qu'il ne fallait pas...

— Je sais... je sais... Mais c'est de l'histoire ancienne, il faut aller de l'avant.

(Quelques années auparavant, Dorphin avait eu un accident qui avait failli lui coûter la vie. Lors d'une balade en forêt, il s'était pris le pied dans un piège à lapins et il aurait pu mourir si un bûcheron qui passait par là ne l'avait pas aidé à se dégager.)

Au bout d'un long silence, Lucie se leva de sa chaise et la rangea sous la table. Elle avait l'air estomaquée.

— Je ne sais pas quoi dire… C'est que… ça ne te ressemble pas.

— Tu me caches quelque chose ?

— Non.

— Tu as des problèmes ?

— Non !

Face à tant d'insistance, il sortit de ses gonds :

— Je… eh bien… oh, et puis mince ! Je pars seul quelques jours à l'aventure, tu ne vas pas en faire toute une histoire quand même ! lança-t-il en fronçant ses gros sourcils.

— Parce qu'il s'agit maintenant d'une aventure ? fit-elle en écarquillant ses grands yeux noisette.

Il éluda sa question.

— J'ai juste besoin d'être seul. De me ressourcer. Est-ce si mal ? Je t'en prie, laisse-moi un peu de répit, gémit-il en laissant échapper un profond soupir.

Elle balaya la pièce d'un regard dubitatif et aperçut un sac, près de la porte, qui ressemblait fortement à un sac de voyage.

— C'est une décision bien rapide. Tu n'avais pas l'intention de partir sans me le dire au moins ?

— Non ! Non ! Jamais je n'aurais fait ça ! s'exclama-t-il en prenant l'air d'un petit garçon sur le point de se faire gronder.

Elle soupira d'exaspération.

— Quand partiras-tu ?

— Je ne sais pas… Demain peut-être… dit-il en restant vague.

Sidérée, elle laissa tomber ses bras le long de son corps.

— Demain ? Mais…

— Lucie, je ne voulais pas t'inquiéter, coupa-t-il. Mais la vérité, c'est que ça fait un moment que je pense à ce voyage, et de très belles journées s'annoncent, je le sais. S'il te plaît, ne sois pas fâchée.

— Je ne suis pas fâchée. Mais je suis très inquiète.

— Il ne faut pas. Tu sais, quand on vieillit on ressent parfois le besoin de faire des choses étranges.

Il y eut un silence pendant lequel elle parut songeuse.

— Et la ferme ? dit-elle soudainement.

— Je me suis organisé, quelqu'un va venir te donner un coup de main. En revanche, personne ne doit savoir, murmura Dorphin comme si sa vie en dépendait.

— Pourquoi chuchotes-tu ? Nous sommes seuls dans la maison !

Il se mit à ricaner bêtement.

— Oui, c'est ridicule, je sais bien, mais… tu vois… je… je ne souhaite pas qu'au village on soit au courant de mon départ. Tu n'auras qu'à dire que je suis malade. Un gros coup de froid. Quant à Noah…

— Laisse-moi deviner. Tu ne veux pas que je lui en parle ?

— Je ne préfère pas. Tu le connais… Il est… Il est bien trop curieux.

— Et où comptes-tu aller ?

— Où le vent me portera ! lança-t-il avec un regain d'énergie.

— Où dormiras-tu ?

Il haussa les épaules.

— N'importe où ! À la belle étoile !

— À la belle étoile ! Mais enfin tu es trop vieux pour errer ainsi tout seul dans les bois. C'est dangereux ! grommela-t-elle en fronçant ses sourcils.

— Tu te trompes. Je ne suis plus tout jeune, c'est vrai, mais regarde ces mains puissantes, et j'ai encore du muscle, je suis plein d'énergie, s'exclama-t-il en faisant des mouvements avec ses bras.

Il s'aperçut avec joie qu'il venait de lui arracher un sourire. Mais pas pour longtemps, car son inquiétude reprit aussitôt le dessus.

— Je connais ce regard… dit-elle en soupirant.

— Que veux-tu dire ?

Elle s'approcha de lui, tout en le fixant de ses grands yeux noisette.

Tu as le regard vif et ardent de l'homme qui part en quête. J'en suis certaine, car j'ai vu ce même regard bien des fois chez Noah.

— Ne me compare pas à…

Il s'abstint de dire quelque chose qu'il allait regretter.

— Lucie, je pars et c'est sans appel.

Elle soupira à nouveau d'un air découragé. Il était évident qu'il ne reviendrait pas sur sa décision.

— S'il te plaît, promets-moi alors d'être très prudent.

— Je te le promets. Et puisque tu parles de ça, attends une seconde, je vais te montrer quelque chose, dit-il les yeux remplis d'excitation.

Dorphin se rendit précipitamment jusqu'à un placard et en revint tout excité, tenant entre ses mains une boîte pas plus grande qu'une boîte à chaussures.

— Voilà ! dit-il en ouvrant délicatement le couvercle. C'est une arme très efficace que Mo, le chef des nains jaunes, m'a laissée après la bataille. Avec ça je ne risquerai rien, ni dans les bois ni ailleurs.

Lucie s'approcha et découvrit un bâton, muni d'une chaîne, avec, au bout, une boule en métal garnie de piquants.

Elle recula machinalement, bien consciente de ce que l'utilisation d'une telle arme pouvait représenter.

— Mais… c'est une arme effroyable !

— Oui, je te l'accorde, mais utile en cas de mauvaise rencontre.

Un silence s'immisça entre les deux. Pendant un instant, ni l'un ni l'autre ne surent quoi ajouter.

— Je ne l'utiliserai pas, jamais. Je n'en aurai pas l'occasion.

— Cette histoire ne me plaît pas. Réfléchis encore, rien ne te presse.

Dorphin posa sa main sur son épaule et lui sourit doucement.

— Allons… Je connais ces montagnes comme ma poche, il ne m'arrivera rien.

— Mais…

— Je sais ce que je fais ! dit-il d'une voix ferme.

Lucie se tint immobile, alors que Dorphin s'agitait nerveusement dans la pièce. Elle repensait à ce qu'ils venaient de se dire et elle avait de sérieux doutes concernant l'idée de ce voyage qui avait émergé d'une façon inattendue. Et Dorphin y tenait fermement, comme s'il avait un secret, comme si quelque chose l'attendait à l'autre bout.

Quand elle le vit remplir son sac en sifflotant de joie, elle s'efforça malgré tout de ne rien dire.

* *
*

L'hiver avait été long. Noah sentait encore le froid geler ses joues et paralyser le bout de ses doigts. Et il se revoyait, debout devant la fenêtre, en train de regarder la neige couvrir les terres de son épais manteau blanc. Des journées interminables pendant lesquelles il s'était senti enfermé comme un oiseau en cage. Il n'avait maintenant qu'une seule envie : s'évader et vivre d'autres aventures.

Ce matin-là, il se dirigea vers un tas de bois et se mit à couper des bûches, encore et encore, essayant de calmer le feu qui s'était à nouveau réveillé en lui. Il coupa tellement de bois qu'il ne vit pas les heures passer, ni le temps qui devenait menaçant.

Mais soudain il s'arrêta net. Un grondement venait de résonner dans toute la vallée.

— Il va bientôt pleuvoir, lança une voix.

Noah leva légèrement la tête et aperçut Lucie, belle et souriante, qui le regardait avec ses grands yeux marron, tout écarquillés.

— Lucie ? Qu'est-ce que tu fais ici ? demanda Noah en essuyant le filet de sueur qui coulait le long de son visage.

— Je voulais te parler. Je reçois des gouttes, tu ne veux pas qu'on aille à l'intérieur.

— Juste une petite averse, ça passera.

— Tu es sûr ? Les nuages sont bien noirs ! insista la jeune fille en examinant le ciel.

Noah fit mine de ne pas l'entendre.

— Je suis désolé, mais j'ai tout ce bois à couper, prétexta-t-il d'un air renfrogné.

— Eh bien… Merci pour l'accueil. Tu n'as pas l'air dans ton assiette, je reviendrai plus tard.

Elle sursauta.

Un éclair venait de déchirer le ciel, et l'instant d'après des trombes d'eau s'abattaient sur eux.

— Une petite averse ? lança Lucie en pouffant de rire.

Amusée, la jeune fille se mit à tournoyer sous la pluie en riant de plus belle, et Noah, amusé, ne put s'empêcher de sourire.

— Tu es folle, Lucie ! cria-t-il.

Amusé, il abandonna sa hache sur le tas de bois et vint la rejoindre.

Son air renfrogné avait disparu, et comme des enfants, ils riaient maintenant aux éclats.

Soudain Noah écarta les bras et leva son visage vers le ciel. Il voulait sentir la pluie fouetter son visage, sentir les gouttes couler sur ses joues. Il lui fallait bien ça… Il lui fallait bien ça pour qu'il se sente vivant.

Tout de même, ils mirent un terme à ce long moment d'égarement et se dirigèrent vers la maison. Une fois à l'intérieur, Noah lui prêta des vêtements secs et prépara du lait chaud.

— Quelle idée tu as eue ! lança le garçon en secouant sa tête d'un côté puis de l'autre.

Elle s'aida de l'échelle pour descendre du grenier.

— Tu es une drôle de fille quand même… Mais tu m'as rendu ma bonne humeur, on peut dire ça.

Elle haussa les épaules, le sourire aux lèvres.

— C'était marrant, non ? Noah… Si mon père me voyait porter tes vêtements, il me tuerait. Il me tuerait ! dit-elle en retroussant les manches de sa chemise.

Noah leva les yeux vers elle et l'observa avec insistance. Avec ses cheveux mouillés, et ainsi vêtue, il la trouva encore plus jolie que d'habitude. Ce côté garçon manqué, moins chichiteux, ne lui déplaisait pas, bien au contraire.

— Tu as vu ? Mes cheveux ont bien repoussé, fit-elle remarquer en saisissant l'une de ses mèches blondes entre ses doigts. Ils m'arrivent presque aux épaules maintenant, il était temps !

— Je suis content pour toi, dit-il en lui souriant.

Lors de leur aventure dans le terrifiant bois noir, Noah n'avait eu d'autre choix que de lui couper ses longs cheveux blonds qui s'étaient retrouvés prisonniers des branches d'un arbre. Sur le coup, il s'en était vraiment voulu.

Soudain, le regard de Noah parut lointain, comme si quelque chose le minait.

— Eh ! Tu te sens bien ? Tu es tout pâle tout à coup.

— Tu as raison, je ne suis pas dans mon assiette. Je fais de drôles de rêves en ce moment, je ne dors pas beaucoup.

Lucie écarquilla ses yeux.

— Des rêves… Comme avant ? demanda-t-elle en s'asseyant près de lui.

— Oui. Le même, presque toutes les nuits.

— De quoi s'agit-il ?

— Je suis dans un tunnel, un tunnel sombre, et au bout, je distingue une silhouette.

— C'est tout ?

— J'essaye de m'approcher, de voir qui c'est, mais à chaque fois je me réveille avant d'y parvenir ; on dirait qu'une force m'en empêche.

— C'est étrange…

— Oui, j'aimerais tellement pouvoir distinguer un visage. Ce que je sais, c'est que… J'ai l'impression que cette personne m'attend, je n'arrête pas d'y penser.

Soudain, Noah paru troublé et se tut.

— Oublie ce que je viens de dire, parfois les rêves ne sont… que des rêves, ça arrive, non ?

— Sûrement pas les tiens, Noah, répondit-elle en posant sa main sur la sienne.

Lucie resta silencieuse un moment. Elle savait que les rêves de Noah n'étaient pas toujours de bon augure. Était-ce un signe ? Le signe qu'une nouvelle fois les choses allaient lui échapper, se compliquer.

« Je ne veux pas que ça recommence… » songea-t-elle en soupirant anxieusement.

Elle profita de ce moment de silence pour changer de sujet.

— Tu sais, j'ai appris une nouvelle. Tu te souviens de Zelda ?

— Zelda ? Non… Je ne vois pas qui c'est.

— Celle que tu surnommais la grande perche, précisa-t-elle en levant les yeux au ciel.

— Ah… Oui… Elle…

(Zelda, ils la connaissaient depuis l'enfance. Elle était plus âgée qu'eux, mais elle avait de si grandes jambes qu'elle dépassait d'une tête tous les garçons de son âge.)

— Eh bien, figure-toi qu'elle va se marier l'année prochaine, lança Lucie d'un air amusé. Elle nous a montré les tissus qu'elle a choisis pour sa robe, c'était si excitant…

Noah sentit son corps se tendre comme une arbalète.

— Qu'est-ce qui ne va pas ? demanda-t-elle.

Il fit soudain un « non » de la tête.

— Tu veux savoir ce que j'en pense ? Pfff… C'est une idiote, voilà ce que j'en pense. L'autre aussi, d'ailleurs. Qui est-il ?

— Un garçon que tu ne connais pas. D'un autre village. Il est beaucoup plus petit qu'elle en taille, mais elle s'en moque. Je dois dire qu'elle est rayonnante.

— Je me demande bien… lequel est le plus à plaindre des deux…

— Noah ! C'est méchant ce que tu dis ! répliqua-t-elle en fronçant les sourcils.

— Mais enfin, pourquoi tu me parles de ça ? Je me fiche pas mal de ces histoires de filles !

Alors que ses joues rouges trahissaient son émotion, elle ne put cacher son énervement.

— Parce que la nouvelle a fait le tour du village ! Voilà ! Et pour être honnête, je ne pensais pas que tu réagirais comme ça.

Il détourna les yeux vers la fenêtre et plongea son regard dans la plaine, puis vers l'horizon.

— Lucie… Il y a tellement à faire quand on est jeune. Il faut vivre, profiter et croquer la vie à pleines dents. Bon sang, je n'aimerais pas être à leur place. Si je pouvais partir, comme Victor l'a fait…

Victor et Noah avaient été en conflit pendant une longue période, et les sentiments qu'ils éprouvaient tous les deux envers Lucie n'avaient fait qu'aggraver les choses. Son père, Nathan, l'avait incité à commettre de terribles actes qu'il avait regrettés par la suite. Puis, lors de la bataille contre la sorcière, il était revenu à de meilleurs sentiments et s'était battu courageusement auprès d'eux. Après cela, il avait décidé de quitter Chaumie et de partir à la découverte du monde.

Soudain, le regard de Noah s'illumina.

— Tu pourrais venir avec moi ? C'est vrai quoi, on irait où le vent nous porte, sans nous soucier du lendemain !

— Quoi ? Et tout abandonner derrière nous ?

— Oui !

Pendant un instant, ne sachant quoi répondre, elle se contenta de le regarder.

— Tu es sérieux, n'est-ce pas ?

— Évidemment ! Lucie, ce serait une formidable aventure. Il ne faut pas s'accrocher à des terres, à des maisons, à des gens… Il faut aller de l'avant !

— Mais… On est beaucoup trop jeunes, tu es fou !

— Victor l'a bien fait, lui. Il n'a pas eu peur de se lancer. Et pourquoi attendre, on pourrait même partir maintenant si l'envie nous prenait !

Dépourvue de mots, Lucie fit la moue. Et Noah se fit silencieux, conscient qu'il était peut-être allé trop loin.

Au bout d'un moment, elle surmonta tant bien que mal le nœud qu'elle avait en travers de la gorge et s'efforça de changer de sujet.

— Au fait, mon père est malade. Je préfère te le dire, tu finirais de toute façon par l'apprendre.

— Ah bon ? Ce n'est pas grave au moins ?

— Non. Un gros coup de froid, mais il doit rester couché et ne souhaite pas être dérangé.

— Je vais dire à Nelle de lui rendre visite, elle lui portera une potion qui pourra le soulager.

— Non ! assena Lucie.

Surpris par ce « non » clair et brutal, Noah lui jeta un drôle d'air.

— C'est que… Il a déjà tout ce qu'il faut, dit-elle en croisant les bras.

— Très bien. Alors je viendrai t'aider à la ferme si tu veux.

— C'est gentil, mais il s'est déjà organisé.

— Avant de tomber malade ? C'est plutôt curieux…

L'acuité de sa remarque la mit mal à l'aise.

— Je te taquine, dit-il avec un sourire en coin.

Lucie le fuyait du regard, il s'en était aperçu. Et elle avait cette façon de se mordiller les lèvres, de tortiller ses cheveux lorsqu'elle mentait. Visiblement mal à l'aise, elle mit un terme à la discussion.

— Il ne pleut plus, il est temps que je m'en aille.

— Quoi ? Maintenant ? Tu ne veux pas attendre que tes vêtements soient secs ?

Non, je dois absolument rentrer. Je vais me faufiler jusqu'à la maison et regagner ma chambre sans me faire voir, sinon mon père va me passer un sacré savon.

Mais alors qu'elle se dirigeait vers la porte, il la retint par la main.

— Lucie, excuse-moi pour tout à l'heure, j'étais de mauvaise humeur. Et puis tu me connais, je m'emporte facilement…

Elle scruta ses grands yeux bleus avant de détourner le regard.

— J'admets que parfois, je me sens perdue, répondit la jeune fille avec une sorte d'abandon. Puis, profitant de l'occasion pour se venger, elle lui lança :

— Au fait, tu sais la grande perche, comme tu disais. Eh bien, elle t'a toujours trouvé bizarre.

Quand la porte se referma derrière elle, Noah songea :

« Je suis un idiot, le roi des idiots. Et le pire c'est que je ne peux rien y faire. »

Puis, rapidement, il repensa à son rêve.

* *
*

Deux jours plus tard, Lucie trouva à son réveil une feuille que Dorphin avait soigneusement pliée et laissée sur la table.

Il était écrit : *Le soleil devient chaud, c'est le moment idéal, je reviens bientôt.*

Affolée, elle se précipita jusqu'à l'endroit où il avait l'habitude d'accrocher son arc, mais elle ne trouva qu'un clou accroché au mur, et quand elle trébucha par maladresse sur la boîte qu'il lui avait montrée – vide – elle comprit qu'il était vraiment parti.

Elle s'assit, un peu hébétée, et songea un instant à son père et comment il avait vécu. En effet, depuis tout jeune,

Dorphin s'était consacré entièrement aux autres et à sa famille. Puis le malheur les avait frappés. Sa femme avait été emportée par une terrible fièvre, il ne s'en était jamais remis.

Au bout d'un long moment de réflexion, elle parvint tant bien que mal à se convaincre que cette escapade lui ferait peut-être du bien.

Dorphin, lui, était déjà loin, heureux de pouvoir enfin libérer son excitation. Car Lucie ne s'était pas trompée, il avait un secret. Un secret de famille dont il n'avait jamais parlé à personne.

Ce voyage était son unique chance de pouvoir percer un incroyable mystère, et il avait bien l'intention de mener à bien sa mission. Il appréciait chaque seconde de cette solitude, de cette aventure dans laquelle il s'était jeté avec la plus grande ardeur. Il ne s'était jamais senti aussi bien, il ne s'était jamais senti aussi jeune, et bien qu'il ait presque atteint la soixantaine, il avait encore de l'énergie à revendre.

Dorphin n'était pas grand, plutôt trapu, et ses jambes lorsqu'il marchait s'incurvaient légèrement. Mais il était robuste et disait tenir de son grand-père, une forte constitution.

Trois jours de marche ; c'est ce qu'il fallut à Dorphin pour atteindre l'endroit dont il rêvait depuis longtemps. En effet, s'y rendre était une véritable expédition : il fallait d'abord suivre une longue succession de virages et lacets interminables au cœur de la montagne, puis une fois au sommet, arpenter une longue pente caillouteuse et sinueuse à travers bois, une marche qui prenait encore des heures.

Malgré tout, Dorphin ne sentit pas la fatigue l'envahir. Il avait envie d'aller au bout, il avait envie d'assouvir sa curiosité grandissante et son émotion était telle qu'il avait parfois du mal à respirer.

Quand il fut enfin arrivé au bout du chemin et qu'il commença à apercevoir, au travers des feuillages, de beaux reflets bleutés, il sut qu'il avait enfin atteint son objectif. Et ce qu'il vit ensuite, à mesure qu'il progressait, lui coupa le souffle. Car même dans ses rêves, il n'aurait pu imaginer un endroit aussi spectaculaire. Issu de la fonte des neiges, « le grand lac », comme on l'appelait, était, à cette période de l'année, entouré d'une nature impressionnante. Perché en altitude depuis la nuit des temps, ce merveilleux joyau était encerclé de montagnes imposantes et verdoyantes dont le reflet se projetait sur l'eau avec une incroyable clarté. Elles semblaient veiller sur lui, comme s'il devait rester à l'abri des regards, loin du tumulte des hommes.

Il s'immobilisa quelques instants afin de profiter pleinement de ce moment de découverte. Rares étaient les gens qui s'étaient déplacés jusqu'à ce lac bien trop inaccessible. Sa présence au milieu des gigantesques sommets qui lui servaient de garde-fous, avait quelque chose d'énigmatique, de sacré. Qui aurait souhaité s'approcher de ces eaux profondes, glaciales, stagnant là depuis des siècles ?

Dorphin s'assit sur un rocher. Il n'avait jamais rien vu d'aussi beau, il était hypnotisé par la splendeur du paysage. « Quelle merveille… » songea-t-il en admirant les lieux.

Le bruit d'un chevreuil bondissant hors du bois le sortit de ses pensées et il dut se ressaisir. Pressé d'installer son campement, il se dirigea vers une colline et en gravit la pente comme un jeune de vingt ans. Son cœur battait la chamade, il était en pleine forme.

Après avoir cherché longuement, il trouva l'endroit idéal, sous des arbres, avec une vue imprenable sur le lac. Ni trop loin ni trop près pour ne point être vu. (Vu par qui ? C'était bien là tout un mystère.)

Il ramassa ici et là des brindilles de bois, des bûches, puis il creusa le sol et borna le tout avec des pierres.

« Rien de tel qu'un bon feu de camp pour se réchauffer », pensa-t-il en soufflant sur les premières flammes.

La nuit tombait doucement, sa veillée nocturne était enfin prête. La lune, plus brillante et lumineuse que jamais, étrangement teintée de bleue, projetait sur le lac un halo de reflets argentés.

Dorphin soupira de joie. Il était enfin prêt maintenant, cette nuit très spéciale, allait être son unique chance, il le savait. Cette nuit, sous la lune bleue, il aurait peut-être le merveilleux privilège, de les voir.

Sa tranquillité fut vite interrompue par un craquement qui le fit sursauter. « Quoi de plus normal… Le bruit du vent dans les arbres… les animaux… les insectes… La nature est pleine de vie », songea-t-il pour se rassurer. Mais il entendit d'autres craquements, plus fréquents, plus insistants. Inquiet, il se releva d'un coup et observa les lieux, la gorge nouée. Il réalisa que Lucie avait raison ; au milieu de ces montagnes désertiques, personne ne lui viendrait en aide s'il en avait besoin. Pour relever ce défi, il avait agi en pionnier. Il était parti sans réfléchir, comme un jeune, sans se soucier des conséquences.

Légèrement inquiet, il resserra ses bras autour de son corps.

« Ce n'est rien. Ne te laisse pas avoir, tu n'as plus l'habitude d'errer dans les bois tout seul », pensa-t-il pour se rassurer.

Soudain, l'impensable se produisit. Dorphin vit apparaître, au-dessus des flammes de son feu de camp, un visage rougeâtre et démoniaque.

Horrifié, il poussa un cri et s'empara d'un long couteau, les yeux rivés en direction de l'épouvantable apparition.

« Un démon des montagnes », songea-t-il en frémissant de tout son corps.

Il en avait entendu parler plus d'une fois. On disait qu'ils faisaient perdre la tête aux voyageurs en leur soumettant d'effrayantes visions. Et on ne les revoyait plus jamais.

— Dorphin ! cria une voix. Dorphin !

Le pauvre homme se liquéfia de peur.

« Il me parle maintenant. Et il connaît mon nom, il connaît mon nom ! »

— Partez ! Laissez-moi tranquille ! Partez ou je ne réponds plus de rien ! s'écria-t-il la peur au ventre.

— C'est moi, Noah ! Posez votre couteau ! ordonna la voix.

Dorphin resta silencieux un moment, car il lui fallut digérer ce qu'il venait d'entendre. « Noah ? Mais… Pourquoi ? Impossible… » maugréa-t-il en essuyant d'un revers de manche la sueur qui dégoulinait sur son front.

Rapidement, la peur fit place à la colère.

— Mais enfin, Noah ! Que… que fais-tu ici ?

— Je vous ai vu dans les bois, alors je vous ai suivi.

— Mais… Pourquoi ? N'avais-tu rien d'autre à faire ?

— Je m'inquiétais pour vous, c'est aussi simple que ça.

Estomaqué, Dorphin ne dit plus un mot.

Voilà ce qu'il s'était passé :

En se rendant au village, Noah avait emprunté un raccourci à travers la forêt. Et il avait aperçu Dorphin. Le soi-disant « malade » se trouvait là, en pleine montagne, les joues roses et le sourire aux lèvres ; sa démarche était déterminée et il semblait savoir exactement où il allait. Il avait menti à tout le monde et poussé sa fille à en faire de même.

Ces raisons avaient été suffisantes pour que Noah, en manque d'aventure, se soit décidé à le suivre.

— C'est un désastre, un véritable désastre, grommela Dorphin, conscient que son secret ne tarderait pas à être dévoilé.

Pressé d'en finir, il ajouta sans attendre :

— Écoute, je veux que tu t'en ailles. Je te remercie de t'inquiéter pour moi, mais, comme tu le vois, je vais bien et si tu veux vraiment le savoir, je veux être seul ! Seul ! ajouta Dorphin avant de lui tourner le dos et de vaquer à ses occupations.

« Ah non alors ! Il ne va pas me gâcher mon plaisir, ma seule chance de les voir ! Pas lui ! Pourquoi faut-il que ça m'arrive ? » pensa-t-il en en serrant les dents.

Dorphin n'avait aucune envie de partager son secret avec Noah. De plus, même si la bataille qu'ils avaient menée contre la sorcière les avait rapprochés, quelque chose le poussait toujours à croire que la relation qu'il entretenait avec sa fille était vouée à l'échec.

Noah sentit le froid de la nuit s'engouffrer dans sa veste.

— C'est que… Je suis gelé et je n'ai plus rien à manger. Quand je vous ai vu, j'ai eu peur de perdre votre trace, alors je suis parti comme ça, avec presque rien. Jamais je n'aurais cru que vous iriez vous aventurer aussi loin, expliqua Noah en grelottant de tout son corps.

— Tu es un sot. Il fallait réfléchir avant de me suivre. Allez, ouste ! Rentre chez toi maintenant !

— Mais j'ai fait tout ce chemin…

— Ouste, j'ai dit ! coupa-t-il en fronçant ses gros sourcils.

Soudain, le hurlement d'un loup sur les sommets mit fin à leur discorde. Nerveux, Dorphin se rapprocha du feu et dit à voix basse :

— Avec cette lune, le ciel est clair ce soir, les prédateurs en profitent pour chasser.

— Pourquoi êtes-vous ici, alors ? Pourquoi prendre de tels risques ?

— Le hurlement d'un loup est toujours impressionnant, ça ne veut pas dire pour autant qu'il va attaquer. Tu vas tout gâcher !

— Tout gâcher ? Mais je ne sais pas de quoi vous parlez ! Je n'ai rien fait ! Je m'inquiétais pour vous, c'est tout ! Lucie m'a dit que vous étiez malade ! Elle m'a paru un peu étrange et quand je vous ai vu dans la forêt, j'ai pensé que c'était encore plus étrange.

— Tu veux que je te dise ? Oui, je suis malade ! Je suis malade de te savoir ici avec moi !

Ils furent à nouveau interrompus par d'autres hurlements qui, cette fois, semblaient s'être rapprochés. Inquiet, Dorphin enterra les morceaux de lard qui traînaient dans son écuelle et prit son arc entre ses mains.

— Les loups ne s'en prennent pas aux humains, n'est-ce pas ? demanda Noah.

— Normalement… non, répondit Dorphin de façon hésitante. Tout de même, soyons prudents, allons vite chercher du bois.

Après avoir formé un cercle de feu, ils se fabriquèrent des torches, espérant ainsi dissuader les loups d'approcher davantage. Puis ils attendirent un long moment, sans que rien ne se passe.

— Voilà ! Le feu les a effrayés, nous ne risquons plus rien maintenant ! Puisque tu es là maintenant, assieds-toi, je vais préparer du cidre chaud, ça nous fera du bien, s'exclama Dorphin rassuré.

Mais il eut à peine terminé sa phrase que Noah crut entendre un animal roder, tout près.

— J'ai un mauvais pressentiment, lança Noah en brandissant sa torche devant lui.

— Ton imagination… Ils sont partis, j'en suis certain, répondit Dorphin en retournant à ses occupations.

Il se trompait lourdement.

L'instant d'après, Noah distingua une masse sombre et deux grands yeux jaunes qui flamboyaient dans la nuit noire.

Il voulut crier, avertir Dorphin, mais il s'abstint de le faire. Le moindre geste pouvait lui coûter cher et une peur indescriptible venait de s'emparer de lui, il tremblait de tout son corps.

C'est alors qu'émergea de l'obscurité, un loup, d'une taille et d'une carrure impressionnante. Doté d'une machoire puissante, il montrait les crocs et quelque chose d'effrayant se dégageait de lui, il avait l'air mauvais et impitoyable.

— Que fais-tu ? demanda Dorphin en lui tendant un récipient.

Noah tourna la tête vers lui, une seconde seulement, avant de chercher le loup à nouveau du regard. Il plissa les yeux et observa attentivement les alentours pour s'assurer qu'il était parti. Mais il ne vit rien, il avait disparu.

— Vous l'avez vu ?

— Vu quoi ?

— L'horrible loup ! Qui était juste là !

— Non, je n'ai rien vu. Il serait revenu ? répondit Dorphin en écarquillant ses yeux tout ronds.

— Si je vous le dis ! Et croyez-moi, ce n'était pas un loup comme les autres.

— Que veux-tu dire ?

— Il était énorme et il aurait pu sauter par-dessus les flammes, nous avons eu de la chance.

— C'est grâce à toi. Tu as un don avec les animaux.

— Je n'ai rien fait du tout. Il… il était monstrueux.

— Noah, dans l'obscurité les formes s'allongent, se déforment, et on croit alors voir de terribles choses. J'ai bien cru tout à l'heure que tu étais un démon ! dit-il en se moquant de lui-même.

Voyant que Noah était contrarié, il reprit son sérieux.

— La peur et l'imagination ne font pas bon ménage, crois-moi.

— Je ne suis pas rassuré.

— Détends-toi un peu. Mets cette peau de bête sur tes épaules, elle te tiendra chaud. Nous allons boire du cidre, ça va nous revigorer, ajouta Dorphin en versant le liquide mousseux dans les deux récipients en cuivre.

Noah n'était pas dupe, il se méfiait de cette soudaine bienveillance à son égard. Il se dit que la solitude avait dû lui peser un peu.

— Pourquoi êtes-vous venu ici ? Pouvez-vous me le dire maintenant ? lui demanda Noah.

— Et toi ? Comment fais-tu ? D'où te viennent tes dons ? Tu veux connaître mon secret, mais tu es toi-même un garçon bien étrange, bien mystérieux.

— Je n'en sais rien, dit-il en brassant le feu avec un bout de bois. Clairement, il faisait la moue.

— Bon… D'accord… Arrête de faire cette tête, je vais tout te raconter… lâcha enfin Dorphin.

Il y a bien longtemps, mon grand-père est venu jusqu'ici, par curiosité sans doute. Il était avec un ami qui est mort peu de temps après d'ailleurs. Ce soir-là, ici même, ils ont vu quelque chose de très étrange, quelque chose de tellement étrange qu'ils n'en ont jamais parlé à personne, sauf à mon père lorsqu'il fut enfin en âge de comprendre.

— Qu'est-ce qu'ils ont vu ?

— Attends, je vais y venir…

— Malheureusement, mon père n'a jamais eu l'occasion de percer ce mystère, alors je ne veux pas attendre d'être trop vieux, ni mourir sans savoir, ah ça non alors ! dit-il en frottant sa barbe naissante.

Silencieux, Noah attendait impatiemment la suite du récit.

— Ils s'étaient manifestés à la lune bleue, un phénomène très rare d'après ce que m'a raconté mon père.

— Une lune bleue, comme celle qu'on voit ce soir ?

— Oui, exactement. Un phénomène qui se produit seulement deux fois par siècle.

— Regarde-la bien, mon garçon, elle est plus belle que jamais, fit-il remarquer. J'ai attendu ce moment pendant si longtemps…

— Mais qu'est-ce qu'ils ont vu alors ? insista Noah.

— Des êtres. Des êtres qui… qui ne sont pas… comment dire… comme toi et moi, bredouilla Dorphin.

Surpris, Noah écarquilla ses yeux.

— Ils viennent d'ailleurs ! Voilà, c'est dit !

— D'ailleurs ? Comment ça ?

— D'un autre monde que le nôtre. S'il te plaît, ne me prends pas pour un fou. Ce que mon père m'a raconté dépasse tout entendement, je le sais bien.

Noah leva ses yeux vers le ciel et prit une grande respiration. La lune était magnifique, mystérieuse et hypnotisante. Mieux encore, le garçon sentit qu'il y avait quelque chose dans l'air d'inhabituel, de presque imperceptible, qui semblait aiguiser ses sens et changer sa perception du monde qui l'entourait. Sous cette lune, il se sentait différent.

— Rassurez-vous, je ne vous prends pas pour un fou, Dorphin, c'est juste que…

Soudain un « plouf », dans l'eau du lac, interrompit leur conversation.

— Eh ! As-tu entendu ? Quelque chose a éclaboussé la surface du lac ! s'exclama Dorphin.

Noah resta insensible à son état d'excitation. « Juste le mouvement des poissons dans l'eau… » se dit-il en haussant les épaules.

— Ils sont là… je le savais… murmura Dorphin en proie à une vive excitation.

— Mais…

— Chut ! Fais comme moi ! ordonna le chef du village en s'allongeant au ras du sol.

C'est alors qu'une autre éclaboussure, bien plus importante, suivie par de grands remous, attira fortement l'attention de Noah, bien conscient que des poissons, même de grande taille, ne pouvaient pas engendrer de telles perturbations dans l'eau.

Intrigué, il s'allongea à son tour dans l'herbe.

Au bout d'un long moment, des lueurs apparurent à la surface du lac. Elles s'intensifièrent avant d'éclairer, quelques instants plus tard, l'étendue d'eau de toutes parts.

Ce qui arriva ensuite les laissa bouche bée.

Trois sphères translucides émergèrent des flots glacés, avec, à l'intérieur, des créatures dont ils pouvaient vaguement distinguer la forme.

— Nous y voilà. Je le savais ! s'exclama Dorphin surexcité. Viens m'aider à éteindre le feu; vite !

— Mais… et le loup ? demanda Noah.

— Arrête de t'inquiéter, répondit-il en s'empressant de jeter une couverture sur les flammes.

Noah n'était pas rassuré, malgré tout il s'exécuta en éteignant du mieux qu'il put le feu sous ses pieds.

— C'est bien… maintenant, suis-moi et surtout ne fais pas de bruit ! ordonna Dorphin.

Un amas de rochers, qui se trouvait en aval de leur campement et à une vingtaine de mètres de l'étendue d'eau, formait un barrage naturel entre la montagne et le lac. C'était un endroit parfait pour espionner sans être vu.

Conscients du danger, ils descendirent la pente aussi silencieusement que possible, puis, ayant atteint les rochers, ils se dissimulèrent derrière un bloc de pierre pour mieux observer les créatures.

À ce moment précis, la lune parut encore plus grosse, encore plus bleue. Noah eut l'impression étrange qu'elle les regardait.

Les sphères glissèrent à fleur d'eau en direction de la rive pour enfin s'y arrêter. Puis, les portes s'ouvrirent laissant apparaître d'étranges silhouettes. À première vue, on aurait dit des humains, car ces êtres venus d'ailleurs se tenaient sur leurs deux pieds et semblaient se déplacer tout à fait normalement. Ils étaient grands, ils devaient mesurer deux mètres, peut-être plus, et aucune chaussure n'était visible à leurs pieds. En revanche, leur couleur de peau, « bleuâtre », marquait leur différence.

Noah les compta au nombre de cinq. Il remarqua que l'un d'entre eux portait une cape et qu'au sommet de son crâne reposait une couronne.

— Incroyable… fit Noah en se grattant le côté droit de la tête.

— Oui. C'est encore mieux que ce que j'avais imaginé, répondit Dorphin.

— Bon… et on fait quoi maintenant ?

— On observe, c'est tout.

— Vous avez vu cette couronne qu'il a sur la tête ? Il doit sans doute être leur chef, murmura Noah en écarquillant les yeux.

Mais Dorphin ne l'écoutait déjà plus.

Les êtres bleus formèrent un cercle, après avoir disposé en son centre des cristaux de tailles et formes différentes, certains étaient aussi gros que des rochers.

Celui qui portait la couronne s'adressa à ses compagnons, puis il leva les bras vers le ciel et formula une sorte de prière, marquant ainsi le début d'une étrange cérémonie.

Soudain, Noah se retourna, jetant un œil inquiet sur leur campement.

— Dorphin, vous ne croyez pas que…

— Quoi encore ? Tu ne tiens pas en place, laisse-moi tranquille !

Le garçon venait d'avoir un pressentiment, il pouvait sentir le danger arriver.

— Je repense à ce loup, Dorphin, on devrait peut-être…

— Encore !

— Je vous assure que…

— Je ne suis pas inquiet, tais-toi un peu, bougonna-t-il d'un ton détaché.

Noah soupira avant de tourner son regard vers le ciel.

Nelle lui avait souvent parlé de la pleine lune et de ses effets sur les plantes et les animaux. Mais jamais il n'avait vu une couleur pareille. Cette lune, toute bleue, il ne la connaissait pas. Quel genre d'influence avait-elle ?

Un hurlement, au loin, le sortit de ses pensées.

— Dorphin, vous avez entendu ?

— Non !

— Le hurlement !

— Je n'ai rien entendu, tu te fais des idées.

— Écoutez-moi. Si nous restons ici, quelque chose de grave va se produire, je le sens.

— Quoi ? C'est ridicule !

— Ce loup que j'ai vu... Et cette lune...

— J'en ai assez !

— Regardez-moi enfin et écoutez ce que j'ai à dire, bon sang !

Surpris, Dorphin resta bouche bée.

— Je ne sais pas pourquoi ce loup est parti tout à l'heure, mais il va revenir, c'est une certitude, et il ne sera peut-être pas seul. Vous savez que j'ai un don et que je sens les choses. Il faut fuir cet endroit avant qu'il ne soit trop tard. Nous sommes en danger !

Pendant un instant Dorphin resta silencieux. Puis il se retourna vers le campement et fronça les sourcils, comme si tout à coup la raison lui était enfin revenue.

— Bon... D'accord... Laisse-moi remonter là-haut pour récupérer mes affaires, je ne serai pas long.

— N'y allez pas !

— Quoi encore ! Ça suffit maintenant ! Je vais chercher mes affaires, un point c'est tout.

— Alors, je viens avec vous.

— Non ! Tu ne bouges pas d'ici ! grogna-t-il en lui jetant un regard noir.

Dorphin se traîna discrètement jusqu'au campement, gardant un œil sur les créatures bleues qui continuaient leur rituel. Pour l'instant, elles ne semblaient pas avoir remarqué leur présence. Une fois sur place, il s'empara de sa vieille bourse en peau de chèvre, puis il se dépêcha de ramasser le reste de ses affaires éparpillées au sol.

Il allait rejoindre Noah quand il entendit un craquement, puis un autre. Inquiet, il enroula une couverture en jetant des regards nerveux sur les buissons qui l'entouraient.

Un autre bruit, plus effrayant cette fois, le fit sursauter. Il se retourna brutalement. Des formes s'agitaient, se faufilaient maintenant entre les arbres, il n'était plus seul.

Quand il entendit un grognement, il comprit que Noah avait vu juste.

« Quel idiot je fais », se dit Dorphin.

Il eut envie de fuir, de courir à toutes jambes, mais il parvint à se ressaisir. Face à des loups, ce n'était pas une chose à faire.

L'instant d'après, il aperçut des yeux jaunes qui flamboyaient, et quand plusieurs masses noires firent leur apparition, il sut alors qu'un piège venait de se refermer sur lui.

Paniqué, il attrapa le fléau d'armes et alors qu'une ombre s'allongeait furieusement devant lui, il fit tournoyer la chaîne dans les airs, prêt à en découdre.

L'arme qu'il tenait entre les mains ne lui servit à rien, car tout se passa en un éclair. Le loup bondit sur lui, le plaqua au sol violemment et lui infligea une première morsure à la tête, puis une autre à l'épaule. Son regard était rempli de fureur et sa puissante mâchoire garnie de dents effrayantes.

Dorphin essaya de rester calme, de ne pas s'affoler, mais son cœur battait si fort dans sa poitrine qu'il avait du mal à respirer. Il n'avait pas envie de mourir près de ce lac. Pas maintenant, et pas de cette façon.

Soudain, il fut saisi par le mollet et traîné à terre sur plusieurs mètres. Ce fut le moment le plus long de toute sa vie, il eut l'impression que ça durait une éternité. Puis, curieusement, le loup s'arrêta net et leva la tête en direction de la lune bleue. Que se passait-il ? Qu'allait-il faire ? Allait-il le relâcher, ou allait-il le dévorer ?

Quand il sentit ses dents pointues s'enfoncer dans sa jambe jusqu'à l'os, il eut soudain la nausée. Il se dit que sa dernière heure était arrivée.

Noah avait entendu un premier cri, puis un second, plus alarmant.

— Dorphin ! Que se passe-t-il ? hurla le garçon bouleversé.

Il s'empressa d'aller à sa rencontre, courant aussi vite qu'il le pouvait au-dessus des herbes sèches et des rochers, sans se soucier des créatures qui s'étaient maintenant retournées vers lui.

— Tenez bon ! J'arrive ! gémit-il à bout de souffle.

Mais alors qu'il n'était plus qu'à quelques mètres du campement, il se retrouva face au loup, entouré de sa meute. Ses yeux luisaient dans l'obscurité et il grognait.

Noah sentit un frisson remonter le long de sa colonne vertébrale, car avec ses crocs impressionnants l'énorme bête ressemblait davantage à un monstre sanguinaire.

Soudain le loup bondit dans sa direction, Noah n'eut même pas le temps de réagir. Heureusement pour lui, quelque chose mit un à terme à son attaque : un son aigu, si désagréable que Noah dut se plaquer les mains sur les oreilles.

Tremblant de peur, il ferma les yeux.

L'instant d'après, quand il les rouvrit, il vit le loup pousser un douloureux hurlement et prendre la fuite, suivi de sa tribu. À l'évidence, la vibration sonore générée par les créatures bleues leur était insupportable.

Quand le dernier loup eut disparu dans la forêt, Noah s'empressa de retrouver Dorphin qui gisait sur le sol, inconscient. Sa tête saignait et des blessures étaient visibles sur son corps, à plusieurs endroits. Mais quand ses yeux s'arrêtèrent sur sa cuisse, il frissonna, car il y avait une énorme plaie, béante, et du sang qui coulait abondamment.

Puis quelque chose le heurta, et il s'effondra sur le sol.

* *
*

Reprenant conscience, Noah entendait des voix parler entre elles. Il ouvrit péniblement les yeux et regarda longuement le visage bleuté et encore flou, qui se penchait sur lui. Étourdi, il tenta tout de même de se relever, mais il dut se rasseoir aussitôt, ses mains étant liées par un fil phosphorescent de couleur verte.

— Nous n'aimons pas être dérangés. Qui es-tu, jeune garçon ? Que fais-tu ici ? Tu ne sais pas que la lune est puissante ce soir ? demanda la créature en ramassant un projectile lumineux qui se trouvait sur le sol.

Noah comprit qu'on l'avait assommé. Il voulut dire quelque chose mais se tut.

— Alors ? Tu as perdu ta langue ? insista-t-il.

Noah remarqua que ce personnage, tout droit sorti des profondeurs du lac, avait la carrure athlétique et imposante d'un guerrier. Ses yeux en amande étaient d'un bleu profond et son regard, insistant, pénétrant, semblait pouvoir lire dans ses pensées.

— Je… je m'appelle… je m'appelle Noah. Dorphin ! cria Noah en l'apercevant au loin.

— Vous seriez morts, si nous n'étions pas intervenus. Regarde bien cette lune. Elle est si lumineuse, si mystérieuse, si envoûtante… Il faut la respecter, sinon…

— Sinon quoi ?

— Silence ! J'ai senti votre présence dès notre arrivée. Vous n'auriez jamais dû venir ici ce soir ! Ces loups ne sont pas comme ceux que tu as l'habitude de voir en montagne.

— Ça, je l'avais compris, marmonna Noah. Puis il leva les yeux et posa son regard sur son étrange couronne. D'étranges inscriptions et symboles étaient gravés dans un métal qui ressemblait fortement à de l'or fin.

— Ce bruit que j'ai entendu… C'était quoi ?

— Une onde sonore, très particulière. Un son peut anéantir une armée entière.

— Et maintenant ? Qu'allez-vous faire de nous ? demanda Noah anxieusement.

— Tu n'as pas à avoir peur, nous ne vous ferons aucun mal.

Se sentant brièvement rassuré, le garçon laissa échapper un soupir.

— Mais enfin… D'où venez-vous ? D'où viennent ces bulles qui flottent sur l'eau ?

— Je m'appelle Antinéo. Ce sont des capsules de transport, ignorant. Nous venons d'un endroit que tu ne serais même pas capable d'imaginer. Un endroit éloigné de la folie des hommes.

— Je ne suis pas sûr de comprendre…

Antinéo hésita un instant. Dialoguer avec un humain ne lui plaisait guère.

— Il y a eu une époque où le monde nous appartenait. Nous vivions sur une terre entourée d'eau, notre royaume était puissant. Nous avions tout : la connaissance, la sagesse… C'était il y a si longtemps… Vous n'étiez rien en ce temps-là.

— Que s'est-il passé ?

Antinéo se mura dans le silence alors que ses compagnons, au loin, le regardaient d'un air renfrogné. Tout de même, face à la curiosité grandissante que Noah exprimait, il se décida à continuer.

— Quelques-uns d'entre nous, assoiffés de pouvoir, trop ambitieux, ont causé notre perte et puis notre île a été engloutie par les eaux. Une partie de mon peuple a survécu, tous les autres sont morts.

Soudain, Noah eut un sursaut d'angoisse. « Dorphin… Comment allait-il ? »

— Détachez-moi ! Il faut aider mon ami, c'est très grave, implora-t-il en essayant de défaire ses liens.

— Cesse de lutter et ne t'inquiète pas pour lui. Quand le soleil se lèvera, dans quelques heures, nous pourrons le soigner.

— Quand le soleil se lèvera ? Mais il ne tiendra pas jusque-là, il perd beaucoup trop de sang !

— Nous avons arrêté l'hémorragie qui aurait pu le tuer. Il est extrêmement faible mais il ne mourra pas, c'est une promesse que je te fais. Nous avons les moyens de soigner les maux les plus graves, expliqua Antinéo.

— Où se trouve votre royaume ? Au fond de ce lac ?

— Non, ce n'est qu'un passage. Nous ne sommes pas loin de la mer ici, au cœur de ces montagnes. Et la mer mène à l'océan.

— L'océan ?

— Tu ne sais pas ce que c'est ?

— Non… Enfin si… J'ai vu des images dans les livres, bafouilla Noah embarrassé.

— C'est une énorme étendue d'eau. Riche, fertile, puissante et remplie d'incroyables créatures.

— Regarde… dit-il en se courbant lentement vers lui. Regarde bien…

Noah aperçut à hauteur de ses oreilles, des entailles étranges.

— Ce sont des branchies. Elles nous permettent de capter l'oxygène qui se trouve dans l'eau.

— Alors c'est ça ! Vous êtes des hommes-poissons !

— Non. Nous vivons à l'air libre. Mais certains d'entre nous se sont adaptés à différents environnements, nos sens ont évolué.

— Si seulement les gens de mon village pouvaient voir ça ! s'exclama Noah.

— Jamais ! rétorqua Antinéo, d'un ton ferme.

En voyant ses traits se durcir, le garçon frémit de peur.

— Nous avons eu notre temps ici. La place est aux humains maintenant et nos peuples, je te l'assure, ne pourraient pas s'entendre. Vous vous croyez forts alors que vous êtes tellement insignifiants.

— C'est que… je ne sais pas quoi dire, répondit Noah d'un air désolé.

Faisant preuve de sagesse, Antinéo adoucit le ton de sa voix.

— Mon peuple attend sa libération. L'univers est si riche, si vaste… Ne sais-tu pas observer les étoiles ? Le monde sur lequel reposent tes pieds n'est qu'un bout de roche, un bout de roche qui flotte dans un univers infini. Il y a au fond des mers et des océans, des royaumes merveilleux dont personne ne soupçonne l'existence et il existe, dans le ciel, au-delà des étoiles que tu aperçois, d'autres terres, encore trop éloignées pour qu'on puisse les atteindre. Un jour, quand nous serons prêts, nous les rejoindrons. Repose-toi maintenant. Comme je te l'ai dit, il faut attendre le lever du soleil.

Antinéo partit rejoindre les siens. Il marchait avec une étrange légèreté et sa silhouette, à la fois musclée et élancée, était, pour ainsi dire, parfaite.

Songeur, Noah se releva et se rendit au bord du lac. Mais quelque chose vint soudain le sortir de ses pensées. À la surface de l'eau, à quelques mètres de lui seulement, venait de se former un nuage argenté. N'étant point sûr de ce qu'il voyait, il plissa les yeux avant de les écarquiller à nouveau. Était-il en train de rêver ?

Des papillons de nuit. Une centaine de papillons luminescents, des petits, et des grands, qui maintenant tournoyaient autour de lui. Quand l'un d'eux se posa sur son nez, il eut envie de le toucher tellement il était beau. Mais il renonça et se contenta de sourire.

« Décidément, la nature, en ce lieu et sous cette lune, est bien étrange… » songea-t-il.

Épuisé de fatigue, il s'allongea et contempla les étoiles, réfléchissant sur l'univers gigantesque qui l'entourait. Il laissa son esprit divaguer, attendant avec impatience que les heures tournent, résistant tant bien que mal au sommeil qui l'enveloppait peu à peu.

Puis il ferma enfin les yeux.

Noah se réveilla à l'aube, incroyablement fatigué, la gorge sèche. Antinéo et les siens s'affairaient autour de Dorphin et plusieurs cristaux de couleurs différentes étaient disposés sur une table transparente.

Quand le soleil fit son apparition, la lumière s'infiltra dans les cristaux, leur donnant à chacun une luminescence et une couleur particulières.

Intrigué, Noah s'approcha pour assister à la scène.

— Ne sais-tu donc pas que les cristaux peuvent soigner ? expliqua Antinéo en posant sa main sur l'un d'entre eux.

Noah fit non de la tête.

— Je suis le gardien de ces cristaux. Je veille à ce qu'ils ne tombent pas dans des mains malveillantes. Nous venons ici pour les recharger en énergie à chaque fois que la lune est bleue. Elle renvoie une énergie rare. Tellement puissante… Elle nous servira à soigner ton ami.

Il saisit un cristal et le posa sur le front de Dorphin. Puis, il en prit un autre et continua l'étrange rituel en énumérant lentement d'une voix douce et rassurante :

— Un premier au sommet du crâne, un autre entre les deux yeux… un sur la gorge… un sur le cœur, un au-dessus du nombril… et un sur le bas du ventre.

Après cela, il s'écoula des heures, durant lesquelles Noah et Antinéo attendirent un signe de rétablissement. Pendant ce temps, ses compères se contentaient d'observer la scène, exécutant leurs tâches d'un air méfiant. Depuis la veille au soir, leur travail avait consisté à transporter et mettre en place d'énormes cristaux sur le sol afin qu'ils se rechargent en énergie.

Noah remarqua que de loin, ces êtres bleus se ressemblaient tous. Une seule chose les différenciait : leur coiffure. L'un d'entre eux avait des tresses plaquées sur le crâne, alors qu'un autre supportait un énorme chignon. Les deux derniers, plus petits en taille, et qui avaient l'air plus jeunes, avaient les cheveux lisses soigneusement ramassés vers l'arrière de la tête.

Soudain, Antinéo s'approcha de Dorphin, l'observa longuement et annonça :

— Il est temps pour nous de partir, notre tâche est accomplie et ton ami est sauvé.

— Comment ? Comment le savez-vous ? demanda Noah inquiet.

— Ses lèvres sont bien roses et son visage a retrouvé ses couleurs. L'énergie se meut à nouveau en lui. Il dort profondément mais il va bientôt se réveiller, dit-il en coupant le fil vert qui retenait les mains de Noah prisonnières.

Le garçon se pencha vers Dorphin et vit que sa blessure à la jambe s'était fortement atténuée. Les autres, plus légères avaient presque disparu.

— C'est incroyable ! Merci ! lança le garçon en le saluant de la tête.

— Ne me remercie pas. J'ai fait ce que j'avais à faire. Mais…

Antinéo fronça les sourcils.

— Veille bien sur lui. J'ai sauvé son corps, mais pour son âme…

— Son âme ? Qu'est-ce qu'elle a son âme ?

Intrigué, le garçon posa sa main sur le torse de Dorphin, vérifiant s'il respirait bien.

— Noah, ce lac est un lieu très spécial. Sacré. Personne ne doit savoir que nous venons ici, personne. Même pas ton ami.

— Mais… c'est impossible ! Il vous a déjà vus !

— Un secret n'est bien gardé que s'il n'a qu'un seul gardien, jeune garçon. Toi seul en es le maître maintenant. Donne-moi ta parole, dit-il en le fixant du regard.

Noah hésita un instant avant de répondre. Mais il dut rapidement se rendre à l'évidence que sans leur intervention, Dorphin serait déjà mort depuis longtemps.

— Bon, très bien… Je ne dirai rien, vous avez ma parole, répondit enfin Noah.

Sur ces mots, Antinéo se dirigea vers le lac et donna l'ordre à ses compagnons de le suivre.

« Si seulement je pouvais partir avec vous… Si seulement… » songea Noah les yeux rivés sur les sphères qui s'apprêtaient à plonger.

Antinéo se retourna brusquement. Et curieusement il revint sur ses pas. Un air sérieux s'affichait sur son visage, comme s'il était sur le point d'annoncer quelque chose d'important.

— Tu voudrais nous suivre ? Je ne m'attendais pas à ça...

— Comment est-ce possible ? Vous m'avez entendu ? Seuls les sorciers sont capables de communiquer par la pensée, fit remarquer Noah l'air estomaqué.

— Je l'ai su dès que je t'ai vu. Tu es un garçon très spécial. Tu as été choisi, mon garçon, le sais-tu ? admit-il d'une voix grave.

— Choisi ? Moi ?

Il posa ses deux mains sur les épaules de Noah.

— Oui. Toutes ces questions qui te minent... ne les laissent pas envahir ton esprit. Ne comprends-tu pas que tu n'es pas seul ? L'univers tout entier te tend les bras. Aie confiance, Noah, et libère-toi enfin de ton passé.

— Emmenez-moi alors ! Oui, emmenez-moi, je veux faire le voyage avec vous !

— Tu ne reviendrais pas d'un tel voyage.

— Je m'en fiche !

— Tu abandonnerais les gens que tu aimes ? Ton village ? Tout ce que tu connais ?

— Pour ce voyage, oui, sans hésiter ! Emmenez-moi, s'il vous plaît !

Surpris par la rapidité de sa réponse, Antinéo le regarda d'un drôle d'air.

— Très bien. Nous allons mettre ton ami à l'abri des prédateurs, dit-il en s'emparant d'un boîtier noir. Il appuya sur un bouton et un halo de lumière verte se forma autour de lui.

— Que va-t-il lui arriver ?

— Ça le protégera quelques heures, le temps qu'il se réveille. Après cela, il devra se débrouiller.

Antinéo crut qu'il allait réagir, mais le garçon resta impassible.

Certain de sa décision, Noah le suivit et s'introduisit à l'intérieur d'une capsule. À son bord, un éclairage vif, un siège, et à l'avant de l'appareil, un autre siège face à tableau garni de touches lumineuses.

Noah n'en croyait pas ses yeux, il pouvait admirer le lac dans toute sa splendeur, à cent quatre-vingts degrés, et sous ses pieds se trouvaient les eaux glaciales, noires et profondes dans lesquelles il serait bientôt immergé.

Il caressa le revêtement lisse et blanc de l'engin, et pendant un instant, il s'interrogea sur l'imperméabilité de la structure qui le séparait de l'extérieur. Et si elle se fissurait sous la pression de l'eau ? Et si l'eau pénétrait soudainement à l'intérieur et qu'il se noyait. Ce serait une mort douloureuse, affreuse, et personne ne viendrait à son secours.

Ces pensées inquiétantes le firent frissonner. Mais peu à peu, ses craintes s'atténuèrent au profit de son excitation grandissante.

Antinéo lui fit signe de s'asseoir et d'attacher sa ceinture, ce que fit Noah sans hésiter. Ensuite il fit glisser son doigt de part et d'autre d'un écran et appuya sur quelques touches avant d'actionner une manette rouge. À la suite de cela, il y eut un bruit sec, suivi d'un vrombissement.

Le grand moment était enfin arrivé. La sphère, suivie des deux autres, commença à glisser sur l'eau, se dirigeant lentement vers le centre du lac. Une fois en place, les unes à côté des autres, il y eut un silence.

Soudain, la lumière vive s'éteignit, laissant place à de petits faisceaux très fins et de couleur bleue.

Antinéo s'assit à son tour et attacha sa ceinture.

C'est alors que Noah sursauta brutalement, il eut le sentiment de faire une chute vertigineuse, comme s'il plongeait mortellement au fond de ces eaux profondes et que rien n'allait pouvoir arrêter cette chute. Il se cramponna à son siège, ne lâchant pas des yeux Antinéo qui manœuvrait la capsule.

Au bout de quelques secondes seulement il y eut un arrêt, accompagné d'une légère vibration. Là, juste devant, un énorme vaisseau d'un blanc immaculé les attendait. En ses flancs, de fines gravures représentant d'étranges symboles aquatiques et des créatures aux formes singulières dont Noah n'aurait jamais soupçonné l'existence.

Les sphères se dirigèrent vers un sas immense qui s'abaissa lentement, leur permettant de s'introduire à l'intérieur de l'appareil. La fermeture du sas, derrière eux, fut immédiatement suivie par un bruit sourd. Réalisant l'ampleur de sa décision, Noah sentit sa gorge se nouer. C'était fait. Des tonnes d'eau le séparaient maintenant de la surface et de sa vie d'avant. Malgré tout, il quitta la capsule dans laquelle il se trouvait pour suivre Antinéo. Un long couloir sinueux, éclairé par des néons aveuglants, les mena jusqu'à une passerelle. Après l'avoir franchie, ils parvinrent jusqu'à une salle de contrôle dotée d'un écran géant. Rien ne s'y affichait pour l'instant, alors que d'étranges créatures, assises à leur poste de travail, effectuaient toutes sortes d'opérations.

— Mon équipage ! annonça-t-il en s'adressant à Noah. Nous avons tous une mission particulière nécessaire à la navigation de ce vaisseau. Tu comprends ?

Noah acquiesça d'un signe de tête, en remarquant qu'aucune de ces créatures ne ressemblait à Antinéo.

Il posa son regard sur deux êtres aux yeux globuleux. Sur leur visage couvert d'écailles s'affichait une bouche pulpeuse et proéminente. Les yeux rivés sur leur tableau de bord, ils semblaient effectuer toutes sortes d'opérations. Un autre membre d'équipage attira son attention. Sa tête plate et ses yeux situés aux extrémités lui donnaient l'air d'un monstre marin. C'était le plus bruyant de tous. Antinéo expliqua qu'il parlait une dizaine de dialectes différents. Et sans doute le personnage le plus fascinant, une créature entièrement transparente, d'un rose translucide. Ses longs cheveux épais, qui ressemblaient davantage à des tentacules, quittaient la base de son crâne et s'agitaient autour d'elle comme une nichée de serpents. Soucieuse, elle ne remarqua pas la présence de Noah. Elle se contenta de tapoter sur son clavier, à toute vitesse.

Quand le vaisseau se mit en marche, ils allumèrent plein feu et l'écran s'éclaira, mettant à jour l'entrée d'un mystérieux tunnel. Il s'écoula un bref instant, pendant lequel tout le monde fut silencieux. Puis vint le moment de la propulsion, l'immense navire s'élança et chemina longuement sous terre, progressant dans les couloirs étroits d'un profond labyrinthe qui semblait ne pas avoir de fin.

Lorsqu'ils atteignirent l'embouchure du tunnel, le vaisseau se projeta à l'extérieur, atterrissant sur des flots bleus agités.

Noah n'en crut pas ses yeux. La merveilleuse étendue d'eau qu'Antinéo lui avait décrite était encore plus impressionnante qu'il ne l'avait imaginée. Elle s'étendait à perte de vue, comme il l'avait dit.

— Maintenant, il nous faut rejoindre notre royaume, expliqua Antinéo.

Ils replongèrent aussitôt, voyageant à une vitesse vertigineuse, pendant que Noah profitait du spectacle, découvrant peu à peu les fonds marins et ses innombrables richesses. Un passage étroit leur permit de quitter la mer et de rejoindre l'océan. Le trajet dura une heure, peut-être davantage. Puis le vaisseau s'engagea à l'intérieur d'un grand canyon au relief escarpé et aux échancrures tellement profondes qu'elles descendaient tout droit vers les abysses.

Il y eut un puissant vrombissement et il s'arrêta net, face à une faille rocheuse, étroite et verticale. Intrigué Noah s'approcha de l'écran et plissa les yeux. Il apercevait au loin des milliers de petits points qui scintillaient.

— Mais qu'est-ce qui brille comme ça ? demanda-t-il.

— C'est la cité d'Antasia. Elle attend notre retour.

— Es-tu certain d'avoir fait le bon choix, Noah ? Une fois que le navire se sera lancé au cœur de cette faille, il n'y aura pas de retour en arrière, lança Antinéo plus sérieux que jamais.

Noah s'humecta les lèvres avant de soupirer anxieusement. Maintenant qu'il se trouvait là, prêt à plonger et sur le point de découvrir un autre monde, un drôle de sentiment venait de l'envahir. Il hésitait. Et s'il n'écoutait pas sa raison, il devrait vivre avec le poids de cette hésitation tout le reste de sa vie.

Il secoua la tête d'un air désolé.

— J'ai fait une erreur, avoua-t-il d'un air navré. Je me suis encore laissé emporter…

— Tu as peur ?

— Non. Bien sûr que non, reprit-il immédiatement.

J'ai tellement envie de rester avec vous… C'est juste que… J'ai l'impression d'être attendu quelque part et je sais que c'est important. Aussi, je n'aurais pas dû laisser Dorphin tout seul dans cet état. Affaibli comme il est, il n'aura aucune chance de s'en sortir sans moi. Je suis tellement égoïste !

— Non. Si tu l'étais, tu n'aurais pas changé d'avis.

— Vraiment ?

— Oui. Beaucoup de personnes vont trop vite, et nulle part. J'ai ressenti tes doutes lorsque tu es entré dans le vaisseau. Il n'est pas donné à tout le monde d'écouter sa voix intérieure.

— J'aurais tellement aimé connaître votre monde…

— Tu feras des centaines d'autres voyages. Tu n'as pas idée, lui dit Antinéo.

— Comment le savez-vous ?

— Je le sais, c'est tout.

Antinéo eut l'air de vouloir ajouter quelque chose, mais il n'en fit rien. Il demanda simplement à Noah de le suivre.

— Viens, il est temps. Tu dois rentrer chez toi.

— Vous allez me ramener alors ?

— Te ramener ? Tu es fou ! s'écria Antinéo avant de rire aux éclats.

— Te téléporter, tu veux dire ! Tu seras de retour en un éclair, suis-moi maintenant !

Ils s'engagèrent dans un long couloir, puis dans un autre, encore plus long. Aveuglé par les néons, Noah s'arrêta un instant près d'un hublot pour se frotter les yeux. Ces lumières blanches lui étaient presque insupportables.

C'est alors qu'il crut voir quelque chose bouger. Il attendit un instant, ignorant Antinéo qui l'appelait et s'impatientait.

Et d'un coup, surgissant de nulle part, une jeune fille plaqua ses mains contre le hublot. Ses cheveux roux dansaient autour de son visage et ses yeux clairs le regardaient d'un air étonné. Elle avait des traits fins, joliment dessinés et elle semblait presque irréelle, comme si elle sortait d'un rêve.

Il se frotta les yeux à nouveau pour être sûr qu'il ne rêvait pas, mais elle était bien là, derrière ce hublot. Et elle souriait en le regardant.

— Les sirènes sont de magnifiques créatures, n'est-ce pas ? lança Antinéo, après être revenu sur ses pas.

— Des… des sirènes ? bafouilla Noah.

— Oui. La vibration de leurs chants donne naissance à des perles rares, dont la beauté et la finesse sont inégalables.

La créature plongea vers le fond, il eut à peine le temps de voir les reflets verts de sa queue s'évanouir dans l'obscurité.

— Il faut pourtant se méfier d'elles, prévint-il en affichant un sourire en coin.

— Pourquoi ?

— Princesses des mers et des océans, elles sont sacrées, il ne faut pas s'en approcher.

Noah eut besoin d'un instant pour se ressaisir. Ce qu'il venait de voir avait troublé son esprit, il ne savait plus où il en était. Malgré tout, il suivit Antinéo jusqu'au bout d'un long couloir. Puis il fut conduit jusqu'à une cabine dans laquelle il fut invité à s'introduire. Il s'agissait d'une toute petite pièce et il n'y avait rien à l'intérieur à part des néons aveuglants, de couleur verte cette fois.

Noah parcourut la cabine des yeux. Qu'entendait-il par téléporter ? Comment allait-il être de retour en un éclair ? Qu'allait-il se passer ?

Antinéo s'approcha d'un tableau lumineux et fit glisser sa main dessus comme il l'avait déjà fait auparavant. Puis il appuya sur un énorme bouton.

— Tu es prêt ?

— Oui, répondit Noah, même s'il ne savait pas vraiment à quoi Antinéo faisait allusion.

— J'ai apprécié ta compagnie. Bonne chance pour tes futurs voyages, lança Antinéo d'une voix bienveillante.

— Je vous retrouverai un jour ! J'en suis certain ! affirma Noah. Au fond de moi, je le sais.

Antinéo acquiesça légèrement de la tête.

Soudain une lumière intense vint l'envelopper, et en une seconde, peut-être deux, il se vit réapparaître au côté de Dorphin.

Il n'arrivait pas à le croire. Comment était-il revenu ? Et aussi vite ?

Le garçon resta debout un long moment, silencieux, les yeux rivés sur le lac. Ce voyage dans les profondeurs de la mer l'avait abasourdi.

Une voix, pourtant, le sortit de ses pensées :

— Noah ! Noah !

C'était Dorphin. Ses blessures, devenues superficielles, ne le faisaient plus souffrir. Il venait de se réveiller et le halo de lumière qui le protégeait avait disparu.

— Mais, que m'est-il arrivé ? gémit-il encore groggy. Je me sens tellement bizarre. J'ai l'impression d'avoir dormi des jours entiers. Et mon esprit est si confus.

— C'est vrai. Vous avez beaucoup dormi, répondit Noah en s'agenouillant près de lui.

Soudain, Dorphin se leva comme si une mouche l'avait piqué.

— Les loups ! Ils m'ont attaqué !

L'angoisse lui coupa la respiration. Il lui fallut un moment pour se ressaisir.

— Dorphin, calmez-vous.

Les yeux exorbités, il se mit à vérifier ses membres un à un.

— Je me suis vu mourir… Je ne comprends pas… Et les créatures ? Où sont-elles ?

— Quelles créatures ?

Le pauvre homme le regarda d'un air incrédule.

— Tu sais bien… Les créatures du lac !

— Je ne sais pas de quoi vous parlez.

— Les créatures bleues ?

— Je n'ai rien vu, mais vous en avez parlé pendant votre sommeil.

— Quoi ? Mais si… Elles sont sorties du lac, là-bas, je m'en souviens !

— Nous avons été attaqués par des loups. Vous avez fait une mauvaise chute et vous êtes tombé dans les pommes. Ne vous inquiétez pas, vos blessures ne sont pas graves.

Dorphin jeta un œil sur ses étranges cicatrices.

— Une chute, tu dis ? Qu'est-ce que… Je ne comprends rien… rien du tout… C'est tellement bizarre… On les a vus tous les deux, n'est-ce pas ? Hein ? Les êtres tout bleus ?

— Non, je n'ai rien vu près de ce lac à part ces loups qui nous ont attaqués.

Pendant un instant, qui parut interminable, Dorphin parut complètement perdu.

— Tu veux dire que j'ai rêvé tout ça ? C'est impossible. De qui te moques-tu enfin ? Et ces énormes loups qui m'ont attaqué ! Je les ai vus comme je te vois ! Tu te souviens ? Tu m'as parlé de leurs yeux effrayants et…

— La nuit les formes s'allongent, se déforment. Et on croit voir de terribles choses, c'est vous qui me l'avez dit.

Plus énervé que jamais, Dorphin se rendit jusqu'à la formation rocheuse. Il fit quelques pas, tourna sur lui-même, puis revint sur ses pas, l'air désabusé.

— Dorphin, je pense qu'un grand nombre de choses se sont mélangées dans votre tête.

— J'étais tellement sûr… Tellement… maugréa-t-il en balayant le lac du regard.

Noah se sentit désolé de lui cacher la vérité. Il ne méritait pas ça, qu'on se moque de lui de cette façon. Et pourtant, il se rappela ce qu'avait dit Antinéo : « Un secret n'est bien caché que s'il n'a qu'un seul gardien ».

— Et ces marques sur mon corps alors, on dirait qu'elles ont déjà plusieurs jours, ou alors je deviens fou !

— J'ai appliqué des herbes qui ont accéléré la cicatrisation. Et puis je vous ai donné une potion.

— Des herbes, tu dis ? Mais… Et quelle potion ?

— J'ai toujours une fiole sur moi que Nelle m'a donnée en cas de besoin. Son effet antidouleur est très efficace, mais certaines personnes ont parfois des rêves agités. Vous comprenez ?

Il y eut un autre silence. Plus lourd cette fois.

— Oui… Je comprends… Enfin, je fais de mon mieux… bredouilla Dorphin en se frottant les yeux.

— Ce lac est un endroit très particulier. Magnifique, mais bien trop sauvage et mystérieux. Les esprits s'égarent ici, vous m'avez pris pour un démon, vous vous souvenez ?

Dorphin le regarda d'un air hébété. Il lui fallait un certain temps pour accepter ce qu'il venait d'entendre.

Puis, au bout d'un très long moment, il secoua la tête d'un côté puis de l'autre et laissa échapper un soupir d'exaspération.

— Eh bien… Quel idiot je fais ! Je n'aurais jamais dû venir ici, quelle idée j'ai eue !

— On devrait quitter cet endroit maintenant, vous ne croyez pas ?

— Oui. Tu as raison, répondit Dorphin en ramassant ses affaires.

Mais Noah ne se doutait pas de ce qui allait suivre. Alors qu'il admirait les rayons du soleil qui brillaient sur le lac, Dorphin lui fit part de ses doutes.

— Quand te décideras-tu mon garçon ?

Surpris, Noah se retourna et vit que Dorphin le regardait d'un air grave.

— Que voulez-vous dire ?

— Il faudra un jour que tu trouves le courage de la laisser.

— Quoi ? Vous… vous ne parlez pas de Lucie quand même ? Après tout ce qui s'est passé ?

— Noah, ne t'énerve pas, je…

— Vous n'avez pas changé d'avis à mon sujet, n'est-ce pas ? J'aurais dû me méfier…

À cet instant il n'eut plus aucun remords de lui avoir caché la vérité au sujet des créatures. Plus aucun.

— Tu te trompes, je t'apprécie, Noah.

— Alors de quoi parlez-vous ? Lucie et moi, on est inséparables. Et vous le savez.

— Je n'en suis pas si sûr… Parfois les sentiments ne suffisent pas. Aujourd'hui, par exemple, au lieu d'être auprès d'elle, tu es ici, avec moi. L'aventure, c'est une chose… Mais où est la place de ma fille dans tout ça ?

— Je ne tiens pas à passer une autre nuit ici. Il faut qu'on parte au plus vite, lança Noah afin de détourner la conversation.

Mais Dorphin enchaîna :

— Pour une fois, sois honnête envers toi-même, cette vie ne te ressemble pas. Libère-toi de ces chaînes qui te brident depuis trop longtemps, mon garçon. Va de l'avant !

— Assez ! rétorqua Noah excédé.

— Comment envisages-tu ton avenir ? Qui es-tu ? D'où viens-tu ? Es-tu capable de répondre à une seule de ces questions ?Soudain, le regard de Noah se transforma furieusement.

— Assez ! Si vous dites encore un mot, je vous laisse rentrer tout seul !

— Calme-toi. Je t'ai dit ce que j'avais sur le cœur, maintenant je me tais, répondit Dorphin d'une petite voix.

— Oui, c'est ça. Taisez-vous !

Le garçon fit quelques pas pour se calmer. Il fulminait de colère, il se sentait trahi. Pourquoi Dorphin s'acharnait-il à vouloir le séparer de Lucie ? Comment osait-il encore le juger ?

« Mais pour qui me prend-il ? Il ne sait rien de moi ! Rien ! » pensa-t-il en jetant une pierre en direction du lac.

Noah admira une dernière fois le paysage qui l'entourait. Étrangement, il se sentait connecté à cet endroit sauvage, mystérieux et isolé du monde.

Il ferma les yeux un instant, éprouvant la certitude absolue qu'il reviendrait et qu'il retrouverait un jour Antinéo et les siens.

Dorphin avait vu juste.

Plus que jamais attiré par l'inconnu, Noah ressentait le besoin de prendre des risques et de vivre pour lui-même. Son cœur n'appartenait à personne.

« Qui es-tu, Noah ? D'où viens-tu ? » Ces questions résonnèrent en lui jusqu'à ce que, là-haut, près du grand lac, il prenne une grande décision ; une décision qui allait bouleverser son existence.

2

Les liens du sang

« Les blés s'écartent, laissant entrevoir, au milieu du champ, un chemin. Le soleil est trop vif, aveuglant. Au loin quelqu'un est là, une ombre qui attend. Noah tend son bras vers la silhouette mystérieuse. Il ne perçoit aucun visage, et pourtant, quelque chose de familier semble l'attirer. Il avance dans sa direction, il n'a jamais été aussi près du but…

Mais soudain l'image se brouille, se dissipe, puis s'évanouit dans le néant des rêves. L'étrange rencontre n'aura pas lieu.

Pas encore… »

*

Noah se réveilla avachi sur un énorme rocher plat. Il resta un moment songeur, se demandant quel sens il devait donner à son rêve. Son corps, encore groggy, lui faisait mal, l'un de ses bras était engourdi par de douloureux fourmillements. Il se redressa et fit craquer sa nuque avant d'étirer longuement ses bras vers l'arrière.

Le moment était venu pour lui de s'élancer vers le sud. En effet, quelque chose maintenant le poussait à penser qu'il devait, pour mieux se connaître, en finir avec le passé et mettre enfin un terme à la relation douloureuse et imaginaire qu'il entretenait avec ceux qui l'avaient abandonné sous un arbre une nuit d'été. Sa décision était prise, peu importent les conséquences, peu importent les risques : il allait rechercher ses parents.

* *
*

Lucie avait très vite fait le rapprochement. Une semaine s'était écoulée depuis que Dorphin lui avait laissé le mot annonçant son départ, et Noah était toujours introuvable. Elle s'interrogeait : « Étaient-ils ensemble ? Avaient-ils un secret en commun ? »

Elle commençait à désespérer quand son père franchit, enfin, la porte de chez eux. Soulagée, elle se précipita vers lui, à la fois inquiète et avide d'en savoir plus. Le pauvre homme, lui, semblait fortement éprouvé.

Furieuse, elle s'efforça de rester calme, car elle n'avait pourtant qu'une seule envie : l'interroger ardemment.

— Je le savais… Je savais que ce voyage était une mauvaise idée. Mais enfin que t'est-il arrivé ? Tu as une mine effroyable, et regarde-toi, tes vêtements sont tout déchirés !

— Les choses ne se sont pas passées comme prévu.

— C'est-à-dire ? Explique-toi !

— C'est… justement… tellement difficile à expliquer.

— Dis-moi, sais-tu où est Noah ? Il est introuvable depuis des jours.

— Ah merci. C'est donc pour lui que tu t'inquiètes ? dit-il d'un air amusé.

— Je ne plaisante pas, riposta Lucie.

— Enfin… Tu connais Noah et ses drôles d'habitudes…

Elle se dirigea vers la fenêtre et regarda à l'extérieur en fronçant les sourcils.

— As-tu remarqué la pleine lune qui s'est élevée dans le ciel l'autre soir ?

— Évidemment que je l'ai remarquée. C'est un phénomène rare.Elle était si bleue… Beaucoup d'animaux ont eu un comportement étrange, dit-elle en se retournant vers lui.

— Vraiment ? C'est curieux ça…

— Oui. Très curieux.

— Le ciel et ses mystères… lança-t-il en s'affalant dans son fauteuil.

Il déboutonna le col de sa chemise, essuya son front et soupira plusieurs fois, évitant le regard insistant de sa fille.

Insatisfaite, elle ne put s'empêcher de revenir à la charge.

— Es-tu au courant de quelque chose ? Noah a disparu le jour de ton départ, je trouve cette coïncidence bien étrange ! insinua-t-elle en lui servant une tasse de café chaud.

— Je te dis que je n'en sais rien ! Quand cesseras-tu de lui courir après ! Ce sont les garçons qui courent après les filles et non l'inverse, je te l'ai déjà dit !

Vexée, Lucie resta bouche bée pendant quelques secondes, mais son angoisse reprit aussitôt le dessus quand elle aperçut une marque rouge sur son épaule.

— Fais voir un peu… Tu t'es blessé ? demanda-t-elle en arrachant un lambeau de sa chemise.

— Oui, mais rien de grave.

Elle insista à nouveau :

— Quelque chose me chiffonne. Tu reviens dans un état lamentable et Noah qui est introuvable…

Soudain Dorphin sortit de ses gonds.

— Bon sang ! Qu'est-ce que tu es têtue ! Écoute, je ne savais pas qu'il m'avait suivi et quand je m'en suis aperçu c'était trop tard ! répondit-il d'une voix étranglée.

— Alors, c'est donc ça… Je le savais ! maugréa la jeune fille en lui arrachant la tasse des mains. Que s'est-il passé ? Où êtes-vous allés ?

— C'est une longue histoire. Mais il est probablement chez lui à l'heure qu'il est.

— J'en ai assez des mensonges ! Voilà que ça recommence ! S'il y a bien une personne qui doit savoir ce qui se passe, c'est Nelle et je vais la voir sur-le-champ !

Dorphin n'eut pas le temps de rétorquer qu'elle s'était déjà jetée sur la porte d'entrée.

* *
*

Au bout de deux jours, Noah arriva enfin à Castel-Roc, un petit village de campagne isolé, enclavé entre une montagne et un énorme rocher qui le surplombait.

C'était un endroit agréable parsemé de terres agricoles et si on s'engageait sur la rive droite de la rivière, on pouvait ainsi rejoindre les gorges et ses falaises envoûtantes, remplies de secrets.

Le garçon s'arrêta un instant pour renifler le parfum des lavandes. Il apercevait maintenant des toits fumants et de petites lueurs, il approchait enfin de sa destination. Puis il soupira anxieusement et songea à ce que Nelle lui avait raconté au sujet de ses parents : « il avait souffert de maltraitance ».

Cette pensée le fit frissonner.

« Et si elle s'était fait de fausses idées ? se dit-il. Et si mes parents n'étaient pas aussi terribles qu'elle le dit ? Et s'ils avaient changé ? ».

Il avait besoin de voir leur visage. Il avait besoin d'entendre ce qu'ils auraient à dire.

Soudain il interpella deux jolies filles, pas bien plus âgées que lui. L'une d'elles se mit à rire bêtement alors que l'autre se contenta de sourire timidement.

— Je cherche la maison des Martin. Pouvez-vous m'indiquer le chemin ? demanda-t-il d'une voix basse, comme s'il n'avait pas envie que tout le monde sache où il allait.

— Leur sourire disparut aussitôt, et leurs yeux, qui venaient de s'écarquiller, le fixaient comme s'il parlait du diable en personne. Celle qui semblait être la plus âgée des deux lui répondit sèchement, et en fronçant les sourcils :

— C'est tout droit. Par là !

Noah les remercia d'un signe de tête, s'efforçant de ne pas se laisser submerger par l'émotion, de ne rien laisser transparaître. Mais alors qu'il s'éloignait, il sentit sur son dos le poids de leur regard. Elles parlaient entre elles. Et il ne pouvait ignorer leurs affreux chuchotements.

Épuisé, il s'allongea dans une vieille charrette de foin et s'endormit profondément.

Son visage était serein. Le soleil brillait de ses plus beaux rayons et le chant des oiseaux le berçait dans son sommeil.

Mais soudain, le coup pressant d'un râteau contre son dos le fit sursauter.

— C'est pas un endroit pour faire la sieste. Tu es sur mes terres ! Fiche le camp ! cria une voix.

L'homme, d'un certain âge, n'était pas grand de taille, mais ses petits yeux, perçants, avaient quelque chose de menaçant.

— Je suis désolé… Je me suis assoupi, je ne vous embêterai plus. Je cherche les Martin, pouvez-vous m'indiquer le chemin jusqu'à leur maison ?

Immédiatement, le regard du vieil homme devint méfiant.

— Qu'est-ce que tu leur veux aux Martin ? demanda-t-il en serrant fermement le manche de son râteau entre ses mains.

— C'est… c'est important, je dois leur parler.

Le fermier lança un crachat à terre.

— Longe le champ de blé qui est là. Tu verras ensuite un sentier sur ta droite qui te mènera à travers bois.

— C'est tout ?

Il le fixa du regard tout en marmonnant quelque chose d'inaudible dans sa barbe.

— Marche une bonne vingtaine de minutes et enjambe le ruisseau, tu tomberas sur leur maison.

— Merci, répondit Noah.

— Ne me remercie pas. Franchement, je me demande bien pourquoi tu veux les voir. Qu'ils aillent en enfer ces deux-là !

Puis il saisit Noah par le bras et lui dit d'une voix grave :

— Évite de t'attirer des ennuis avec eux ! Y en a qu'on n'a jamais revus !

Noah sentit son cœur s'emballer dans sa poitrine. Les Martin étaient connus, cela ne faisait aucun doute, et personne ne semblait les apprécier. Mais devait-il accorder de l'importance à toutes ces médisances ? Les villageois pouvaient se montrer très durs entre eux, parfois même se menacer pour des intérêts communs ou des histoires de famille.

Il parvint à retrouver son calme et ses jambes continuèrent d'avancer. Il avait pris sa décision et il irait jusqu'au bout, peu importe la réalité à laquelle il devrait faire face. Sa vie pourrait, après cela, prendre un autre tournant.

En longeant le champ, Noah tourna son regard vers le soleil. Il était vif, aveuglant, comme dans son rêve. Sauf que personne ne semblait l'attendre. Aucune silhouette. Cette fois, il était seul.

Il suivit le sentier qui l'entraîna dans le bois. Quand il vit le ruisseau dont lui avait parlé le fermier, il sauta d'un caillou à l'autre, oubliant presque la raison de son périple.

Au fond de lui, une petite voix lui murmura :

« Suis-je né dans ce bois ? Serait-il possible que ces arbres qui m'entourent me reconnaissent ? Ils pourraient bien me saluer… Eh, oh ! Tu es revenu, petit Noah ? Tu es revenu au bercail ! »

Puis une autre voix s'en mêla, une voix plus claire, bien plus autoritaire : « Mais qu'est-ce que tu fais Noah ? Rentre chez toi ! Personne ne t'a attendu et personne ne te reconnaît ! Tu es seul ! Tu l'as toujours été ! C'est ton destin ! Abandonne cette idée folle et retourne à Chaumie, tes amis t'y attendent ! »

Il allait faire demi-tour quand il aperçut des formes, au travers d'un fouillis de branches et feuillages.

La chaumière était là, à quelques mètres seulement. Située dans un espace dégagé, près du ruisseau, elle était toute construite de pierre et presque entièrement recouverte de mousse. À cet endroit, le bois était profond, humide et sombre, car les arbres, serrés les uns contre les autres, empêchaient la lumière de percer. Sa première impression fut que la maison de ses parents aurait très bien pu servir de repaire à une sorcière. Le toit était usé et par endroits, la maison semblait tomber en ruine. Devant l'entrée, des poules picoraient et caquetaient librement autour d'un puits qui semblait abandonné. Deux vieilles chèvres et un petit chevreau étaient allongés là, attachés à un piquet en bois. Non loin de l'habitation, une grange servait d'abri à une énorme vache qui ruminait.

Noah sentait l'émotion l'envahir. Son cœur battait fort alors qu'il avançait pas à pas, se glissant discrètement entre les arbres.

Il réfléchit un instant sur ce qu'il allait faire ou dire, puis, après un certain temps de réflexion, il décida qu'il ne se montrerait pas. Il n'irait pas non plus frapper à leur porte ; tout cela était bien au-dessus de ses forces. Il resterait là, caché derrière un mélèze, et il attendrait le bon moment pour se présenter.

Soudain la porte s'ouvrit et un homme apparut, proférant des jurons. Il était de taille moyenne, costaud et mal fagoté. La mine renfrognée qui s'affichait sur son visage grossier le rendait peu accueillant.

Bouleversé, Noah sentit son estomac se serrer. *Voilà donc à quoi ressemblait son père.*

Et il se demanda : Devait-il s'armer de courage et aller à sa rencontre ? Comment allait-il réagir ?

Au bout d'un moment, il décida de sortir de sa cachette et il fit quelques pas en direction de la maison. Mais alors qu'il s'approchait de plus en plus près, il entendit un grognement derrière lui. Ce n'était pas un grognement amical, non, c'était agressif et menaçant.

Lorsqu'il fit volte-face, il se retrouva nez à nez avec un énorme chien aux babines retroussées.

— Eh ! Gentil toutou ! fit Noah, pour se rassurer.

Clairement, le gentil toutou n'en était pas un. Il montrait les dents et n'avait qu'une seule envie : mordre ou, pire, lui sauter à la gorge.

Par chance, une voix grave et sévère le rappela à l'ordre et pendant un court instant, Noah se sentit soulagé.

Blaise était là, à quelques mètres de lui seulement. Et il regardait Noah comme un insecte qu'on a envie d'écraser.

— Que fais-tu sur mes terres, chenapan ? Tu es venu nous voler, hein ?

— Non ! Pas du tout ! expliqua Noah. Je suis venu pour vous parler !

— Nous parler ? De quoi ?

— Laissez-moi… laissez-moi vous expliquer ! bredouilla Noah.

Il entendit, derrière lui, une autre voix plus agressive encore.

— La belle excuse ! Je vais te faire passer l'envie de venir rôder par ici ! Comme aux autres ! dit la voix.

Puis ce fut le trou noir.

*   *
*

Après que Nelle leur ait fourni certaines explications, Lucie et Arthur s'étaient lancés sur les traces de Noah.

Voilà ce qu'elle leur avait révélé :

Noah était venu la voir dès son retour, et bien qu'il n'ait rien raconté au sujet de ses aventures avec Dorphin, il s'était manqué en avouant s'être rendu au grand lac. Puis il lui avait demandé le nom de ses parents et l'endroit où ils habitaient. Nelle avait d'abord refusé. Elle avait essayé de le convaincre d'abandonner cette idée, mais le garçon, obstiné, n'avait rien voulu entendre. Il faut dire que pendant longtemps, Nelle lui avait menti, prétextant que ses parents avaient quitté la vallée et qu'elle ne savait pas où ils se trouvaient. Sur ce point, Noah n'avait pas tort. Elle ne souhaitait pas qu'il les retrouve, pire encore, elle aurait voulu qu'il les oublie. Malgré tout, ce jour-là, elle avait compris qu'elle ne pourrait plus freiner sa curiosité grandissante et que s'opposer à sa décision ne servirait à rien.

Alors elle lui avait tout dit. Leur nom, ainsi que l'endroit où ils habitaient.

Si Arthur et Lucie n'en surent pas plus sur les circonstances de son abandon, ils apprirent, en revanche, que ses parents s'appelaient Blaise et Bianca Martin. Ils apprirent également qu'ils n'étaient pas des enfants de chœur.

Convaincus que Noah aurait besoin de leur soutien, ils prirent la décision de se rendre à Castel-Roc. Et pour aller plus vite, Arthur emprunta un cheval à son oncle, bien conscient qu'il devrait à son retour répondre de son acte. Car si Noah semblait impatient de se libérer de son fardeau, avait-il vraiment mesuré la portée de sa décision ?

* *
*

Il leur fallut moins d'une journée pour atteindre Castel-Roc et ils n'eurent aucun mal à trouver les Martin. En revanche, ils attirèrent sur eux la curiosité des habitants. En effet, c'était la seconde fois en peu de temps que l'on cherchait à les voir et ces deux visites, inopportunes, commençaient à attiser les commérages.

La maison des Martin n'était pas accueillante. Mais Lucie, impatiente de les voir et de retrouver Noah, se lança la première et frappa à la porte. Comme personne n'ouvrit, Arthur renouvela l'opération : trois coups, bien forts.

Un homme joufflu fit son apparition et Lucie comprit immédiatement, rien qu'en regardant son allure, qu'il s'agissait de Blaise, le père de Noah.

— Euh… Bonsoir. Nous cherchons Noah. Il est ici ?

— Je ne connais pas de Noah et je n'ai vu personne dans mon bois, fit l'homme en donnant avec son doigt un petit coup sec sur son gros nez.

Surpris, Arthur et Lucie échangèrent un regard inquiet. Noah aurait dû se trouver là, chez ses parents. Où était-il alors ? Était-il possible qu'il ait changé d'avis ?

— Qu'est-ce qui se passe ? lança une voix de femme, derrière lui.

Blaise poussa la porte et celle-ci vint se cogner lourdement contre le mur.

— Ils cherchent un garçon… Un certain Noah… répondit le rustre en leur jetant un regard noir.

Il y eut alors un étrange silence.

— Eh bien… Fais-les entrer ! Je vais vous préparer un lait chaud et j'ai de bonnes galettes. Nous vivons isolés mais nous ne sommes pas des sauvages, dit-elle en essuyant ses mains farineuses sur son tablier. Allez ! Entrez !

Arthur balaya du regard l'intérieur de la pièce. La maison était bien rangée, mais il s'en dégageait une odeur de renfermé et de moisi.

— Allez ! On ne va pas vous manger ! Hein, Blaise ! ajouta la femme en ricanant.

La phrase donna à Arthur la chair de poule. Ils n'étaient pas clairs ces deux-là, cela ne faisait aucun doute. Mais voilà, sur le pas de la porte, l'homme leur fit comprendre avec une autorité naturelle, qu'ils n'avaient pas vraiment le choix. Une invitation chez les Martin ne se refusait pas (ou dans le cas contraire…)

Arthur entra le premier et Lucie qui le suivait pas à pas, sursauta quand elle entendit la porte se refermer.

Bianca les attendait, debout au fond de la pièce. Les mains posées sur ses hanches, elle les observait avec dans le regard cette petite pointe d'agressivité qui ne pouvait échapper à personne. Elle n'était ni laide ni belle. Elle avait des yeux clairs et perçants, un nez en trompette, des joues enflées et couperosées. Ses cheveux, relevés, étaient ramassés dans un chignon peu soigné. Elle était habillée simplement : une blouse blanche, une jupe marron ordinaire et un tablier noué autour de la taille.

— Je m'appelle Bianca. Et lui, c'est Blaise, mon époux. Asseyez-vous, je vais vous servir à boire et à manger, dit-elle en en se dirigeant vers un vieux placard.

L'homme les regarda avec insistance, puis il rejoignit sa femme à qui il marmonna des mots inaudibles.

Pendant qu'ils causaient, Lucie prêta attention à l'allure de cet homme qui ne semblait pas se soucier de sa propre apparence. Ses cheveux étaient longs et gras, son visage dévoré par la couperose. Il portait une chemise, sale, qu'il avait retroussée sur ses bras et qu'il n'avait même pas pris le soin de rentrer correctement dans son pantalon rafistolé. Ses godasses étaient pleines de boue et déchirées par endroits.

Elle se rendit compte, avec une horreur croissante, que son regard noir et vitreux dégageait quelque chose de mauvais.

Soudain, la discussion entre les deux époux devint houleuse et, semblant à bout de nerfs, Blaise l'a saisie par le bras :

— Mais à quoi joues-tu enfin, vieille folle ?

— Tais-toi, Blaise ! Je n'ai pas envie d'avoir le village sur le dos, on a déjà assez de problèmes. Crois-moi, il vaut mieux gagner leur confiance.

— Tu commets une grave erreur !

— Non ! Je sais ce que je fais ! Tais-toi maintenant, vieux bougre !

Inquiets, Lucie et Arthur restèrent silencieux, faisant mine de ne pas remarquer leur dispute.

Au bout de quelques minutes, la femme se dirigea vers eux, tenant un plateau entre ses bras.

— Voilà ! Ça va vous faire du bien à tous les deux ! Elle est humide cette forêt !

Elle posa brutalement deux tasses de lait chaud sur la table.

— Buvez-moi ça !

Arthur détourna légèrement la tête pour éviter son haleine fétide. De plus, il se dégageait d'elle, tout comme de son mari, une odeur forte, qui prenait au cœur.

S'il y avait eu autrefois quelques délicatesses dans les gestes de cette femme grossière et vulgaire, cela ne se voyait plus. Son visage encore lisse était peu marqué par les rides, mais son regard dur, glacial, donnait froid dans le dos.

« Quel drôle de couple… », se dit Arthur en observant le liquide jaunâtre de sa tasse de lait.

Au bout de quelques minutes, il s'arma de courage et se décida à les questionner.

— Vous comprenez… Nous étions certains que notre ami Noah était venu par ici.

— À quoi ressemble-t-il ? demanda Blaise en se servant une tasse de café.

— Il est châtain, de taille moyenne. Et il a les yeux bleus.

Ils furent interrompus par des cris plaintifs. Les cris d'une femme qui semblaient venir de l'étage.

— Oui ! J'arrive ! cria Bianca. La mère de Blaise est âgée et souffrante, je dois m'occuper d'elle, expliqua-t-elle avec une certaine lassitude.

Elle amassa différentes choses dans une assiette, puis elle disparut dans l'escalier.

Arthur et Lucie levèrent les yeux vers le plafond tout en inclinant leur tête vers le haut. Le plancher craquait maintenant sous ses pas et ils entendaient des femmes parler entre elles.

Blaise se positionna devant la fenêtre, le dos tourné vers eux. Clairement, il n'avait aucune envie d'entamer une discussion.

Un temps interminable s'écoula.

— Nous n'avons vu personne, n'est-ce pas Blaise ? affirma-t-elle en émergeant enfin du sombre escalier.

— Il s'est peut-être perdu… suggéra-t-il.

— Mange ! Tu m'en diras des nouvelles ! s'exclama Bianca en proposant à Lucie une assiette pleine de galettes.

Soucieuse de ne pas la froisser, la jeune fille en prit une et en croqua un morceau sous les yeux dépités d'Arthur qui la regardait. La galette était rance, presque immangeable, mais Lucie ne laissa rien transparaître et prit la peine d'avaler chaque bouchée.

Arthur réfréna son envie de poser une autre question. Il but une gorgée de lait et résista tant bien que mal au besoin de cracher le liquide amer et détestable qui lui empestait la bouche.

— Je suis navrée de ne pas pouvoir vous aider, annonça Bianca. Mais à votre place je ne m'inquiéterais pas trop, il est sûrement au village. Mais d'ailleurs, pourquoi serait-il venu jusque chez nous ?

— Oui c'est vrai ça... Pourquoi ? ajouta Blaise en s'asseyant calmement dans son fauteuil.

Cette façon qu'il eut de fixer Lucie de ses yeux noirs la rendit nerveuse et elle ne sut quoi lui répondre. Après tout, elle ne pouvait pas leur dire que Noah était leur fils, c'était à lui de le faire.

« Il a dû renoncer à cette idée folle de les rencontrer, tant mieux... » songea-t-elle en éludant sa question.

Heureusement pour elle, Arthur les interrompit.

— On devrait rentrer maintenant.

— Si vite ? Mais vous venez d'arriver... Nous n'avons pas l'occasion de voir beaucoup de monde ces temps-ci.

— C'est gentil, merci, mais nous devons retourner au village rapidement.

— Vous êtes sûrs ? Un bon ragoût mijote sur le feu, vous êtes les bienvenus.

— Notre tante nous attend et elle s'inquiéterait si elle ne nous voyait pas revenir, n'est-ce pas Lucie ?

Lucie ne répondait pas. Ses yeux, qui avaient parcouru la cuisine et le reste de la pièce, s'étaient arrêtés sur le buffet. Le sac marron de Noah s'y trouvait et elle était sûre que c'était bien le sien, car elle avait brodé elle-même son prénom dessus. Il était donc bien venu ici, chez ses parents.

Elle frissonna sur sa chaise et son cœur se mit à tambouriner dans sa poitrine. Ils mentaient. Pourquoi ? Et où était Noah ?

Le coup de coude qu'elle reçut d'Arthur dans le bras, et qui lui fit un mal de chien, la sortit soudainement de ses pensées.

— Lucie ! s'exclama Arthur en haussant le ton.

— Oui ?

— Notre tante ! Elle nous attend !

Gênée, elle se ressaisit aussitôt.

— Oui. Elle est âgée, on ne voudrait pas l'inquiéter, ajouta Lucie, d'une voix tremblotante.

— Je vois… répondit Bianca l'air troublé. Elle ne souriait plus et ses sourcils s'étaient froncés.

— Qui est votre tante ? Dites-moi son nom, peut-être que je la connais.

Lucie posa ses yeux sur la porte. Celle-ci lui parut loin, presque inaccessible. Qui sait comment ces gens pouvaient réagir à la contrariété ? Chaque minute qui s'écoulait était une torture.

— Je pourrais avoir un verre d'eau fraîche s'il vous plaît, lança Arthur timidement.

— Oui, bien sûr, fit la femme en les dévisageant tous les deux d'un drôle d'air.

Les sourcils toujours froncés, elle lui servit un verre d'eau qu'il but d'un trait.

— Nous allons partir maintenant, merci pour votre invitation, annonça Arthur en reposant le verre sur la table.

Lucie savait que c'était peine perdue, mais elle ne put s'empêcher d'essayer une dernière fois.

— Si seulement nous pouvions retrouver notre ami… Nous sommes tellement inquiets…

— Eh bien, il va falloir chercher ailleurs, répondit Bianca sèchement.

— Quelqu'un l'a aperçu ici, près de chez vous alors… Nous ne repartirons pas sans lui, c'est évident.

Blaise jaillit de son fauteuil comme si une mouche l'avait piqué. Il leur lança un œil mauvais et disparut derrière une porte.

Lucie et Arthur se crispèrent sur leur chaise, et Bianca, qui s'était efforcée jusqu'alors de rester calme et courtoise, se transforma soudain en une horrible mégère. Elle se pencha vers Lucie et son regard devint menaçant, aussi froid que de la glace.

— Écoute-moi bien, petite sotte, grogna-t-elle, je n'ai pas vu ton ami. Il n'est pas venu ici, ni dans notre maison ni dans notre bois, il me semble que j'ai été claire, non ?

Blaise réapparut soudainement, un sourire diabolique s'affichait sur son visage.

À partir de cet instant, ils n'eurent plus qu'une idée en tête : fuir à toutes jambes.

Arthur se leva le premier.

— Merci encore de nous avoir reçus, tu viens, Lucie, on s'en va !

— Très bien. Je ne vous reconduis pas, vous connaissez le chemin, répondit Bianca d'une voix sans émotion.

Quand la porte se referma sur eux, ils se sentirent soulagés.

— Mais qu'est-ce qui t'as pris d'insister comme ça ? Tu as perdu la tête ! s'écria Arthur en colère.

— J'ai vu le sac de Noah sur un meuble. Il est venu ici ! Il est venu les voir, Arthur !

— Ce n'est peut-être pas le sien.

— C'est le sien, et j'en suis certaine parce que j'ai brodé son nom dessus.

— Peut-être que ça s'est mal passé entre eux et qu'il est reparti. Peut-être qu'il a simplement oublié son sac et qu'il est à Castel-Roc ou sur le chemin du retour.

— C'est possible, mais pourquoi ont-ils menti alors ?

— Je ne sais pas. Ils pensent peut-être qu'ils n'ont pas de comptes à nous rendre, d'explications à nous donner.

— Arthur, tu as bien vu quand même… à quel point ils étaient bizarres.

— Oui, c'est vrai mais…

— J'ai une idée. On va se cacher dans la grange juste à côté, comme ça, on va pouvoir les observer. S'ils ont fait du mal à Noah, nous le saurons.

— Eh ! Attends un peu. Ils sont bizarres, je te l'accorde, mais qu'est-ce que tu sous-entends ?

— Je ne sais pas. Mais avec ces deux-là, j'ai un mauvais pressentiment.

— Vous et vos pressentiments ! J'en ai marre, moi ! bougonna le garçon en croisant les bras.

Elle se retint de sourire. Ça faisait longtemps que Lucie n'avait pas vu cette bouille de gros bébé s'afficher sur son visage.

— Si on reste, on écartera définitivement la possibilité qu'il lui soit arrivé quelque chose, ou peut-être que, d'ici là, Noah se sera manifesté !

— Je n'ai pas envie de les énerver pour rien ! Et puis on a laissé le cheval au village, il faut le récupérer.

— Tu le dis toi-même, quelque chose ne tourne pas rond chez eux. Je l'ai entendu dire à sa femme qu'il allait se rendre au marché demain matin. Il sera parti à la première heure.

— Peut-être, mais Bianca y sera encore ! dit-il en écarquillant ses yeux verts. Lucie, c'est non !

— Je ne partirai pas sans lui, jamais !

— Mais il n'est peut-être même pas ici !

— Alors, je veux en avoir le cœur net. Tu peux partir, mais moi je reste ici jusqu'à ce que je découvre ce qui lui est arrivé.

— C'est pas vrai ! Mais tu es vraiment têtue comme une mule !

— S'il te plaît, Arthur… implora Lucie, en joignant ses deux mains.

Face à autant d'obstination, Arthur céda.

— D'accord… mais au lever du soleil, on s'en va.

— Promis, répondit la jeune fille enfin satisfaite.

L'instant d'après, Arthur vit une ombre furtive passer devant la fenêtre. Et ça lui donna froid dans le dos.

* *
*

Noah était complètement groggy et sa tête lui faisait un mal de chien.

Il n'y avait plus d'eau à l'intérieur du puits dans lequel il se trouvait, juste de la terre molle qui lui recouvrait les pieds. Le trou n'était pas profond (quelques mètres seulement le séparaient de la surface), mais assez tout de même pour qu'il ne puisse s'en échapper.

Des bribes d'images traversaient son esprit brouillé, il commençait à se souvenir. Quelqu'un d'autre que Blaise l'avait assommé. Par-derrière. Et, alors qu'on le transportait, à demi conscient, il avait entendu des voix :

« — Bianca, qu'est-ce qu'on fait maintenant, hein ?

— Quand je l'ai vu, mon sang n'a fait qu'un tour. J'en ai marre de ces vauriens qui viennent traîner autour de la maison, je ne supporte pas ça !

— Il va dormir toute la journée avec le coup de pelle qu'il a reçu sur la tête.

— Il l'a mérité. Fais ce que tu as à faire maintenant, gros lard. Et ne te manque pas cette fois, on a déjà assez d'ennuis.

— J'vais lui donner une bonne leçon, crois-moi. Je vais le conduire si loin dans les bois qu'on ne le reverra jamais. »

Noah avait dormi quelques heures, par intermittence, assis contre la paroi, la tête légèrement relevée vers le ciel. Et puis soudain il l'avait vu. Un visage, penché au-dessus du puits, qui le regardait. C'était le visage d'un enfant qu'il ne connaissait pas.

* *
*

Arthur et Lucie s'étaient cachés dans la grange. Réveillés à l'aube par les aboiements d'un chien, ils espionnèrent la maison au travers d'une fente, bien décidés à venir à bout de cette histoire.

Blaise se tenait là, sur le seuil de sa porte. Un bout de bois calé entre les bras, juste derrière la nuque, il s'étirait longuement exerçant des mouvements de droite à gauche et de gauche à droite.

— Arthur, qu'allons-nous faire s'ils nous trouvent ?

— Nous dirons que tu étais fatiguée et que nous avons finalement décidé de rester, c'est aussi simple que ça.

— Ils ne vont jamais croire ça…

— Mais enfin Lucie… À quoi tu t'attendais ? Nous n'avons plus le choix maintenant.

Ils furent interrompus par Blaise. Penché au-dessus du puits, il semblait s'adresser à quelqu'un.

— Je vais bientôt m'occuper de toi ! assena-t-il. Ça te passera l'envie de venir rôder par ici.

Lucie tressaillit d'effroi. Elle aurait sûrement crié si Arthur n'avait pas eu le réflexe de coller sa main sur sa bouche.

— C'est Noah ! Je suis sûre que c'est lui qui est là-dedans ! dit-elle à voix basse.

— On n'en sait rien… Mais il faut faire attention, il y a un chien devant la porte, chuchota Arthur.

Ils prirent leur mal en patience en regardant Blaise s'engager sur le sentier qui menait au village.

— Il est parti, c'est le moment ou jamais ! Il faut aller voir, Arthur, je t'en prie !

Le garçon s'empara d'une corde qu'il lança à Lucie. Puis, ils quittèrent la grange et prirent le risque de se faufiler discrètement jusqu'au puits.

Le chien de garde, qui avait senti leur présence, se mit à grogner et à aboyer méchamment.

— Il va nous attaquer, se lamenta Arthur pétrifié.

— Attends, j'ai quelque chose qui devrait faire l'affaire, répondit Lucie en farfouillant dans le fond de son sac.

— Tiens ! Avale et tais-toi ! dit-elle en lançant au chien les quelques biscuits qui lui restaient.

Une fois que l'animal fut calmé, Arthur prit les devants.

— Il ne faut plus perdre une seconde maintenant. Dépêchons-nous.

Mais soudain la porte de la maison s'ouvrit leur laissant à peine le temps de s'accroupir derrière le puits.

Alertée par les aboiements, Bianca s'était emparée d'une fourche. Méfiante, elle scrutait d'un regard vif la grange et les alentours.

— Alors ? Pourquoi as-tu aboyé, gros poil ? s'écria-t-elle en regardant le chien assis dans son panier. T'es tropvieux… et aussi fou que ton maître !

Il s'écoula un long moment avant qu'elle ne se décide à rentrer chez elle. La mégère n'était pas rassurée. Même si Blaise travaillait au village comme charpentier depuis plusieurs années, il n'était pas aimé, les gens se méfiaient de lui. Mais c'était de sa femme dont les gens avaient le plus peur. On disait qu'elle avait un cœur de pierre, qu'elle était pourrie jusqu'à l'os. On racontait que si on traversait leur bois, on pouvait être poursuivi sans relâche et même disparaître.

Blaise et Bianca n'aimaient pas les gens. Ils n'aimaient même pas leurs propres enfants.

« Ils veulent notre peau ! Je le sens ! » affirmait Blaise.

Il n'avait pas tort. À Castel-Roc, les ragots s'intensifiaient, la colère montait.

Lorsque Bianca fut rentrée chez elle, Arthur et Lucie sortirent à nouveau de leur cachette. Et lorsqu'ils penchèrent leur tête au-dessus du puits, ils n'en crurent pas leurs yeux.

— On va t'aider ! Tu n'es plus seul maintenant ! lança une voix qui fut familière à Noah.

Il releva la tête. Son visage était tout pâle et il semblait désorienté.

— C'est moi Arthur ! Je te lance une corde, attrape-la ! Tu m'entends ?

Encore sous le choc, Noah resta silencieux.

— Je sais que c'est dur, mais si tu veux qu'on te sorte de là il faut que tu nous aides un peu, ajouta Lucie. Alors, s'il te plaît, attrape cette corde !

Le garçon mit du temps à se ressaisir. Mais au bout d'un long moment, il se releva enfin et attrapa la corde de ses deux mains.

— Allez ! Accroche-toi ! Tu peux le faire ! insista Arthur.

Laissant échapper un gémissement plaintif, Noah s'agrippa de toutes ses forces et se hissa douloureusement jusqu'en haut.

Épuisé, il s'effondra au sol.

— On ne peut pas rester ici ! Il faut fuir cet endroit au plus vite ! prévint Arthur en balançant la corde au fond du trou. Puis il aida Noah à se relever.

Ils tressaillirent d'effroi lorsqu'une voix parvint jusqu'à eux.

— Vous ne vous en sortirez pas comme ça ! Jamais vous ne repartirez d'ici !

C'était Blaise. Ayant oublié son casse-croûte, il avait fait demi-tour. Il avançait vers eux à grandes enjambées maintenant, et il était hors de lui, prêt à en découdre.

— Oh non ! Courons ! s'écria Arthur en tirant Noah par le bras.

Pris de panique, ils commencèrent à courir, fonçant droit vers le bois. Au loin, ils pouvaient entendre les cris et les jurons de Blaise se perdre dans le lointain. Mais il ne fallait pas s'y fier, il les suivait à la trace.

Cependant, au bout d'un moment, Noah, hors d'haleine, mit fin à leur course éperdue.

— Je suis désolé, il faut que je me repose un instant, gémit le garçon en essayant de reprendre son souffle.

Heureusement pour eux, ils aperçurent au loin, une vieille cabane.

— On dirait une cabane de berger, allons nous y cacher ! s'écria Arthur.

À l'intérieur, ils découvrirent une pièce presque vide. Des fenêtres cassées, un vieux lit tout miteux et une table dans un coin, pleine de babioles sans importance. De toute évidence cette cabane était à l'abandon depuis bien longtemps.

— Regardez par terre ! Il y a une trappe, cachons-nous là-dessous ! lança Arthur.

Il souleva la plaque de bois et découvrit qu'elle menait à un sous-sol poussiéreux, recouvert de terre battue.

Lucie se raidit.

— J'ai trop peur, je ne peux pas.

— Nous n'avons pas le choix ! lança Arthur en jetant un œil derrière lui.

Les garçons descendirent en premier. Lucie, elle, resta immobile, angoissée à l'idée de s'engager à l'intérieur.

— Je ne peux pas, je vous dis. Ça doit grouiller d'araignées là-dedans.

— Il sera là dans une minute ! Descends, enfin ! cria Arthur en la tirant par le bras.

Finalement, elle céda et se laissa glisser dans le trou, avant de fermer soigneusement la trappe derrière elle.

— Taisons-nous maintenant, il approche ! chuchota Arthur.

Lucie s'efforça de garder son calme. Elle sentait les toiles d'araignées effleurer son cou, caresser ses mains, et alors qu'elle imaginait toutes sortes de bestioles courir sur sa robe, elle entendit des pas lourds qui se rapprochaient.

Blaise ouvrit la porte de la cabane et en fit le tour, sans prêter attention à la trappe qui était juste sous ses pieds. Pensant qu'il avait dû perdre leur trace, il tourna quelques minutes en rond, puis quitta les lieux en jurant.

Ils attendirent un long moment, bien conscients que Blaise devait rôder dans la forêt comme un animal en chasse, prêt à en découdre.

— On va rester ici longtemps ? demanda Lucie, exaspérée.

— Regarde-le… Il est épuisé, il a besoin de récupérer, répondit Arthur.

La jeune fille se tourna vers Noah. Assis contre le mur, la tête cachée entre ses mains, il était au plus mal.

— Prenons notre mal en patience, quand Blaise sera las de nous chercher, il rentrera chez lui.

Lucie acquiesça de la tête et vint s'asseoir près de Noah.

— J'ai fait une erreur, une grosse erreur en voulant venir ici, je suis tellement déçu, gémit le garçon d'un air désemparé. Je ne m'attendais pas à une chose pareille. Vraiment pas. J'ai tellement voulu y croire…

À bout de nerfs, il se mit à pleurer.

— Tout finira par s'arranger, j'en suis certaine. Avec le temps, tu finiras par aller mieux. Bois cette potion, ça te fera du bien, répondit Lucie en lui tendant une fiole.

— C'est Nelle qui t'a donné ça ?

— Oui. C'est un mélange de plantes qui va t'aider à te remettre.

Noah aperçut du coin de l'œil, une lueur verte, toute brillante, qui se mit à tournoyer dans les airs comme une petite luciole. Il leva son bras vers elle afin de l'attraper, mais elle s'estompa peu à peu avant de disparaître dans l'obscurité.

— Tu as vu ça Lucie? Qu'est-ce que c'était ?

— Quoi ? De quoi parles-tu ?

— La lueur verte… J'ai vu une lueur, juste là…

Elle ne put s'empêcher de sourire.

— Tu as pris un coup sur la tête, ça ne m'étonne pas du tout. Bois le remède maintenant, Noah, ça te fera du bien.

— Mais…

— Pas de mais ! rétorqua la jeune fille.

Noah était à présent trop éreinté pour discuter. Il but la fiole tout entière et laissa retomber son crâne contre le mur. Et alors qu'il venait de fermer les yeux, il se mit à rêver d'Antinéo et de l'océan. Et il la vit, elle aussi. La créature aux cheveux roux qui se frayait un chemin au milieu des coraux chatoyants.

* *
*

Lucie s'était assoupie. À son réveil, elle réalisa qu'elle était seule. Noah n'était plus à ses côtés et au travers du plancher, elle apercevait une silhouette qui se déplaçait d'un bout à l'autre de la pièce. Qui était là-haut ? Où étaient les autres ?

Elle se leva discrètement, grimpa jusqu'à la trappe et la souleva à peine, suffisamment pour entrevoir Arthur qui faisait les cent pas. Soulagée, elle sortit de sa cachette.

— Arthur ! Pourquoi m'avez-vous laissée toute seule en bas ?

— Tu dormais, je ne voulais pas te réveiller…

— Où est Noah ?

— Justement, je n'en sais rien. Il m'a dit qu'il allait au petit coin et il n'est pas revenu.

— Quoi ? Et si Blaise l'avait capturé à nouveau ?

— Ne paniquons pas, je vais d'abord voir si je le trouve. Toi, tu restes là.

Arthur sortit et fit plusieurs fois le tour de la cabane, en vain. Noah était introuvable.

— Je reviens dans une minute, dit-il en disparaissant entre les arbres.

Les mélèzes oscillaient doucement avec le vent, les oiseaux chantaient, l'air était bon et doux. Elle songea que cette journée aurait pu être une belle journée. À cette heure-ci, elle serait sûrement au marché en train de vendre ses confitures, puis elle irait broder quelques heures à l'atelier, et ensuite, s'il ne faisait pas trop froid, elle irait se baigner à la rivière. Si seulement... si seulement son père n'avait pas fait ce voyage, si seulement Noah ne l'avait pas suivie là-bas au grand lac, si seulement il n'avait pas décidé de venir dans ce coin perdu, rien de tout cela ne serait arrivé.

Lucie s'impatientait. Chaque seconde, chaque minute semblait durer une éternité.

Soudain elle tressaillit de peur : « Et si Arthur disparaissait lui aussi ? Et si elle se retrouvait toute seule ? Et si Blaise était là, caché derrière les arbres et qu'il observait ? Et s'il bondissait brusquement et la faisait prisonnière ? »

— Arthur ! hurla Lucie, soudain prise de panique.

Le vent siffla dans les arbres.

— Arthur ! S'il te plaît, ne me laisse pas ! Reviens !

— N'aie pas peur, je suis là ! J'arrive ! dit soudain une voix.

Arthur émergea de la forêt, le visage contrarié.

— Que se passe-t-il ?

— Je ne comprends pas ! Il est introuvable !

— Il ne serait pas parti comme ça, sans rien dire. Il faut aller le sauver.

— Impossible, c'est beaucoup trop risqué. Tu sais, pour une raison que j'ignore, je pense que Noah est retourné là-bas. Nous n'avons rien pour nous défendre, Blaise est sur la défensive et si nous continuons à le provoquer, il finira par tous nous tuer.

— Mais…

— Non, Lucie ! insista Arthur. Cette fois, c’est bien au-dessus de mes forces. Noah va devoir assumer seul le poids de sa décision.

* *
*

Noah s’approcha d’une fenêtre et posa son regard à l’intérieur de la maison. La raison de son retour était simple : il refusait de partir sans avoir vu sa mère. Mais ce n’était pas l’unique raison. Quelque chose l’avait poussé à faire demi-tour ; un sentiment profond et intuitif qui exigeait des réponses. Quelqu’un s’était penché au-dessus du puits pour le regarder et ça l’intriguait. Si cette personne habitait ici, dans cette maison, alors pourquoi ne lui était-elle pas venue en aide ? De qui pouvait-il bien s’agir ?

Il aperçut Blaise assis en bout de table, avec une serviette nouée autour du cou. Furieux, il but son verre de vin d’un trait et tapa du poing sur la table.

— Quand je pense à ces chenapans !

— Arrête ! C’est trop tard maintenant, répondit Bianca en vidant le reste de la bouteille dans leurs deux verres.

Il laissa échapper un râle de contestation.

— Alors ? Tu vas me la servir cette soupe ? maugréa-t-il.

La mégère se leva, saisit la soupière et lui servit de grandes louches, faisant déborder le liquide verdâtre de l’assiette.

— T’es vraiment bonne à rien !

— Et toi tu n'es qu'un gros bêta sans cervelle ! répliqua-t-elle aussitôt. Si tu t'étais débarrassé du gamin comme on l'avait dit au début, on ne serait pas dans cette situation ! Tu es un lâche !

— Tu n'avais qu'à le faire, toi ! J'en ai assez de te supporter, de vivre avec toi, vipère, mégère !

— Et moi je voudrais que tu crèves ! hurla Bianca en balayant son assiette d'un revers de main.

Furieuse et hystérique, elle prit un balai et commença à donner de grands coups sur les meubles. Les objets volaient en tous sens, certains se brisaient sur le sol.

— Cette fois tu vas voir ! s'écria-t-il en se levant brutalement.

— Qu'est-ce que tu vas faire ? Tu ne me fais pas peur, gros lard, grogna-t-elle.

De toute évidence, c'était un de ces soirs où les Martin avaient encore bu un coup de trop, un de ces soirs où plus rien n'avait de sens.

Le cœur lourd, Noah s'éloigna lentement de la fenêtre, s'apprêtant définitivement à tourner la page sur ces cruels individus.

Mais voilà que la petite lueur verte apparut à nouveau.

Douce et luminescente, elle se mit à tournoyer autour de lui avec une obstination acharnée. Curieusement, il ressentit son énergie et il comprit ce qu'elle attendait de lui. Il était clairement hors de question qu'il s'en aille. Pas maintenant.

La lueur se dirigea soudain vers la fenêtre et entra dans la maison. Subjugué, Noah la suivit des yeux et jeta encore un coup d'œil à l'intérieur.

C'est alors qu'il l'aperçut dans un coin de la pièce, tournoyant autour d'un petit garçon recroquevillé en boule, habillé de haillons bien trop grands pour lui. Son visage était sale et il regardait Bianca et Blaise d'un air désabusé.

Intrigué, Noah contourna la maison jusqu'à une autre fenêtre, celle de la salle à manger d'où la situation lui apparut beaucoup plus claire.

— Allez ! Dépêche-toi de venir t'asseoir ! fit Bianca en se tournant vers l'enfant.

Le pauvre gamin se leva et vint s'attabler face à son père, regardant avec effroi le bol de soupe verdâtre. Ses yeux étaient entourés de cernes noirs, et il avait l'air terriblement triste.

— Mange ! Mange ta soupe ou je te jure que je vais te la faire avaler par les trous de nez ! s'écria Bianca.

L'enfant observa la soupe « vaseuse » avec dégoût. Puis, après avoir maintes fois tourné la cuillère dans le bol, il l'approcha de sa bouche d'une main tremblotante.

Impossible. C'était au-dessus de ses forces. Il posa la cuillère sur la table et fit non de la tête.

Bianca sortit de ses gonds.

— Quoi ? Qu'est-ce qu'il y a ? Arrête tes caprices maintenant ! assena-t-elle.

Elle s'empressa de remplir une cuillère à ras bord et le força à avaler une gorgée qu'il recracha aussitôt.

— Alary ! Je commence vraiment à en avoir assez ! maugréa-t-elle en essuyant la bouche du petit à l'aide d'un torchon crasseux.

Poussé à bout, le garçon laissa échapper un sanglot.

— Et voilà qu'il se met à pleurnicher maintenant ! Ce gamin est infernal ! s'écria Bianca.

— Ta mère a raison. C'est quoi ces manières ! cria Blaise en se levant brutalement de sa chaise.

Effrayé, l'enfant quitta la table et monta à l'étage en sautant les marches deux par deux.

— Ah, tu veux jouer à ça ! Tu crois vraiment que tu peux m'échapper ? Je connais toutes tes cachettes, Alary, tu es tellement stupide.

La lueur ressortit par la fenêtre et vint rejoindre Noah. Elle flottait dans les airs maintenant, juste devant lui, et elle avait gagné en intensité. Sa couleur, d'un vert intense, l'aveuglait presque.

« Sauve-le ! Sauve-le, Noah ! » dit une voix.

C'était une voix douce et mélodieuse. Mais ferme. C'était une voix qu'on ne pouvait ignorer.

Noah réagit presque aussitôt. Il fit le tour de la maison et trouva une autre porte qui lui permit de rentrer dans la maison. Ensuite, il se faufila dans la salle à manger et, sans se faire voir, monta discrètement les escaliers accompagné de la lumière qui le suivait de près. Une fois à l'étage, elle le conduisit jusqu'à une porte entrouverte. C'était une chambre assez grande et plutôt propre même s'il s'en dégageait une odeur de vieux. À l'intérieur, deux lits séparés par une table de chevet. Il remarqua immédiatement qu'une femme très âgée, aux longs cheveux d'argent, occupait celui de droite.

— Alary ! Alary ! Alors… Cervelle de moineau ! Comme si je n'allais pas te trouver ! Je vais t'apprendre à respecter ta mère ! jura Blaise en montant les escaliers.

La vieille femme se redressa sur son oreiller et fit signe à Noah de se faufiler derrière la porte. Puis elle posa doucement son doigt sur sa bouche, de toute évidence, elle n'avait pas l'intention de le trahir.

Blaise surgit. Lentement il se dirigea vers le lit d'Ary, dont il fit le tour.

— Je parie que tu t'es encore glissé là-dessous comme un ver de terre ! Je t'ai eu ! grogna-t-il en le saisissant soudain par les jambes.

La lumière verte se mit alors à tournoyer autour de Blaise, interrompant l'ignoble bonhomme dans son action. Surpris, il relâcha le garçon et se contenta d'écarquiller les yeux, l'air complètement estomaqué. Puis elle s'agita nerveusement et se mit à lui porter de petits coups sur le visage, des coups vifs, tellement puissants qu'il n'eut d'autre choix que de reculer. Trébuchant en arrière contre une vieille malle, il bascula et s'écroula sur le sol.

Voyant qu'il était inconscient, Noah sortit de sa cachette et s'approcha du jeune garçon.

— Tu n'as pas à avoir peur, je suis de ton côté. Viens ! Je vais te sortir de cette maison et t'emmener avec moi.

Alary regarda Noah et resta silencieux, comme s'il avait besoin de temps pour comprendre ce qu'il venait de dire. Puis il se dirigea vers la vieille femme et s'assit près d'elle.

Elle semblait faible et amaigrie. Cela se voyait à son teint blafard, à son cou maigre et à ses clavicules qui ressortaient au niveau des épaules.

— J'ai tellement honte, dit-elle en posant sa main déformée sur sa poitrine.

Elle eut l'air de vouloir reprendre sa respiration.

— Pars, s'il te plaît, pars loin d'ici, gémit-elle d'une voix frémissante. J'aimerais pouvoir t'accompagner, mais je suis malade, tu le sais, et puis… elle n'est pas si mauvaise avec moi. Prends ta liberté, mon petit oiseau. Tu l'as bien méritée en t'occupant de moi comme tu l'as fait. Ne perds pas de temps, va-t'en maintenant ! Et sois heureux !

Le garçon ne montra aucun geste d'affection. Il ne la prit pas dans ses bras, il ne lui donna même pas un baiser sur la joue. Il se contenta de la regarder fixement, sans rien dire.

Et pourtant, alors qu'il s'éloignait vers la porte et se tournait vers elle comme si c'était la dernière fois, Noah devina dans son regard tout l'amour qu'il avait pour elle.

Quelques instants plus tard, ils descendaient comme des fous l'escalier qui menait à la pièce principale.

Seulement voilà, en bas, Bianca les attendait, à la fois furieuse et consternée.

— Encore toi ? Mais enfin, qui es-tu ? lança la mégère en s'adressant à Noah.

— Je l'emmène. Il ne vivra pas une minute de plus dans cette maison de malheur !

Le visage de Bianca se durcit. Folle de rage, elle se dirigea vers le mur et s'empara de la grande fourche qui y était accrochée.

Le garçon se cacha derrière Noah, pétrifié. Il connaissait bien sa mère. Il savait qu'elle était capable de tout.

Soudain, ils sursautèrent. Blaise venait de descendre l'escalier à son tour. Il se tenait la tête et son regard était plus enragé que jamais.

— Toi ? Tu as osé ? Tu as osé revenir ici, petit vaurien ! Mais que nous veux-tu à la fin ?

— Je l'emmène avec moi pour qu'il connaisse autre chose que l'enfer !

L'homme pouffa de rire avant de répondre :

— Tu viens sur mes terres ! Chez moi ! Sans y être invité ! Et tu veux enlever mon gamin ?

— Oui, c'est bien ça.

— Vous allez comprendre tous les deux de quel bois je me chauffe ! grogna-t-il d'un ton menaçant.

Blaise bavait de colère maintenant. Son allure, ses grandes bottes et son nez prédominant lui donnaient l'air d'un ogre.

— Débarrasse-toi de lui pour de bon ! Nous serons enfin tranquilles ! s'écria Bianca.

Elle éleva sa fourche et s'avança vers eux, les obligeant à se retrancher contre le mur. Pendant ce temps, Blaise s'empara d'une corde qu'il serra entre ses mains avec une telle nervosité que ses mains en tremblaient.

— Qu'allez-vous faire de cette corde ? demanda Noah.

— T'emmener, très loin d'ici, au fond de ce bois. Dans un endroit où personne ne viendra te chercher. Quant à toi Alary, tu vas me payer cet affront !

— Ce n'est qu'un enfant ! lança Noah.

Blaise rétorqua froidement :

— J'aime pas les mioches. Avec les mioches, on n'a que des ennuis. Heureusement qu'on n'a pas eu de fille, les filles sont les pires. Elles pleurnichent, se plaignent sans arrêt… Avec le premier déjà on n'a pas eu de chance, y avait quelque chose qui clochait, on a mieux fait de s'en débarrasser.

Noah sentit la colère monter en lui, comme un volcan sur le point d'exploser.

— Et avec celui-là, c'est pas mieux. Un vrai gringalet.

— Pas étonnant avec ce que vous lui donnez à manger. Vous êtes monstrueux ! cria Noah.

Bianca intervint :

— Pfff… Il n'aime rien de toute façon. Et on n'entend jamais le son de sa voix. Il lui manque une case à ce gamin.

— Alors, il ne vous manquera pas.

— Mais on a besoin de lui, qu'est-ce que tu crois ?

C'est alors que, par chance, le regard de la mégère se détourna des garçons. Quelque chose à la fenêtre attirait son attention, au point qu'elle en laissa tomber sa fourche.

— La grange est en feu ! s'écria-t-elle, catastrophée.

— Que dis-tu ? Garde un œil sur eux, je vais voir ce qui se passe ! répondit Blaise en s'élançant à l'extérieur.

Il s'écoula quelques minutes, avant qu'il ne revienne, pris de panique :

— Va chercher de l'eau, de grands seaux d'eau, c'est grave !

Elle le suivit sans attendre, les bras levés vers le ciel.

— Venez ! lança une voix. Avec ce feu, ils seront occupés un long moment.

C'était Lucie. Accompagnée d'Arthur, elle était revenue le chercher.

Ils prirent la fuite tous les quatre, traversant le bois, puis les champs à toute allure, croisant de temps à autre des villageois stupéfaits.

Quand enfin ils furent assez loin, Noah s'arrêta et se laissa tomber dans l'herbe.

— Ça suffit ! gémit-il, exténué. Je pense que nous sommes assez loin.

— C'est vous ? demanda-t-il en s'adressant à Arthur et Lucie. C'est vous qui avez causé l'incendie ?

— Pas du tout, répondit Lucie. On a vu deux hommes s'enfuir en disant d'horribles choses à leur sujet. À mon avis, ils se sont fait beaucoup d'ennemis au village.

Noah parut songeur. Puis il s'approcha du jeune garçon.

— Tu t'appelles Alary, n'est-ce pas ? Je les ai entendus t'appeler par ce prénom.

Le gamin acquiesça timidement de la tête, sans le regarder. Ses grands yeux marron, fixaient le sol.

— Tu veux bien que je t'appelle Ary ? C'est plus simple et plus joli, je trouve.

Il acquiesça à nouveau.

— Quel âge as-tu ? Tu peux me montrer avec tes doigts, si tu veux.

Il montra ses doigts, un à un. Il en montra dix, toujours sans le regarder.

— Alors tu as dix ans, c'est bien ça ?

Il fit un oui timide de la tête.

Voyant que le petit tremblait, Lucie enroula une couverture autour de ses épaules.

— Noah, il n'est pas en grande forme.

— C'est honteux. Il est blanc comme un linge. Et tu as vu les cernes qu'il a sous les yeux ?

— Qu'allons-nous faire ?

— Sur la route, nous trouverons sûrement un abri convenable pour la nuit. Il ne peut pas dormir à la belle étoile comme nous le faisons, son état pourrait s'aggraver. Il faut trouver un endroit bien abrité où nous pourrons faire un feu.

— Le cheval ! Nous l'avons laissé au village ! Que va-t-il devenir ? s'exclama Lucie d'un air désemparé.

— Impossible de rebrousser chemin, on risquerait de retomber sur eux. Nous le récupérerons plus tard, répondit Arthur d'un air désolé.

Au bout d'un instant, Noah leur fit une proposition.

— J'ai vu une maison abandonnée sur la route, on pourrait s'y reposer un peu.

Lucie lui jeta un air inquiet.

— Pas celle qui se trouve au milieu du champ, j'espère, elle me fait peur.

— Elle t'impressionne parce qu'elle est grande, mais c'est juste une vieille baraque…

— J'avoue qu'elle me fiche la frousse, ajouta Arthur.

Soudain Noah mit fin à cette conversation. Il semblait avoir autre chose en tête.

— Ary est le fils de Blaise et Bianca, on est bien d'accord ?

Lucie l'écouta attentivement.

— Oui et alors ? Pourquoi tu dis ça ?

— Réfléchissez un peu enfin… Nous sommes frères ! J'ai un frère !

— J’avoue que je n’avais pas du tout pensé à ça, répondit Lucie en regardant Arthur d’un drôle d’air.

Il y eut, ensuite, un moment de silence.

— Quoi ? Ce n’est pas une bonne nouvelle ? J’ai un frère ! Un frère ! C’est incroyable ! s’écria-t-il en regardant le garçon emmitouflé sous sa couverture. Il lui parut si petit, si fragile, si abîmé, qu’il en eut mal au cœur.

— Je comprends tout maintenant ! C’est lui que je voyais dans mes rêves. Il m’attendait. Depuis tout ce temps, il m’attendait et, au fond de moi, je le savais.

— Je suppose… répondit Arthur en se passant la main derrière la nuque.

Encore un silence, beaucoup plus long cette fois.

— Eh ! Vous pourriez montrer un peu plus d’enthousiasme, vous ne croyez pas ? s’exclama Noah en fronçant les sourcils.

— C’est juste que… comment dire, c’est plutôt inattendu… fit remarquer Arthur.

— Mais c’est comme ça que les meilleures choses arrivent dans la vie, non ? Quand elles sont inattendues !

— Tu ne leur as pas dit qui tu étais, Noah? demanda Lucie.

— Non. Et ça n’a plus d’importance.

— Et la mère de Blaise ? Tu l’as vue ?

— Oui. Elle est vieille et très malade. Je n’ai rien pu faire pour elle malheureusement, admit-il d’un air désolé. Mais je vais bien m’occuper d’Ary. Eh oui, parce que j’ai un frère maintenant et je jure qu’il ne souffrira plus jamais.

Noah avait retrouvé ses parents. Sa déception avait été immense et plus jamais il n'éprouverait l'envie ou le besoin de les revoir. Mais la tragédie liée à son passé et à son enfance lui avait tout de même réservé quelque chose d'incroyablement bon, d'incroyablement inattendu : un frère dont il n'avait jamais soupçonné l'existence.

3

Une étrange demeure

Le vent s'est levé brusquement. Une vaste prairie s'étend à perte de vue, avec en son centre, une énorme bâtisse.

Entourée d'herbes folles, la demeure est construite sur deux niveaux. Parée de bois et aérée par de grandes fenêtres, on peut facilement imaginer, juste en la regardant, combien elle a dû jadis être belle.

Et pourtant, quelque chose de sinistre semble s'en échapper.

— Je reconnais qu'elle est impressionnante, fit remarquer Arthur en remontant le col de sa veste.

Lucie observa les différentes ouvertures de la maison et frissonna à l'idée que quelqu'un puisse y apparaître d'un coup. Elle regrettait déjà de s'être laissée entraîner dans cette histoire, de ne pas avoir été plus ferme. La lumière tombante rendait la bâtisse presque fantomatique et une mélancolie semblait s'en dégager.

— J'ai l'impression que je connais cette maison… mais je n'arrive pas à me souvenir… ajouta Arthur en se grattant la tête.

Noah, lui, semblait hésitant. Il avait remarqué un groupe de corbeaux installés sur le toit. Ils les fixaient de leurs yeux noirs et croassaient fortement, comme s'ils ne souhaitaient pas leur présence.

Il se tourna vers Ary et quand il le vit, tout pâle, trembler sous sa couverture, il sut que reprendre la route serait maintenant impossible.

« On n'a pas vraiment le choix… » se dit-il.

Lucie l'interpella :

— Noah ?

— Noah ! insista la jeune fille.

Il émergea enfin de ses pensées.

— Excuse-moi Lucie, j'étais ailleurs.

— Qu'est-ce que tu disais ?

— Quoi ?

— Tu marmonnais quelque chose, à l'instant.

— Rien d'intéressant, je t'assure. Je n'aurais jamais pensé que le temps puisse changer à ce point en quelques heures. Ary n'a pas l'air bien, allons nous mettre à l'abri.

— C'est juste le vent qui s'est levé, il ne fait pas si froid que ça. On pourrait peut-être trouver un autre endroit, proposa Lucie timidement.

— Trop tard. La nuit va bientôt tomber. Allez, hop, on y va ! lança Noah, même si au fond de lui, la perspective de dormir dans cette demeure, ne lui plaisait guère.

Arthur et Lucie le suivirent, sans hâte.

Ensemble, ils traversèrent la prairie et s'approchèrent de la véranda en bois qui longeait la façade de la maison. Le vent appuyait sur la toiture, la charpente craquait par endroits.

— Ces maisons anciennes et abandonnées sont toujours impressionnantes, mais croyez-moi, il n'y a pas de raison d'avoir peur, expliqua-t-il pour les rassurer.

— Si tu le dis, c'est que c'est vrai… répondit Arthur d'un air pensif et incertain.

Noah poussa la porte grinçante de l'entrée et ils s'engagèrent à l'intérieur, sans faire de bruit.

Étrangement, Lucie fut aussitôt prise d'un vertige. Angoissée, elle s'appuya contre le mur un instant.

— Eh ! Ça va, Lucie ? Tu as l'air toute pâle… remarqua Noah.

— Ça va. Je suis épuisée, c'est tout.

— Ça se comprend avec tout ce qu'on a vécu ces dernières heures. Allez, viens, repose-toi sur moi, dit-il en la prenant par le bras.

Ils commencèrent leur visite. Un grand vestibule débouchait sur une vaste salle à manger éclairée par de grandes fenêtres en piteux état. Les meubles étaient recouverts de poussière et de draps miteux. Dans chaque recoin, d'énormes araignées avaient élu domicile, et le plafond en bois, soutenu par des poutres, avait cruellement souffert de la détérioration du toit.

La salle à manger était équipée d'une grande table, d'un buffet et d'une énorme cheminée qui s'imposait au centre de la pièce. On accédait à l'étage supérieur par le vestibule et il y avait, là, un grand escalier tournant dont les marches disparaissaient peu à peu dans les ténèbres.

Un drôle d'instrument, accroché au mur, attira l'attention de Noah. De nombreux détails étaient soigneusement gravés dans le bois, on pouvait y voir une petite maison entourée de feuillages avec une jolie porte en son centre. Juste au-dessus, un cadran étrange renfermait une paire d'aiguilles en acier, une grande et une plus petite avec, à leur extrémité, des chiffres.

— Qu'est-ce que c'est ? demanda Lucie en voyant que Noah s'attardait sur cet objet.

— C'est une horloge, répondit le garçon d'un air stupéfait. Un instrument qui donne le temps. Personne dans toute la vallée, j'en suis certain, n'a jamais possédé un tel instrument. J'en ai vu dans des livres, mais jamais pour de vrai.

Plus loin, devant la cheminée, se trouvaient deux larges fauteuils recouverts de velours rouge. À leurs pieds, un grand tapis aux formes étranges, on aurait dit des silhouettes qui dansaient.

Lucie effleura l'un des fauteuils avec sa main. Elle put facilement imaginer une femme, assise là, en train de raccommoder une chemise. Pendant un bref instant d'ailleurs, elle crut percevoir un parfum féminin, musqué, qui s'évapora aussi vite qu'il était survenu. C'était toujours comme ça quand elle visitait les vieilles maisons. Elle y ressentait des choses.

Ary s'était figé comme une statue. Ses yeux écarquillés s'étaient posés sur un lynx empaillé disposé comme un trophée sur le buffet. Il s'arrêta pour le contempler pendant que les autres s'engageaient dans la cuisine. La pièce était immense. Un énorme chaudron se balançait, pendu à une crémaillère et plusieurs étagères étaient garnies de plats à tartes et de pots en terre cuite. Une vasque profonde, creusée dans la pierre, servait au nettoyage des aliments et de la vaisselle.

Au rez-de-chaussée, ils découvrirent une autre pièce avec deux commodes et une armoire. Le sol était parsemé de tissus, de vieilles robes, de rideaux et de vieilles chaussures abandonnées. Dans un coin, il y avait une imposante machine à coudre à pédale. Ce lieu, qui devait servir à confectionner et repriser des vêtements, était un immense capharnaüm dissimulé sous d'épaisses toiles d'araignées.

— Cette maison devait être magnifique, fit remarquer Lucie en laissant échapper un long soupir.

— C'est vrai… Ses habitants devaient être importants pour avoir une telle demeure, répondit Noah en examinant les lieux.

Lorsqu'il entendit le vent souffler, il mit fin à cet instant de rêverie :

— Allez ! On devrait se préparer pour la nuit, vous ne croyez pas ?

La proposition fut entendue. Sans tarder, Arthur partit chercher du bois et s'occupa d'allumer un feu dans la cheminée. Lucie balaya le sol poussiéreux de la salle à manger et Noah s'empressa d'isoler les nombreuses ouvertures à l'aide de vieilles planches qu'il trouva ici et là.

Ary, lui, s'assit près de la cheminée, silencieux. Il n'avait pas dit un mot depuis son départ de Castel-Roc, personne n'avait entendu le son de sa voix. Il semblait s'être enfermé dans son propre corps.

Lucie trouva parmi une multitude d'objets cassés, une boîte, vide. Elle l'observa un instant, car ce n'était pas une boîte ordinaire ; un cœur était gravé sur le couvercle et le fond, tapissé d'un tissu soyeux, indiquait qu'elle avait dû contenir quelque chose de précieux.

Un bref instant, elle crut entendre une voix de femme dans le lointain et elle sentit une vague de froid la submerger. Pensant qu'elle n'aurait peut-être pas dû y toucher, elle la posa soigneusement sur le buffet. « Décidément, se dit-elle, cette maison semble avoir des secrets. »

De son côté, Noah sursauta. Il venait d'entendre un bruit, et un frisson lui avait traversé tout le corps à tel point qu'il avait lâché la planche qu'il tenait entre les mains.

— Noah ? Est-ce que ça va ? demanda Lucie en s'agenouillant pour la récupérer.

Le regard du garçon se dirigeait vers les escaliers qui montaient à l'étage encore inexploré.

— Eh, oh ! On dirait que tu as vu un fantôme.

— C'est que… j'ai cru entendre quelque chose.

Lucie n'aimait pas cette maison. Depuis qu'elle y était entrée, elle avait été envahie par une immense tristesse dont elle ne parvenait pas à se défaire.

— Excuse-moi, je ne voulais pas te faire peur. C'est une baraque pleine de courants d'air, expliqua Noah afin de la rassurer.

La jeune fille sentit son cœur s'emballer. Elle ne croyait pas une seule seconde à son histoire de courants d'air. Non. Il y avait quelque chose dans cette maison qui l'effrayait, même si elle ne savait pas exactement ce que c'était.

— Je vais m'asseoir près du feu, dit-elle après lui avoir rendu la planche.

— Noah retourna à ses occupations quand un autre bruit se fit entendre, ou plutôt, un craquement dans le plancher. Il leva les yeux en direction du plafond et tendit l'oreille, à l'écoute du moindre signe de vie. Plus rien. Il n'entendit que la charpente craquer sous la furie du vent.

Intrigué, il abandonna la fenêtre et s'avança lentement vers les marches qui montaient à l'étage.

— Je ne ferais pas ça si j'étais toi, l'escalier est en très mauvais état, tu vas te faire mal, fit remarquer Arthur.

En effet, en s'approchant de plus près, Noah vit que la première marche était fortement abîmée.

Têtu, il l'enjamba tout de même et jeta un œil dans l'escalier silencieux.

— J'ai entendu un bruit, une sorte de craquement, je ne sais pas…

— Sûrement une bestiole, lui répondit Arthur en entassant du bois devant la cheminée.

— Arrête, Noah, tu vas vraiment finir par me faire peur, bougonna Lucie, toujours assise près du feu.

Noah renonça, se disant qu'après tout, il ne devait pas y avoir grand-chose d'intéressant là-haut ; peut-être deux ou trois chambres poussiéreuses, pleines de rats et d'araignées, au plancher si fragile qu'il finirait sûrement par se casser une jambe ou pire encore.

Le claquement d'une porte se fit entendre.

— Ces bruits sont insupportables. J'en ai la chair de poule, se plaignit Lucie.

— C'est le vent… Écoute, on est quand même mieux ici que dehors, il faut bien l'admettre. Regardez, j'ai fait une belle flambée ! s'exclama Arthur en remuant les bûches.

Le garçon cachait bien son jeu. En réalité, la chaleur de la cheminée rassurait son angoisse grandissante.

*   *
*

La nuit tombait doucement. Allongés près du feu, ils admiraient silencieusement les flammes qui crépitaient.

— Lucie, ça y est, je me souviens maintenant. Mon oncle m'a parlé de cette maison, lui confia Arthur.

— Qu'est-ce que tu veux dire ?

— Je l'avais accompagné jusqu'à Castel-Roc pour vendre du bétail et quand nous étions passés devant, il m'avait raconté l'histoire d'une femme qui n'avait plus toute sa tête.

Intriguée, Lucie écarquilla les yeux.

— Comment ça ?

— Elle disait entendre des voix, voir des choses bizarres. Il m'a raconté son histoire, mais je ne m'en souviens plus.

— Fais un effort !

— Je ne m'en souviens plus, je te dis ! De toute façon, elle est morte depuis si longtemps…

— Tu crois que… Est-ce qu'elle est morte ici ? bredouilla Lucie.

— Je ne sais pas.

— Bon, en fait, tu ne sais rien du tout !

Noah mit un terme à leur dispute.

— On devrait peut-être essayer de dormir un peu, on est tous épuisés.

— Je suis d'accord ! acquiesça Arthur en se calant contre le mur.

« Bon sang, cette fille a vraiment le don de m'énerver », pensa-t-il en laissant échapper un long soupir.

Ils s'en étaient bien sortis. Blaise était loin maintenant et ils avaient enfin trouvé un abri où ils pouvaient se reposer en toute sécurité.

Mais ce que Noah s'était bien gardé de leur dire, c'est qu'il n'était pas à l'aise dans cette maison. Quelque chose lui donnait froid dans le dos, en permanence, et sans qu'il ne puisse en expliquer la raison. Tout de même, la journée avait été si longue, si éprouvante, que le sommeil vint le chercher lui aussi.

Plus tard, dans la soirée, le vent s'arrêta enfin de souffler et la maison devint silencieuse, « ou presque », car tandis qu'ils dormaient un bruit étrange les réveilla en sursaut.

— Arthur, as-tu entendu ? lança Noah, les yeux rivés sur le plafond.

— Oui… on aurait dit… Je ne sais pas trop ce qu'on aurait dit… bafouilla le garçon.

— Un cri, c'est ce que j'ai entendu.

— Tu crois qu'il y a quelqu'un là-haut, Noah ?

— Eh bien, je suppose que si c'était le cas, on le saurait déjà, non ? Tu ne penses pas que cette personne se serait déjà manifestée ?

— Oui, à moins de vouloir rester cachée.

— On devrait peut-être aller voir.

Arthur remonta sa couverture sous son nez.

— J'en ai aucune envie, vraiment. Je préfère rester ici, près du feu.

— Trouillard !

— Oui, je suis un trouillard, je le reconnais ! admit Arthur en balayant du regard le vestibule rempli d'obscurité.

Noah regarda Lucie et Ary qui dormaient profondément. Il devait se ressaisir et garder son sang-froid.

Il se tourna d'un côté, puis de l'autre, tellement de fois que ça finit par l'épuiser. Le sommeil semblait le fuir.

C'est alors qu'un autre cri plaintif le fit tressaillir. Le cri fut cette fois accompagné de pas lourds et rapides, puis du bruit sourd d'une porte qui claqua violemment.

Noah se leva d'un bond. Arthur et Lucie étaient debout eux aussi et ils regardaient le plafond les yeux remplis d'étonnement.

— Vous avez entendu ? C'était le cri d'une femme. Il y a bien quelqu'un là-haut, je n'ai plus aucun doute là-dessus !

— Et si c'était un fantôme ? murmura Lucie.

— Ah non ! Vous n'allez pas commencer avec vos histoires de fantômes ! répondit Arthur en fronçant les sourcils. Il fit mine de ne rien montrer, mais l'angoisse lui serrait l'estomac.

Lucie se tourna vers Noah.

— Je suis pétrifiée de peur, qu'est-ce qu'on fait maintenant ?

— Bon, j'admets que je ne suis pas rassuré. Mais il faut qu'on aille voir, il y a sûrement une explication. Tu viens avec moi Arthur ?

— Je ne sais pas…

— Arrête de faire ton froussard, on y va, un point c'est tout ! Je prends la lanterne qui est sur la table, nous en aurons besoin là-haut. Lucie, veille sur Ary.

Muni d'une grosse bougie, Arthur le suivit, sans hâte.

Parsemé de trous, l'escalier longeait le mur, puis tournait à droite, disparaissant peu à peu dans les ténèbres. Le bois craquait sous chacun de leur pas, d'épaisses toiles d'araignées leur barraient le passage.

Arrivés en haut, ils découvrirent un sinistre couloir en forme de « L ». Deux chambres s'alignaient, et une autre, plus loin, se cachait dans un recoin.

— Il y a quelqu'un ? s'écria Noah. Eh, oh ! Vous m'entendez ? Est-ce qu'il y a quelqu'un ?

— Il n'y a personne, tu vois bien qu'on est seuls, ajouta Arthur en tremblant de tout son corps.

— C'est étrange, répondit Noah en ouvrant la première porte.

Une horde de rats surgit, Arthur poussa un cri de dégoût. C'était une chambre toute simple avec un lit et une armoire tout abîmée. Le plafond, par endroits, avait pourri à cause des pluies.

La deuxième porte donnait sur un bureau dont il ne restait pas grand-chose. Des étagères murales s'étaient écroulées et de nombreux ouvrages, éparpillés au sol, avaient pris l'eau.

Ces deux pièces, torturées par l'usure du temps qui passait, étaient dans un piteux état.

— La troisième porte est fermée à clef on dirait, maugréa Noah en insistant sur la poignée.

Il toqua à la porte.

— Il y a quelqu'un ? insista-t-il une nouvelle fois.

Aucune voix ne répondit.

— Personne, tu vois, je te l'ai dit. Retournons en bas, proposa Arthur, c'est une vieille baraque, et les vieilles baraques grincent.

— Et les cris que nous avons entendus ?

— Qu'on a cru entendre.

— Tu te moques de moi ?

— Le hurlement du vent sous les toits peut-être...

— Foutaise, Arthur! Le vent s'est calmé depuis longtemps.

— Les rats ! Les rats couinent, tu sais. Un gros rat en détresse ou alors, je sais : des chauves-souris !

— Des rats, des chauves-souris... Mais tu dis vraiment n'importe quoi !

— Et si c'était notre imagination ! J'en ai assez, Noah ! On est épuisé, le manque de sommeil nous embrouille l'esprit, voilà ce que je pense. On devrait s'occuper d'Ary et dormir un peu.

Arthur se dirigea vers les escaliers.

Le pauvre garçon n'osait pas le dire, mais à l'intérieur de lui-même il était terrifié. Et jamais, oh non, jamais il n'oserait se rendormir.

« Après tout, peut-être qu'Arthur a raison. Il n'y a personne d'autre dans cette maison », pensa Noah en laissant échapper un long soupir.

Il eut un vertige. Puis il se ressaisit. La fatigue le rendait vulnérable et il devait penser à son frère. Il devait faire abstraction de tous les bruits bizarres qui animaient cette vieille demeure et cesser de se comporter comme un gamin.

Mais alors qu'il s'apprêtait à rejoindre son ami, un tableau accroché au mur du couloir attira son attention.

— Ces vieilles maisons sont très angoissantes. Les rats, les toiles d'araignées, les craquements, énuméra Arthur en s'engageant dans les escaliers. Tu te rappelles quand nous étions petits ? Dans la vieille ferme abandonnée, on s'était fait peur tout seuls ? Tu te souviens, Noah ?

Arthur se retourna et réalisa qu'il était seul. Noah ne l'avait pas suivi.

— Noah ! Eh ? Tu viens ? dit-il en étirant son cou vers l'arrière.

Voyant qu'il ne répondait pas, il gravit alors quelques marches et l'interpella à nouveau :

— Noah ! Où es-tu ? Mais qu'est-ce que tu fais là-haut ! Réponds enfin !

Il y eut un grand silence. Où était-il passé ? Pourquoi ne l'entendait-il pas ?

Arthur sentit son corps tout entier se raidir.

— Noah, sache que si tu t'amuses à me faire peur, je serai très fâché contre toi, tu entends ce que je dis ? Très fâché !

Il n'entendit rien d'autre que le bruit des marches qui craquaient sous son poids. Pour une mystérieuse raison, Noah semblait avoir disparu.

*

Pendant ce temps, Lucie s'occupait d'Ary. Assis contre le mur, l'enfant ne quittait pas des yeux le lynx empaillé, à la fois fasciné et intrigué par son apparence figée et immortelle.

— Il est mort, Ary. C'est pour cela qu'il ne bouge pas. Il a été empaillé.

Le garçon tourna la tête vers elle, attentif à ses explications.

— À l'intérieur de son corps, il n'y a plus rien, tu comprends ? C'est… une sorte d'objet décoratif, dit-elle sans conviction.

Ary ne dit rien. Il se contenta de froncer les sourcils.

Soudain pris d'une quinte de toux, il tira la couverture vers lui, les yeux toujours fixés vers le lynx qui semblait le regarder.

— Tu as froid, on dirait… Toi non plus tu n'arrives pas à dormir, n'est-ce pas ? Tu es tout pâle. Je reconnais qu'être assis là, par terre, n'est pas très confortable. Dans la pièce à côté, j'ai vu des commodes et une armoire tout à l'heure. Je vais voir si je trouve une autre couverture et un oreiller, dit-elle en lui appliquant un linge mouillé sur le front.

Elle voulut lui toucher le front, mais il se fit tout raide.

Une bougie entre les mains, elle ouvrit la porte doucement, et entra. Elle jeta un coup d'œil rapide sur la machine à coudre, car il lui sembla entendre un léger grincement, « sans importance », pensa-t-elle. Elle ouvrit les tiroirs d'une commode, puis ceux d'une autre, constatant qu'aucune d'entre elles ne contenait du linge de maison. Enfin, elle aperçut au fond de la pièce, une grande et imposante armoire de couleur vert amande.

La jeune fille fit un premier pas, puis s'arrêta net dans son élan. La flamme de sa bougie vacillait, sans raison.

Bien décidée malgré tout à ramener une couverture, elle prit son courage à deux mains et se dirigea vers l'armoire pour en fouiller le contenu.

Une fois qu'elle eut trouvé ce qu'elle cherchait, elle soupira de soulagement et se moqua d'elle-même.

« Quelle idiote vraiment, c'est juste une vieille maison ! Je n'ai pas de raison d'avoir peur. Peur de quoi, d'ailleurs ? »

Alors qu'elle refermait soigneusement la porte de l'armoire, une couverture serrée sous son bras, Lucie entendit la machine à coudre se mettre en marche, comme si quelqu'un venait d'appuyer sur la pédale.

Elle faillit laisser échapper un cri. Paralysée de peur, elle resta immobile sans oser la regarder. Que devait-elle faire ? Elle sentait qu'il y avait quelqu'un dans la pièce alors qu'elle était seule, cette sensation de présence était insupportable.

La pédale s'arrêta de tourner. Pendant un bref instant, elle se sentit soulagée, alors elle se retourna lentement et avança prudemment, pas à pas.

« La porte… vite… » songea-t-elle en soupirant anxieusement.

Mais elle entendit un grincement, plus important cette fois, comme si quelqu'un venait de se lever de la chaise.

Son cœur commença à s'affoler, ses jambes ne la portaient plus. Il fallait qu'elle quitte ce lieu au plus vite, qu'elle retrouve Ary.

Trop tard…

Un souffle glacé s'abattit brusquement sur sa joue, elle eut tellement peur qu'elle sursauta et faillit tomber à la renverse.

— Allez-vous-en ! dit soudain une voix sèche et colérique.

C'était la voix d'une femme, ni jeune ni vieille. C'était la voix d'une femme qu'elle ne voyait pas, qui n'était pas physiquement là, mais dont elle pouvait sentir le souffle et le parfum. C'était la voix d'une femme qui surgissait des ténèbres.

Horrifiée, elle lâcha la couverture et s'élança vers la porte à toute allure. Mais celle-ci claqua, juste devant elle.

Lucie crut alors que son cœur allait arrêter de battre. Elle s'acharna sur la poignée et tambourina de toutes ses forces sur le panneau de la porte en suppliant qu'on lui ouvre, mais personne n'entendit ses appels, personne ne vint à son secours.

* *
*

Dans le sombre couloir, Noah contemplait un tableau. Une femme, très belle, était assise dans un fauteuil. Elle avait de grands yeux verts, de longs cheveux bruns et une peau au teint de porcelaine. On ne pouvait que l'admirer. Et un homme, brun lui aussi, se tenait debout à ses côtés. Il avait l'air gentil et bienveillant.

Noah s'approcha de plus près. En bas du tableau, il était écrit en petites lettres : *Benjamin et Hernia.*

« Sûrement les maîtres de la maison », se dit-il en soupirant. Cette demeure et ses habitants semblaient avoir connu des jours heureux. Alors que s'était-il passé ? Et comment une jeune femme, aussi belle, avait-elle pu sombrer dans la folie ?

Un bruit de porte claquant contre un mur le sortit de ses pensées.

— Arthur ! C'est toi ? demanda-t-il en se retournant.

La chambre, fermée à clef, s'était ouverte. Et il entendait des pleurs. Une femme qui sanglotait tout en murmurant des mots inaudibles.

Lentement, il se rendit jusqu'à la chambre. Il en était sûr maintenant : il y avait une femme dans la maison. Une femme triste, qui pleurait.

Alors qu'il approchait, les sanglots laissèrent place à une voix mélodieuse, une voix qui chantait une berceuse.

— Madame ? Est-ce que vous allez bien ? Je m'appelle Noah.

La voix mélodieuse se tut.

— Madame ? Est-ce que… est-ce que je peux entrer ? demanda-t-il.

Il n'eut pour réponse que le va-et-vient permanent d'une chaise qui grince.

Déterminé à mettre un terme à ce mystère, il entra enfin dans la pièce.

C'était la chambre la moins délabrée. Quelques fuites d'eau ici et là et de vastes toiles d'araignées tissées dans toute la pièce. Près de la fenêtre se tenait une chaise à bascule, vide, et au côté droit d'un grand lit, un landau aux découpures en forme de cœurs. Vide aussi.

Noah sentit son cœur s'emballer, et à cet instant, une seule pensée lui traversa l'esprit : prendre ses jambes à son cou et fuir sans se retourner. Car dans cette chambre, il n'y avait ni femme ni bébé. La pièce dans laquelle il se trouvait était inexplicablement vide.

Cette maison était hantée, il en était certain maintenant. Seulement voilà, il n'eut même pas le temps de fuir. L'instant d'après, des pas brutaux se dirigèrent vers lui et une force invisible le projeta hors de la pièce avec une violence inouïe.

— Allez-vous-en ! hurla une voix pleine de fureur.

Alors qu'il tentait de se relever, il vit apparaître devant lui une femme entièrement habillée de noir.

Épouvanté, il resta immobile, assis à terre.

Lentement, elle souleva son voile, laissant entrevoir un visage horriblement pâle, des joues creuses et des yeux cernés de noir, sortant de leurs orbites.

— Partez ! ordonna-t-elle avant de s'évanouir dans les ténèbres.

* *
*

Le pauvre Ary se retrouvait seul. Lucie n'était pas revenue, pire encore, la porte donnant sur la pièce où Lucie se trouvait avait disparu. Volatilisée !

L'horloge accrochée au mur était devenue folle. Les aiguilles tournaient, encore et encore, sans jamais s'arrêter, laissant échapper un « tic-tac tic-tac » infernal qui résonnait dans toute la maison. Dehors, les jours et les nuits se succédaient avec une rapidité déconcertante, comme si le temps, lui aussi, était devenu fou.

Ary ferma les yeux un instant, avant de les rouvrir. Où étaient les autres ? Que se passait-il dans cette maison ? Sa terreur était immense.

C'est alors que la porte d'entrée s'ouvrit violemment, tapant fort contre le mur. Horrifié, il essaya de hurler, mais sa bouche resta fermée : « Lucie ! Reviens ! Je vais mourir de peur ! » pensa-t-il désespérément à l'intérieur de lui-même.

* *
*

Lucie était toujours dans la pièce d'à côté, même si, étrangement, Ary ne pouvait plus en distinguer la porte. Elle se tenait face à la fenêtre, pétrifiée. Quelque chose semblait gratter au carreau et elle entendait des grognements effrayants.

Inquiète, elle se retourna et aperçut dans un coin sombre, une femme entièrement habillée de noir. Le voile qui lui cachait le visage retombait sur le sol, formant ainsi une traîne élégante. On aurait dit qu'elle portait le deuil.

Alors qu'un parfum musqué, de plus en plus fort, envahissait ses narines, Lucie eut l'impression que ses jambes allaient fléchir et l'abandonner.

— Je sais que vous êtes là ! Partez ! grommela la femme, en pointant la fenêtre du doigt.

Elle pivota lentement sa tête vers Lucie, laissant échapper un gémissement plaintif.

— Il est arrivé un grand malheur… dit-elle, en se dirigeant lentement vers la jeune fille. Puis elle s'arrêta net, comme si elle s'apprêtait à dire quelque chose d'important.

— Ce soir-là, la lune était magnifique. D'un bleu…

Sa voix prit alors un ton plus grave.

— Ils nous ont attaqués et ils me l'ont pris, gémit-elle en sanglotant.

— Qui vous a attaqués ? Des brigands ? demanda Lucie d'une voix tremblotante.

— Non ! Pire que ça ! hurla la femme en noir en se précipitant vers elle.

* *
*

De son côté, Arthur était perdu. Il errait d'un étage à l'autre et il n'y avait pas de début ni de fin à l'interminable escalier qui le retenait prisonnier.

— Noah ? Noah, je t'en prie, réponds ! s'exclama Arthur désespéré. Au secours ! Est-ce que vous m'entendez ? Noah ! Lucie ! Aidez-moi !

Soudain, il entendit des pas remonter vers lui.

— Dites quelque chose enfin ! hurla le garçon.

Le bois craquait et il entendait des murmures incohérents.

Ce « quelqu'un », qui approchait, n'avait rien à voir avec ses amis, il commençait à en être sûr.

Épouvanté, il s'adossa contre le mur. Sa respiration était rapide, son cœur battait la chamade et alors que les pires scénarios lui traversaient l'esprit, ses yeux, fixes, ne quittaient plus la descente des escaliers.

Quelques instants plus tard, une femme apparut, toute vêtue de noir, sa robe flottant le long des marches.

Elle tendit sa main vers Arthur et s'exprima d'une voix plaintive :

— Où est-il ? Rendez-le-moi, s'il vous plaît !

Puis sa voix changea et devint soudain plus colérique.

— Rendez-le-moi !

Alors que l'angoisse lui tordait les entrailles, Arthur ferma les yeux, priant de toutes ses forces pour qu'elle disparaisse.

Qu'allait-elle faire ? Que lui voulait-elle ? Était-il en danger ?

Quand il rouvrit les yeux, il vit la femme en noir poser sa main sur la rampe d'escalier et monter les marches, lentement.

Il tenta d'appeler à l'aide, mais ses cris se perdirent dans dans un silence absolu.

* *
*

Dans la cheminée, il ne restait plus que des braises. Le soleil commençait à se lever.

— Réveille-toi, Noah ! Réveille-toi, enfin ! cria Arthur.

Noah sursauta.

— C'était… c'était vraiment affreux… bredouilla-t-il en essayant de se ressaisir.

Il ferma les yeux un instant et laissa échapper un long soupir.

— Il y avait une femme… habillée d'une longue robe noire…

— Moi aussi je l'ai vue, ajouta Arthur. Là, dans l'escalier. Tu avais disparu et… je ne veux pas rester une minute de plus dans cette baraque !

— Et toi, Lucie ? lui demanda Noah en se tournant vers elle.

— Moi, j'étais enfermée dans la pièce d'à côté et elle était là, elle me parlait. J'ai eu tellement peur ! répondit la jeune fille bouleversée.

Noah réfléchit un instant.

— Bon, le bon côté des choses, c'est que… rien de tout ça n'était réel. On a tous fait un mauvais rêve.

— Et tu ne trouves pas ça étrange ? Qu'on ait tous rêvé de la même femme ? ajouta Lucie en balayant la pièce du regard.

— Oui, eh bien, moi, je dis : on s'en va ! lança Arthur.

Noah se tourna vers Ary et soupira.

— Et toi ? De quoi as-tu rêvé, mon pauvre ?

Il n'obtint aucune réponse à sa question. Le garçon resta prostré sous sa couverture, laissant à peine entrevoir le bout de son nez.

— Il n'avait pas besoin de ça. Quittons cette maison au plus vite ! s'exclama Noah.

Il s'agenouilla près d'Ary et caressa doucement ses cheveux bruns.

— Nous avons fait le mauvais choix en venant ici, j'aurais dû écouter mon intuition. Ary, fais-moi confiance, dans quelques heures nous serons chez nous, bien au chaud.

Ary ne dit rien. Seulement voilà, il se mit à trembler tout en fixant un coin obscur de la pièce.

— Quoi ? Qu'y a-t-il ? Est-ce que quelque chose te fait peur ? demanda Noah inquiet.

— Je… je ne veux pas voir ça… Fuyons ! Maintenant ! bafouilla Arthur.

Ary libéra une de ses mains et pointa son doigt comme s'il voulait leur montrer quelque chose. En suivant sa direction, ils virent une silhouette, grisâtre et vaporeuse, flotter légèrement au-dessus du sol.

— Noah, est-ce que tu vois ce que je vois ? chuchota Lucie d'une petite voix.

— Oui, répondit le garçon, les yeux écarquillés.

S'agissait-il de la femme en noir ? Si c'était le cas, que leur voulait-elle ?

Un froid hivernal venait d'envahir la maison, de petites vapeurs s'échappaient maintenant de leur bouche et ils n'osaient plus faire un geste, terrifiés à l'idée de provoquer ce spectre sorti d'outre-tombe.

La silhouette s'agita et se mit à tournoyer autour d'eux. Et alors qu'un parfum musqué leur effleurait les narines, ils entendirent des sanglots se mêler à des murmures incompréhensibles.

— C'est sûrement elle, affirma Lucie d'une petite voix. C'est sûrement la femme en noir.

Des pas brutaux se firent entendre tout autour d'eux, des meubles se soulevèrent du sol et des chaises tombèrent à la renverse. Puis la porte d'entrée s'ouvrit brutalement, les invitant expressément à sortir.

De toute évidence, la femme en noir ne désirait plus leur présence. Ils devaient s'en aller, elle l'exigeait fermement.

Terrifiés, ils décampèrent sans attendre de l'étrange demeure.

Pourtant, en traversant le champ, Lucie s'arrêta net et se tourna vers la maison.

— Mais enfin, qu'est-ce qui te prend ? Allez, viens ! s'écria Noah en la saisissant par la main.

— Il a dû se passer quelque chose de grave dans cette maison, tu ne crois pas ?

Noah parut songeur.

— Tu ne dis rien alors ? insista Lucie.

Il mit un certain temps avant de répondre.

— Dans mon rêve, avoua-t-il, j'ai vu un tableau à l'étage. Le portrait d'un homme et d'une femme, ils s'appelaient Benjamin et Hernia… Alors, je me demandais…

— Tu penses qu'il s'agit de la femme en noir ?

— Je ne sais pas. Mais si c'est le cas, où sont passés sa beauté et son teint de porcelaine ?

Ils contemplèrent la demeure un instant, puis Noah s'efforça de se ressaisir.

— Écoute, ne laisse pas cette histoire t'affecter, Lucie. Cette femme était folle, Arthur te l'a expliqué.

— Je reconnais qu'elle m'a terrifiée. Mais ensuite…

— Ensuite ? dit-il avec un brin d'agacement.

— Eh bien, j'ai ressenti son immense tristesse, son désespoir.

— Je crois qu'il vaut mieux oublier cette histoire. S'il te plaît… Ary a besoin qu'on s'occupe de lui, nous avons encore de la route à faire.

Sur ces mots, elle les suivit sans discuter, abandonnant la femme en noir à son propre sort.

Cependant, une petite voix intérieure, qu'il ne pouvait ignorer, chuchota à Noah qu'il reviendrait bientôt dans cette maison.

Alors il se retourna une dernière fois, et qu'elle ne fut pas sa surprise lorsqu'il aperçut une silhouette sombre à l'une des fenêtres.

« Hernia… » pensa-t-il dans son for intérieur. Pour elle, le monde n'existait plus. Et pourtant, son esprit tourmenté semblait attendre quelque chose. Désespérément.
Noah allait-il un jour percer le mystère lié à cette demeure ?
« Non ! Jamais je ne reviendrai ! Jamais ! » pensa-t-il.Il essaya d'oublier la voix, mais en vain.

4

Pour l'amour d'Ary

Malgré tous ses efforts. Dorphin ne trouva aucune famille susceptible de s'occuper de Noah et Ary. Dès qu'il abordait le sujet, les excuses pleuvaient, il n'eut donc pas d'autre choix que de demander à Nelle de veiller sur eux, une tâche qu'elle accepta sans hésiter. Comme elle n'habitait pas loin, elle pouvait les surveiller et faire en sorte qu'ils ne manquent de rien.

Noah faisait des petits boulots ici et là qui lui permettaient de survivre. Avec l'aide de ses amis, il avait cru bon d'aménager le grenier afin qu'Ary ait un espace bien à lui. Ce n'était pas grand, mais suffisant pour qu'il puisse y jouer et dormir.

Dans leur petite maison, qui avait été celle de Nelle autrefois et que Noah avait lui-même retapée, les deux frères participaient ensemble aux corvées : laver et étendre le linge, brosser le sol ou encore s'occuper des poules. Noah s'en était procuré quelques-unes qu'il avait abritées dans un enclos en bois, et chaque jour Ary devait les compter, récupérer les œufs et leur lancer du grain, veillant bien à ce qu'elles aient assez d'eau. C'était la corvée qui lui déplaisait le moins. Le garçon adorait regarder les poules picorer et caqueter entre elles, et parfois, il lui arrivait même d'en attraper une, qu'il gardait bien serrée entre ses bras. Il la promenait autour de la maison un bon moment, puis, quand il en avait assez, il la relâchait doucement dans l'enclos.

Ary aimait les animaux. Il n'avait aucune difficulté à les comprendre et c'était réciproque. Un jour, ils avaient trouvé un louveteau de couleur fauve qui s'était égaré. Ils lui avaient donné de l'eau, et comme Noah connaissait bien la forêt, ils s'étaient empressés de chercher sa tanière avant qu'il ne soit trop tard. Confronté à la meute de loups, Ary n'avait pas été effrayé, bien au contraire, un sourire radieux s'était pour la première fois dessiné sur son visage. Il leur avait rendu le petit, et curieusement, ceux-ci s'étaient approchés de lui, sans se méfier. Il s'était passé quelque chose entre eux, quelque chose de troublant et d'inexplicable.

À Chaumie, personne n'avait à se plaindre d'Ary puisque ses yeux étaient constamment rivés sur son grand frère et sur ce qu'il faisait. Mais il ne regardait pas les gens, il avait cette façon bizarre de les éviter comme s'il ne s'intéressait pas à eux. Parfois il lui arrivait même de fixer le vide ou de fuir sans raison.

Son comportement étrange effrayait les habitants du village. Et de ce fait, les mauvaises langues se déchaînaient entre elles. Qui était le frère de Noah ? D'où venait-il ? Pourquoi avaient-ils été séparés aussi longtemps ?

Submergé de questions, Dorphin avait mis un terme aux commérages en expliquant que leurs deux parents étaient morts. Et ce n'était pas vraiment un mensonge. L'incendie qui avait ravagé leur grange n'était pas le fruit du hasard. Plusieurs individus de Castel-Roc, déterminés à se débarrasser d'eux, avaient décidé de leur régler enfin leur compte. Sentant le vent tourner, les Martin s'étaient enfuis si loin que personne ne les reverrait jamais.

« Laissez-les tranquilles. L'essentiel c'est qu'ils soient réunis, le reste importe peu », avait expliqué Dorphin à qui voulait l'entendre.

Et les mauvaises langues s'étaient enfin tues.

Mais si tout semblait aller pour le mieux entre les deux frères, les apparences étaient trompeuses. Ary ne parlait toujours pas. Silencieux, il se contentait de hocher la tête pour dire oui ou non, sans laisser la moindre émotion s'afficher sur son visage. Ou peut-être que, plus grave encore, avait-il du mal à en éprouver. Clairement, il était dans son monde.

Lors des repas, Noah et Ary se regardaient, sans vraiment savoir ce que l'un pensait de l'autre. Toutes les choses qu'ils auraient pu se dire, toutes les choses qu'ils auraient aimé entendre, se perdaient dans le silence.

Tous les soirs, Noah bordait Ary et lui racontait une histoire. Une histoire de loups. Assis sagement, droit comme un I, le petit écoutait avec attention même si ses pensées, parfois, semblaient dériver ailleurs.

Lorsque Noah avait terminé, Ary se laissait glisser dans le lit et refermait ses paupières, sans rien dire. Mais il ne dormait pas. Les histoires ne l'endormaient jamais. Une fois Noah parti, il se redressait brusquement, traînait sa couverture et s'agenouillait près de la fenêtre pour y contempler longuement les étoiles. Il était si emmitouflé, qu'on apercevait à peine le bout de son nez.

C'est seulement ainsi, le regard tourné vers le ciel, qu'il parvenait enfin à trouver le sommeil.

* *
*

Lucie vint leur rendre visite par surprise. N'ayant pas revu Noah depuis longtemps, elle marchait avec un enthousiasme certain et portait à son bras un panier en osier dont le contenu, couvert d'un torchon blanc, semblait volumineux.

— Mon père vous fait cadeau de ce pain. J'ai aussi des fromages de chèvre de la ferme, des confitures et une tarte que j'ai faite moi-même. Ça fait longtemps qu'on ne t'a pas vu au village, Noah. Arthur s'inquiète pour toi, dit-elle en s'empressant de poser le panier sur la table.

Debout près de la fenêtre, Noah soupira.

— Tu sais, avec Ary, je suis tellement occupé…

— Comment va Dorphin ? Je ne l'ai pas revu depuis notre aventure au grand lac.

— Il a du mal à se remettre. En fait, il est même… comment dire ? Il a des sautes d'humeur, on dirait qu'il ne supporte plus rien. Il aurait mieux fait de renoncer à cette escapade, je savais que c'était une folie à son âge. Et si tu me racontais, maintenant. Si tu me racontais ce qui s'est vraiment passé, là-bas au grand lac? Pourquoi est-il rentré dans cet état ?

— Quoi ?

— Noah… Tu as très bien entendu… maugréa la jeune fille.

Quand il se tourna vers elle, Lucie comprit à l'expression de son visage tourmenté que quelque chose le contrariait fortement.

Elle jeta un coup d'œil circulaire dans la pièce.

— Tu vas bien ? Tu as l'air tout bizarre.

Il y eut un moment de flottement.

— Noah ?

— C'est que… En vérité, Lucie, je suis perdu.

— Perdu ? Mais parle enfin, qu'est-ce qui t'arrive ?

Le garçon baissa le ton de sa voix.

— C'est Ary. C'est plus compliqué que ce que je pensais.

— Oui, je m'en doute. Mais, tu savais que ce serait difficile quand tu l'as ramené ici, n'est-ce pas ? dit-elle en posant sa main sur son épaule.

— Il ne parle toujours pas et il ne mange presque rien ou toujours la même chose, des patates et encore des patates… Il ne supporte pas qu'on lui lave ses vêtements et si tu voyais la façon qu'il a de décortiquer les fruits quand il les mange…

— Quelle importance…

— Lucie, il ne me regarde même pas quand je lui parle. Il ne s'intéresse qu'aux animaux. Les loups et encore les loups… On dirait qu'il ne pense qu'à ça. C'est la faute des « Blaise ». Je les déteste !

— Allons… Réfléchis un peu… Tout ce que tu me racontes, ça me rappelle quelqu'un, dit-elle en affichant un sourire ironique. Et tu n'as pas vécu avec eux pourtant…

Noah parut embarrassé.

— Qu'est-ce que tu veux dire ?

— Tu étais un peu comme lui. Moins en grandissant. Tu n'écoutais jamais vraiment quand on te parlait, mais tu passais ton temps à poser des questions. Tu ne supportais pas de porter des vestes, encore moins des chaussures aux pieds. Et puis tu avais cette façon de communiquer avec les arbres, on aurait dit que tu ressentais quelque chose de spécial.

— J'étais aussi bizarre ?

— Oh oui… Et tu l'es toujours, crois-moi… dit-elle d'un air moqueur.

— C'est sûrement la raison pour laquelle je n'ai jamais trouvé une famille, soupira-t-il.

— Moi ça ne m'a jamais effrayée. Au contraire, j'étais fascinée et puis tu me faisais rire. Enfin… pas toujours, dit-elle en levant un sourcil de manière amusée.

Voyant qu'il gardait son sérieux, elle reprit :

— Noah, les gens ont peur de la différence, de ce qui ne leur ressemble pas. Ils sont tellement bêtes ! Tu connais l'histoire du petit Gramme quand même ?

— Du petit Gramme… dit-il en se grattant le côté droit de la tête.

— Tu sais bien, la fille s'est peint le visage avec de la peinture pour lui ressembler !

Noah faillit pouffer de rire, mais il se retint. Lucie était plus sérieuse que jamais et il n'avait pas envie de la mettre en colère.

(Gramme était si petit à la naissance qu'il ne pesait que quelques centaines de grammes. C'était sans doute la raison pour laquelle son père l'avait appelé ainsi. Avec le temps, il avait pris des forces et il était devenu un beau

jeune homme, mais sa petite taille lui faisait toujours défaut et il avait depuis sa naissance une tache rougeâtre persistante qui lui recouvrait la partie gauche du visage. Il ne sortait jamais. Il ne manquait de rien, sa mère était aux petits soins. Elle veillait sur lui, et surtout, elle le tenait à l'écart des autres enfants qui se moquaient de lui. On racontait qu'en le touchant on pouvait devenir comme lui. On racontait aussi qu'il était marqué par le diable.

La peinture l'avait sauvé, il s'était mis à peindre de superbes tableaux dès son plus jeune âge. Il en avait peint quatre-vingt-dix-neuf très exactement.

Un jour, alors que ses parents visitaient la mère de Gramme et qu'elle s'ennuyait à mourir, une fille nommée Élise les laissa à leurs conversations ennuyeuses, prétextant vouloir visiter le jardin. Mais elle s'égara dans les sombres couloirs de la demeure et découvrit une porte secrète. Une fois qu'elle eut monté l'escalier en colimaçon, elle découvrit l'atelier de Gramme, une pièce entièrement garnie de tableaux.

Élise était incroyablement belle, mais également égoïste, insupportable et cruelle envers tous ceux qui tentaient de la contrarier. Elle n'avait qu'à lever le petit doigt pour avoir tous les garçons à ses pieds et ses parents lui passaient absolument tous ses caprices. On aurait pu croire qu'elle y prenait un réel plaisir, mais au fond d'elle-même, elle détestait ça.

Quand elle découvrit la galerie, elle fut immédiatement subjuguée par la beauté des tableaux et ce qu'ils exprimaient. Gramme ne lui prêta aucune attention, même lorsqu'elle se planta à côté de lui et qu'elle toussota comme une idiote afin d'attirer son attention.

C'était la première fois que ça lui arrivait, on ne l'avait jamais ignorée de cette façon et ce rejet avait éveillé en elle une incroyable attirance pour cet individu qui ne ressemblait à aucun autre.

À partir de ce jour, à chaque occasion qu'elle put avoir de revenir à la demeure, elle se rendit à l'atelier et chercha par tous les moyens à se faire remarquer. En vain. Ses belles robes et ses jolies coiffures n'y faisaient rien.

Désespérée, elle prit de la peinture rouge et se couvrit une partie du visage, comme lui.

En découvrant ce qu'elle avait fait, Gramme laissa tomber son pinceau et se leva brutalement de son siège en la fixant de ses yeux bleus perçants. Elle crut d'abord qu'elle avait fait une terrible erreur. Elle eut même peur de sa réaction. Mais il éclata de rire et ce fut le début d'une grande amitié, ils venaient de se sauver l'un et l'autre d'une immense solitude.

Le jour où elle annonça à ses parents qu'elle voulait se marier avec Gramme, ils crurent en mourir. Son père la menaça de lui couper les vivres, mais elle le menaça en retour de s'ôter la vie. Ils finirent donc par accepter et les tableaux du jeune homme eurent un énorme succès.

On raconte qu'il peignit un seul tableau de plus après cela. Le centième. Un tableau sur lequel deux visages se superposaient, ne faisant qu'un. Mais celui-là, personne ne le vit jamais, Gramme le garda précieusement en souvenir de leur rencontre.)

Noah se mordit la lèvre inférieure pour s'empêcher de rire.

— Tout le monde connaît cette histoire, Lucie… Et c'est le genre d'histoires que se racontent les filles entre elles.

— Idiot !

— Et je ne vois pas le rapport avec Ary et moi.

Il vit dans le regard de Lucie, ce qu'elle pensait : « Mais s'il pouvait se taire ! »

Vexée, elle se mit à bouder pendant un instant. Puis elle reprit :

— Ce que je veux dire, c'est que… vous n'êtes pas les seuls à être différents, il y a des milliers d'histoires comme celles-ci. Ça ne doit pas t'effrayer et je suis sûre que tu vas trouver un moyen de te rapprocher de ton frère.

— Lucie, il n'y a pas si longtemps, je n'arrivais même pas à prendre soin de moi. Je suis peut-être trop jeune, il serait sûrement mieux dans une vraie famille. Dorphin devrait continuer à chercher.

Le doux visage de Lucie se transforma, laissant transparaître une certaine autorité.

— Je n'arrive pas à croire que tu puisses dire une chose pareille ! Tu es sa famille ! Écoute, Noah. Garde confiance en toi et tout ira bien, j'en suis certaine. Il vient de trouver un frère, quelqu'un qui l'aime et qui veut bien prendre soin de lui. Que va-t-il penser si tu le laisses tomber maintenant ?

— C'est juste que… je ne sais pas comment l'aider.

— Sois patient, c'est tout. Il a vécu des choses difficiles, il faut du temps pour panser de telles blessures, l'encouragea-t-elle. Maintenant, je dois partir, je suis en retard.

Noah réfléchit à ce que Lucie venait de dire. Elle avait sûrement raison. Il devait faire preuve de patience et de compréhension. « Se séparer d'Ary… » Comment une telle idée avait-elle pu germer dans son esprit ? Pendant un instant, il eut honte de lui-même. Puis il la dévisagea. Son visage parfait et lumineux, ses beaux yeux noisette, son sourire radieux, cette pointe de malice qu'elle avait dans le regard. Lucie avait su trouver les mots pour le rassurer et lui redonner confiance. Elle n'était pas seulement belle, elle savait aussi se montrer sage et forte quand il le fallait.

Il la raccompagna un bout de chemin, et quand il la vit s'éloigner sur le sentier qui menait jusque chez elle, il se dit qu'il était chanceux de la connaître et de l'avoir à ses côtés. Et il eut l'impression que son cœur battait plus vite et plus fort que d'habitude.

* *
*

« Le torse nu, Noah resserre ses bras autour de son corps et laisse échapper de sa bouche une petite buée de vapeur. Il sent le froid saisir ses os. Que fait-il, seul dans le bois, à une heure pareille ?

Soudain, un grognement bestial, menaçant, vient percer le silence de cette étrange nuit. Il essaye de fuir, court à travers les arbres, mais peu importe où il va, il est suivi et traqué sans relâche.

Quel est ce monstre qui gémit, gronde et se meut autour de lui ?

Là, devant ! Là, derrière ! Tapi au cœur des buissons et des ronces, il est prêt à bondir. Alors pourquoi ne se montre-t-il pas ? »

Noah se réveilla en sursaut, le cœur battant et le front moite. Et alors qu'un frisson lui parcourait le dos, il songea : « Ce même cauchemar, depuis des jours... Qu'est-ce que ça pouvait bien vouloir dire ou annoncer ? »

Il se leva précipitamment, saisit une cruche d'eau fraîche et but de grandes gorgées, les yeux rivés vers le grenier.

— Ary ! Ary, prépare-toi, on a des choses à faire ! cria-t-il en s'habillant.

Comme prévu, ils rejoignirent Lucie et Arthur sur la place, près de la fontaine. Puis ils s'engagèrent sur un vieux pont afin de traverser la rivière. Une fois sur l'autre rive, ils suivirent un chemin de terre à peine visible qui s'enfonçait discrètement dans le bois. Ils marchèrent une quinzaine de minutes jusqu'à ce que Noah eût décidé de quitter le chemin pour s'aventurer plus loin, là où la forêt devenait plus dense. Ensuite, il les guida jusqu'à un endroit rempli de ronces et branchages qu'ils durent contourner à plusieurs reprises.

Quelques minutes plus tard, ils étaient arrivés. Et ça valait franchement le détour.

— J'ai suivi ton conseil, Lucie, lança Noah en lui faisant un clin d'œil.

— Où sommes-nous ? demanda Arthur intrigué.

— C'est un endroit que je garde secret depuis longtemps, expliqua Noah en retirant les branches qui leur barraient la route.

Après avoir descendu une pente très douce, ils découvrirent l'univers verdoyant d'un magnifique sous-bois. Un grand chêne entouré d'un moelleux tapis de mousse régnait là, en maître, et le soleil, qui s'infiltrait doucement entre les feuilles des arbres, illuminait les lieux d'une chaleur rassurante. On pouvait entendre le son infiniment apaisant et mélodieux de petites sources qui coulaient de toutes parts. Un peu plus loin, une grotte émergeait de la végétation. Peu profonde, elle était toutefois assez grande pour qu'on puisse s'y cacher.

Plus bas, la rivière dévalant de la montagne, rejoignait un bassin d'eau claire formé dans le roc. On pouvait y voir de jolis poissons et s'amuser à plonger du haut d'un rocher ; ce petit coin de paradis était une oasis de verdure et de paix, le genre d'endroit susceptible de soigner une âme en peine.

— Attends une minute, on venait s'amuser ici tous les deux quand on était petits, n'est-ce pas ? fit remarquer Lucie en examinant les lieux.

— Oui, tu te souviens, on disait que c'était notre jardin secret, répondit Noah.

Puis il s'adressa à son frère :

— Ary, c'est ici que l'on m'a trouvé. J'étais si petit, si vulnérable que j'aurais pu mourir cent fois. Mais j'ai survécu ! Et tu vois, l'arbre qui est là ? Eh bien, j'ai toujours pensé qu'il m'avait protégé et donné de la force, dit-il en admirant le vieux chêne.

Parfaitement stoïque, Ary posa son regard sur l'arbre. Il ne souriait pas. Il ne parlait pas. En revanche, quand on s'adressait à lui, il écoutait attentivement, cela se voyait à la façon qu'il avait de faire pivoter sa tête légèrement vers la gauche.

— Alors c'est ici que tu passais tout ton temps ? demanda Arthur en admirant les lieux.

— Oui, et aujourd'hui, Ary, je veux que tu saches que cet endroit est le tien. Tu peux venir ici à chaque fois que tu en as envie. Pose ta main sur le chêne, s'il te plaît.

Ary hésita et fronça les sourcils. Mais au bout d'un moment, il fit ce que son frère lui demandait.

— Ferme les yeux et ressens son énergie. Il est vivant, tu sais, il respire. Il est là depuis très longtemps et il est fort, puissant.

Arthur les interrompit :

— Que fait-on maintenant, les amis ?

— On arrête de parler et on s'amuse ! s'écria Noah en s'affalant dans la mousse verte.

— J'adore cet endroit ! s'exclama Lucie. Partout où je pose les yeux, tout est absolument magnifique, c'est presque…

— Magique ?

— Oui, Noah. C'est exactement ça. Magique ! dit-elle en tournoyant sur elle-même. Je veux passer du temps ici, je veux y passer tout mon temps libre.

— C'est ce que nous allons faire, affirma Noah.

— C'est vrai ?

— Évidemment. C'est une promesse que je te fais.

Pour la première fois, elle crut en sa promesse, et alors qu'ils s'allongeaient dans l'herbe en regardant le ciel bleu roi qui s'étendait entre les arbres, le temps semblait s'être arrêté.

Lucie réalisa à quel point elle aurait aimé rester là à ses côtés, pour toujours, loin du tumulte des hommes et des événements, loin des mauvais rêves, loin de tout, avec pour seule compagnie le parfum des fleurs et le chant des oiseaux.

* *
*

Les jours qui suivirent furent inoubliables, et devinrent des semaines. Tout comme Nelle l'avait fait auparavant avec lui, Noah apprenait à son frère à reconnaître les différentes espèces de plantes et à observer la nature qui l'entourait. Ils s'étaient amusés à retaper une vieille barque abandonnée et ils passaient une grande partie de leur temps à plonger et nager dans le bassin. Ils montaient sur le rocher, prenaient leur élan, les bras serrés autour de leurs genoux, et sautaient dans l'eau en criant. Arthur s'amusait à dénicher toutes sortes d'insectes volants et rampants qu'il agitait devant le nez de ses amis en ricanant. Et il était le pêcheur du groupe. Une vingtaine de mètres plus haut, dans la partie amont du cours d'eau, il y avait un endroit idéal où les truites affluaient. Chaque soir ils dégustaient le poisson que le garçon faisait griller sur le feu, puis, à la nuit tombée, ils se racontaient toutes sortes d'histoires, le visage éclairé par la lueur incandescente des flammes.

Profitant de chaque minute, de chaque moment que le temps leur offrait, ils se firent la promesse que cet endroit très spécial, secret, ne serait rien qu'à eux. Et curieusement, Noah sembla en oublier sa quête. Son désir d'évasion s'étiola peu à peu au profit de l'intérêt et de l'amour qu'il vouait à son frère. Et Ary n'était pas l'unique raison de ce changement.

« Lucie »

Son rire spontané l'avait interpellé alors qu'elle se promenait, joyeuse et candide, au milieu des fleurs sauvages. À ce moment précis, il avait compris à quel point il appréciait sa présence, à quel point il avait besoin d'elle.

*

C'était un été particulièrement chaud et sec.

Alors que les deux frères semblaient se rapprocher l'un de l'autre, on aurait pu croire que le temps s'était arrêté.

— Tu sais, Ary, les fleurs ont leur propre langage et elles abritent des créatures dont tu ne soupçonnes pas l'existence, expliqua Noah en s'agenouillant devant des pissenlits.

— Celles-ci, par exemple. Elles ont un secret, bien enfermé à l'intérieur d'elles-mêmes. Regarde, si tu en prends une et que tu souffles, des petites fées s'envolent par dizaines dans les airs.

Noah en prit une, souffla d'un coup sec, et Ary regarda, ébahi, les petites aigrettes s'éparpiller au gré du vent.

— Où vont-elles ? Où vont les fées ? murmura-t-il de sa petite voix timide.

Noah resta bouche bée. Ary avait parlé. Il avait enfin parlé.

— Où vont-elles ? répéta le garçon, en le fixant de ses grands yeux noirs.

Ébahi, il fallut à Noah quelques secondes pour réagir. Puis il se ressaisit, conscient que la moindre maladresse pouvait anéantir tous ses efforts.

— On dit que les fées partent rejoindre leur royaume. Là-bas, d'autres fées les y attendent, répondit-il doucement.

— Elles n'ont pas mal quand on leur souffle dessus ?

— Non ! Bien sûr que non ! C'est comme une caresse. On les aide un peu, c'est tout. Et si tu tends l'oreille et que tu écoutes attentivement, tu peux parfois entendre leurs murmures. Elles parlent entre elles, tu sais.

— Vraiment ?

— Oui, si je te le dis.

Ary prit la fleur dans ses mains et après l'avoir longuement observée, il s'exclama :

— Petites fées, petites fées, envolez-vous ! Allez rejoindre votre royaume.

Un léger sourire s'afficha sur son visage, et son regard, habituellement si sombre, se remplit enfin de lumière.

C'était inespéré. Noah en était sûr maintenant, son frère allait guérir.

Alors qu'Ary s'élançait à la poursuite d'un papillon, Noah s'approcha du bassin, s'agenouilla et trempa sa main dans l'eau avant de s'en asperger le visage.

Il se sentait heureux. Et soulagé. Tout allait bien se passer maintenant, il en était certain.

Mais soudain, un événement étrange se produisit. Le paysage autour de lui s'assombrit et il n'entendit plus le chant des oiseaux ni les voix de ses amis parvenir jusqu'à lui. Il eut alors l'étrange pressentiment que quelque chose allait se passer.

Il plissa les yeux en voyant une silhouette se former dans l'eau, une silhouette sombre et épaisse, qui semblait immobile. Il se redressa légèrement, avala sa salive et jeta un œil autour de lui alors qu'un frisson lui parcourait le dos.

De quoi s'agissait-il ? Quel était le sens de cette vision ?

Intrigué, il se pencha à nouveau au-dessus du bassin et plissa encore les yeux afin de bien se concentrer sur ce qu'il voyait.

Il tressaillit brutalement.

La silhouette accourait dans sa direction maintenant. Comme si elle avait l'intention de bondir sur lui.

Noah trembla de tout son corps et son cœur se mit à cogner si fort dans sa poitrine qu'il en eut la nausée. Il voulait que ça cesse. Il voulait que cette vision disparaisse. Mais il n'en fut rien, il sentit l'obscurité s'abattre sur lui et l'eau du bassin devint ténébreuse, presque noire. Terrifié, il attendit sans bouger. Qu'allait-il lui arriver ? Qu'était-il en train de se passer ?

Et l'inimaginable se produisit.

Une énorme patte, dotée de griffes acérées, émergea des flots et tenta de l'agripper.

Terrifié, il poussa un hurlement que personne n'entendit. Puis il se laissa tomber à genoux, priant de toutes ses forces pour que tout redevienne normal autour de lui.

Il fut impossible à Noah de savoir combien de temps il était resté là, assis à terre, les yeux fixes et le regard vide, mais alors que l'horreur de sa vision se dissipait, il fut rassuré d'entendre la voix de Lucie qui chantonnait.

— Mais qu'est-ce que tu fais, Noah ? Arrête un peu ton cirque ! s'écria-t-elle en pensant qu'il s'amusait.

— Eh ! Regardez ! J'ai encore pêché une énorme truite ! lança Arthur, debout sur un rocher.

Noah se releva, tant bien que mal. Son visage était livide, son front dégoulinant de sueur, et il avait du mal à se ressaisir.

Qu'avait-il vu ? Quel était le sens de cette vision ?

Le reste de la journée, il fit comme si de rien n'était. Pourtant il ne cessait de penser à cette silhouette inquiétante qui avait accouru vers lui et à cette énorme patte griffée qui avait émergé de l'eau. Et il se demandait : « De quel genre de créature s'agissait-il ? Que lui voulait-elle ? Était-ce une vision prémonitoire ? »

Il se garda bien de dire à ses amis, ce jour-là, qu'en plongeant son regard dans les eaux cristallines du bassin, une terreur s'était emparée de lui. Et que cette terreur, maintenant, ne le quittait plus.

* *
*

Alors que soleil s'éclipsait lentement derrière les arbres, Lucie riait aux anecdotes idiotes que lui racontait Noah. Assise dans la barque, elle ne s'était jamais sentie aussi sereine, jamais aussi heureuse. Noah aurait voulu lui parler de sa vision mais, en fin de compte, il ne trouva jamais un moment opportun pour le faire. Et pourtant, il ressentait le besoin de confier ses inquiétudes à quelqu'un. Cette vision le minait. Il y pensait constamment.

— J'ai pris tellement de retard dans mon travail de couture que je vais devoir travailler la nuit. Mais tu sais quoi ? Ça m'est égal, soupira-t-elle en souriant.

— Moi aussi je vais avoir des ennuis, mais ça me fait tellement plaisir de voir Ary aussi heureux.

— Tu as réussi, Noah, ajouta la jeune fille en regardant le garçon courir et s'amuser dans la nature.

— Si cet endroit secret apaise un peu ses souffrances, alors oui, j'ai réussi. Et c'est grâce à toi. Et à tes délicieux biscuits, le pauvre, il déteste le poisson.

— Heureusement qu'il aime certains fruits.

— Et les patates !

— Ah oui… j'avais oublié les patates, dit-elle en pouffant de rire.

Il lui prit la main.

— Je veux que tu saches que tout ce que nous avons vécu depuis l'enfance compte beaucoup pour moi. Et puis, tu m'as sauvé de ce puits à Castel-Roc, comment oublier ça ?

Elle aurait voulu que ce moment dure une éternité. Seulement voilà, Arthur les interpella sur la berge.

— Eh, les amis, qu'est-ce que vous faites ? On rentre, la nuit va tomber !

Ils échangèrent un regard désabusé. Clairement, ils n'avaient pas envie de rentrer.

Soudain, Lucie parut soucieuse et lointaine.

— Qu'est-ce que tu as, tu as l'air triste d'un coup, lui fit remarquer Noah.

— Je pensais à Hernia.

— Quoi ? Ici ? Maintenant ? Mais enfin…

— J'en ai parlé à mon père et il m'a raconté son histoire.

Noah se rappela sa silhouette noire et son visage fantomatique. Il n'avait pas envie de parler d'elle. « Hernia ». Rien que son nom lui donnait la chair de poule. Malgré tout il s'efforça de l'écouter.

— Ah oui ? Eh bien, vas-y, raconte puisqu'on en est là.

— La vérité, c'est que peu de temps après avoir eu son enfant, elle est devenue folle. Arthur avait raison.

— Ça, on le savait déjà, non ?

— Elle prétendait que des créatures horribles voulaient s'en prendre à elle et à son bébé. Un jour il y a eu un drame, son mari a disparu et on l'a retrouvée inconsciente, dans la maison.

— Et son enfant ?

— Je ne sais pas.

— Quoi, il a disparu lui aussi ?

— Peut-être bien… Après cela, on ne l'a plus revue. Pour la plupart des gens, ses crises avaient fait fuir son mari. Certains allaient même jusqu'à dire que dans sa folie, elle l'aurait peut-être tué. Personne ne s'approchait de sa maison, je crois même qu'on a essayé d'y mettre le feu.

Noah resta silencieux. Il n'eut aucun mal à imaginer Hernia, cette nuit-là, en pleine crise d'hystérie.

— Tu crois qu'elle aurait pu être responsable de leur disparition ?

— Je ne sais pas. Il m'a dit que c'était une vieille histoire, il était très jeune lorsque ça s'est passé. Je crois aussi qu'il n'aime pas beaucoup aborder ce sujet.

— Eh bien…

— Voilà, je t'ai tout dit.

— Alors ? Mais qu'est-ce que vous faites, enfin ? insista Arthur.

— On arrive ! s'exclama Noah en lui faisant un signe de la main.

Pendant un instant il se sentit soulagé. C'était la dernière fois qu'ils parlaient d'Hernia, en tout cas il l'espérait.

— Bon, eh bien je crois qu'on a fait le tour du sujet, tu ne crois pas ?

La jeune fille mit un temps avant de répondre.

— Sûrement, oui…

— Il est temps de rentrer, je me rapproche du bord, dit Noah en pagayant jusqu'à la rive.

Il remarqua la déception qui s'affichait sur le visage de Lucie. Décidément, non seulement l'histoire d'Hernia semblait la troubler profondément, mais cette version des faits ne semblait pas l'avoir convaincue.

La barque accosta. Il lui tendit la main pour l'aider à se relever, mais elle perdit l'équilibre et se retrouva dans ses bras. Son visage frôlant alors le sien, elle lui donna un baiser. Jamais Lucie n'aurait cru qu'elle aurait un jour le courage de faire une chose pareille et pourtant, ce jour-là elle avait osé, spontanément, sans réfléchir.

— Lucie Garence ! lança Noah en la regardant d'un air surpris.

Elle eut très vite conscience de s'être emportée, car il ne l'appelait jamais par son nom. Jamais. Et puis, les filles ne faisaient pas ce genre de choses, c'était aux garçons de le faire en premier.

Terriblement gênée et se sentant rougir, elle se serra contre lui pour camoufler son embarras.

Amusé, Noah ne put s'empêcher de sourire. L'instant d'après, il souleva son menton et alors que ses lèvres se posaient sur les siennes, Lucie sentit une myriade de papillons envahir son corps tout entier, son cœur se mit à battre tellement fort dans sa poitrine qu'elle crut s'évanouir.

Elle était heureuse et amoureuse folle de lui. À cet instant, plus rien d'autre ne comptait.

La dernière fois qu'ils avaient vu Ary, il courait au milieu des arbres. Où était-il passé ? Pourquoi ne répondait-il pas ? La nuit tombait et la panique commençait à s'emparer d'eux.

Soudain Noah aperçut Ary, au loin, en train de jouer dans une petite clairière. Il s'était éloigné d'une bonne centaine de mètres et il s'amusait avec trois jeunes loups qui semblaient danser autour de lui. Noah plissa les yeux et s'approcha un peu plus près, prenant garde à ne pas attirer l'attention sur lui. Il reconnut parmi eux, grâce à ses reflets fauves, le louveteau qu'ils avaient trouvé et ramené à la tanière quelques semaines auparavant. Il avait bien grandi, et sa mère était présente, elle aussi. Elle ne semblait pas craindre Ary.

S'il eut envie, ce jour-là, de reprocher à Ary son imprudence, cette envie disparut aussi vite qu'elle était venue.

C'était la première fois que son jeune frère riait aux éclats. Et c'était merveilleux à entendre.

Sur le chemin du retour, ils croisèrent Dorphin, assis sur sa charrette. Il allait si vite qu'il eut bien du mal à faire ralentir les chevaux.

Cependant, une fois qu'il les eut dépassés, il fit rapidement demi-tour afin de s'arrêter à leur hauteur.

— Que se passe-t-il, Dorphin, vous avez l'air tellement pressé ? demanda Noah, intrigué. Il remarqua sa grise mine et ses traits fatigués.

— Oui, c'est vrai, où vas-tu comme ça ? demanda Lucie.

— Effectivement, je suis pressé. Un animal s'est introduit dans le poulailler de la veuve Braie. Toutes ses poules ont été dévorées. Et… ce n'est pas tout ! Son chien aussi est mort. Il a été retrouvé loin de la maison, dans un état épouvantable.

— Oh non… Pauvre femme… soupira Arthur.

— Je… je viens avec toi, elle aura besoin d'être consolée ! s'exclama Lucie.

Elle lança un bref sourire à Noah et monta précipitamment dans la charrette, abandonnant Arthur et les deux frères sur le chemin.

* *
*

Grâce à l'amour et à la patience de Noah, Ary faisait des progrès impressionnants, et même s'il parlait encore peu, il n'était plus le même garçon qu'ils avaient trouvé là-bas à Castel-Roc. Son cœur semblait s'être ouvert au monde. Cependant, il tolérait difficilement la présence des autres, il n'aimait pas qu'on l'interpelle brutalement. Les bruits forts le faisaient paniquer et son regard, toujours fuyant, inquiétait les inconnus qui s'adressaient à lui.

Quelque chose poussait Noah à croire que son frère était différent. Plus différent encore qu'il ne l'était lui-même.

— Satanée pluie ! lança Noah en regardant par la fenêtre.

— Noah ! Je dirais plutôt que la nature pleure de joie, répondit Nelle, un sourire au coin des lèvres.

Elle n'avait jamais su que Noah avait un frère. Blaise avait souhaité s'en débarrasser comme il s'était débarrassé de Noah, mais Bianca, affaiblie et usée par l'alcool, l'en avait empêché. « Il fera l'affaire ! » avait-elle craché avec une immonde froideur. Ses parents n'avaient gardé Ary, ni par amour ni par pitié. Non. Ils l'avaient gardé parce qu'il allait leur être utile.

Nelle eut envie d'aborder le sujet, mais Noah la coupa dans son élan.

— J'aimerais qu'Ary revienne maintenant, il va être trempé, pesta-t-il en se rapprochant de la fenêtre.

— Quand tu étais petit, tu sortais par n'importe quel temps, même sous la grêle. Sur ce point, il te ressemble, fit-elle remarquer, amusée.

— Tu devrais le mettre à l'école.

Il fronça les sourcils.

— Quoi ?

— Nous avons une petite école à Chaumie maintenant. Apparemment, les enfants y apprennent des tas de choses.

— C'est ridicule. Et puis il préfère être seul, croyez-moi.

— Prends le temps d'y réfléchir.

— C'est tout vu.

— Tu ne devrais pas réagir comme ça. Et puis Dorphin pourrait t'obliger à…

Des coups sur la porte mirent fin à leur discorde.

Noah se leva pour ouvrir, tout en jetant à Nelle un regard furieux.

« L'école… Quelle idée… Comme si ça pouvait l'aider… » pensa Noah en son for intérieur.

C'était Arthur. Il avait l'air d'avoir quelque chose d'important à dire.

— Je ne te dérange pas, j'espère… Si tu savais… Au village ils ne font que parler de cette histoire de poules et de chien, s'exclama-t-il à voix haute.

— Oui, j'avoue que c'est bien triste, ajouta Nelle.

— Triste ? Terrifiant vous voulez dire !

Le garçon entra et parcourut la pièce des yeux.

— Ary n'est pas là ?

— Non ! Il est encore en vadrouille, répondit Noah.

— Avec ce temps ?

— Il n'aime pas rester à l'intérieur, c'est comme ça. Vous savez, Nelle, nous avons passé un été formidable, n'est-ce pas, Arthur ?

— Formidable, oui, mais il faut que je vous raconte…

Noah enchaîna :

— Au début, c'était difficile, je le reconnais, mais j'ai eu l'idée de l'emmener dans un endroit très spécial et ça l'a beaucoup aidé.

— Là où je t'ai trouvé ? dit-elle avec une facilité déconcertante.

— Mais… comment faites-vous, pour toujours tout deviner ?

— Mon intuition, Noah… mon intuition…

— Je continue, dit-il l'air renfrogné. On a passé beaucoup de temps là-bas, ça nous a fait du bien à tous.

Le regard de Nelle se troubla et plusieurs images défilèrent dans sa tête. En effet, lorsqu'elle avait trouvé Noah, au pied du grand chêne, elle avait été surprise qu'il ne lui soit rien arrivé. Le froid, la faim, les insectes, les animaux sauvages… Rien de tout cela ne l'avait atteint. Et quelque chose l'avait intriguée. Elle avait cru voir une lumière tournoyer autour de lui. Une petite lueur verte.

« À croire que les esprits de la nature veillaient sur lui », pensa telle en souriant doucement.

— Nelle ? Nelle ! insista Noah.

Elle émergea soudainement.

— Pardon, je réfléchissais… Que s'est-il passé, raconte-moi !

— Il s'est transformé, n'est-ce pas Arthur ?

— Oui, Nelle, j'en suis témoin, c'est là-bas qu'il a parlé pour la première fois et depuis il va bien mieux.

Arthur poussa un long soupir. Clairement, il s'impatientait.

— Je suis fière de toi. Ce pauvre garçon a vécu des choses tellement difficiles dans cette horrible maison.

— Heureusement pour lui, il y avait la mère de Blaise…

— Oui, Lucie m'a expliqué.

— Je pense qu'ils s'aimaient beaucoup. Sans elle, sa vie aurait été insupportable.

— C'était ta grand-mère à toi aussi, tu sais.

Il n'ajouta rien à cela, mais il eut un pincement au cœur. Quelques jours après l'incendie, la pauvre femme s'était éteinte paisiblement. Il se dit à lui-même que c'était mieux pour elle. Ces deux lascars n'auraient pas pu l'emmener avec eux et elle se serait retrouvée seule, livrée à elle-même.

— Écoutez-moi maintenant ! Il faut que je vous raconte ce qui s'est passé, là-bas, chez la veuve Braie ! interrompit Arthur d'une voix forte.

Surpris, Noah et Nelle devinrent silencieux.

— Eh bien, figurez-vous que… lorsqu'ils ont trouvé le chien, il ne restait plus grand-chose de lui. Il a été… comment dire… entièrement dévoré, bredouilla Arthur.

— Que dis-tu ? s'exclama Nelle, horrifiée. Un ours, peut-être… insinua-t-elle en grimaçant.

— Ou bien un animal devenu fou, ajouta Noah.

— Attendez ! Ce qui est troublant, c'est la façon dont il a été tué, expliqua Arthur. Il a d'abord été attaqué violemment, puis, tenez-vous bien, il a été propulsé haut et fort dans les airs, si fort que ses os se sont brisés.

Noah et Nelle le regardèrent d'un air stupéfait.

— Et ce n'est pas tout ! lança Arthur, excité de maintenir un tel suspense. Il a ensuite été transporté et caché sous des branchages. Aucun animal n'est capable de faire une chose pareille, on est bien d'accord ?

— Je n'ai jamais entendu une telle histoire, c'est très inquiétant, répondit Nelle d'un air grave.

Elle pensa alors à cette pauvre femme. Une vieille veuve, que tout le monde surnommait « Mamie Braie » et qui vivait seule avec son chien, Lilo. Un chien-loup, plus tout jeune, certes, mais extrêmement fidèle. Il l'accompagnait partout et il était difficile de les imaginer l'un sans l'autre. Mamie Braie était d'une gentillesse exemplaire. Malgré son âge avancé, elle ne demandait jamais rien à personne, elle se débrouillait seule. Elle habitait une toute petite maison, au centre du village, ce qui lui permettait de se rendre au marché à pied. Les gens venaient parfois lui porter son pain et lui donner des nouvelles autour d'un bon café. Elle cuisinait de délicieuses tartes et aussi des galettes qu'elle conservait dans une boîte pour le grand plaisir des enfants qui passaient par là. Ils savaient que chez Mamie Braie, il y avait de bonnes choses à déguster. D'ailleurs, il suffisait d'approcher sa porte pour sentir la douce odeur de beurre cuit sortant du four. Son intérieur était bien tenu et ses vêtements propres et soignés. La vieille dame, qui avait toujours un torchon à la main ou accroché à son épaule, n'aimait pas le désordre : « chaque chose à sa place ! » disait-elle avec une gentille fermeté. Elle avait, comme on disait, le cœur sur la main. Le peu qu'elle possédait, elle le partageait avec les autres, sans jamais exiger quoi que ce soit en retour. La veuve Braie était une bonne personne. Ce qui venait de lui arriver était inacceptable. Qu'allait-elle devenir maintenant sans son chien qu'elle adorait plus que tout ?

— Je survivrai, avait-elle dit à Dorphin, après le drame. Avec l'âge, on apprend vite que la vie peut être dure et frapper fort. Je survivrai, comme on le fait tous,

chacun à notre façon. Mais promettez-moi, mon ami, que vous trouverez celui qui a fait ça et que vous le punirez ! Mon chien ne méritait pas ça ! C'était le plus gentil des chiens ! Vous punirez ce monstre, n'est-ce pas ? Dites-moi que vous le punirez ! avait insisté Mamie Braie, les yeux remplis de tristesse et de colère.

(Et Dorphin lui avait promis. Même s'il savait bien que, parfois, certaines promesses ne pouvaient être tenues.)

Soudain la porte d'entrée s'ouvrit et vint se plaquer contre le mur brutalement.

— Ary ! Ce n'est pas trop tôt ! Où étais-tu ? s'exclama Noah.

Il n'était pas seul. Nours, le boulanger du village, l'accompagnait. Et le mécontentement qui s'affichait sur son visage n'annonçait rien de bon.

Noah éprouvait du ressentiment à son égard depuis la bataille contre la sorcière. Cette façon qu'il avait eue de se ranger au côté de Nathan à l'époque, l'avait énormément déçu, il avait depuis perdu toute confiance en lui.

Les sourcils froncés, Nours s'adressa à Nelle :

— J'ai surpris ce petit chenapan qui sortait de chez vous, en sautant par la fenêtre.

— Quoi ? fit Noah estomaqué.

— Il s'est fait surprendre, je n'ai même pas eu à lui courir après. Regardez… grogna-t-il en ouvrant son sac. Il a pris deux fioles, un livre et… un morceau de viande qu'il a enroulé dans un torchon.

— Je peux voir ? demanda Nelle en écarquillant les yeux.

Nours jeta le sac sur la table, tout en regardant Ary d'un œil noir.

— Il ne mange pas à sa faim ce garçon ?

À cet instant Noah sentit son sang bouillir de colère.

— Évidemment qu'il mange à sa faim ! C'est absurde !

— On ne vole pas sans raison, fit remarquer Nours.

— Je suis sûr qu'il y a une explication, répondit Noah en s'efforçant de garder son calme. Ary ? Pourquoi tu as fait une chose pareille ?

Le garçon baissa la tête et resta silencieux.

Nelle sortit du sac deux fioles de couleurs différentes et le linge contenant la viande. Le livre était un recueil de remèdes destinés à soigner les maux.

Navrée, elle soupira.

— À qui voulais-tu donner ces remèdes ? Sais-tu au moins ce que ces fioles contiennent ?

— Si tu nous expliquais, on pourrait t'aider… ajouta Noah.

Ary tremblait sous le poids des regards qui s'abattaient sur lui. Les larmes lui montèrent aux yeux, mais il se contenta de fixer le vide.

Nelle le saisit par les épaules, mais aussitôt il se dégagea, les yeux chargés de colère.

— On ne s'introduit pas chez les gens comme ça sans raison, n'est-ce pas ? Que comptais-tu faire avec ces remèdes et ce livre ? C'était pour toi ? Pour quelqu'un d'autre ? À qui voulais-tu donner cette nourriture ?

Devant son silence, elle se rembrunit et perdit patience.

— Parle, enfin !

— Eh ! Vous le malmenez ! Il n'aurait pas fait ça s'il n'avait pas eu une bonne raison de le faire, ajouta Noah en regardant Nelle anxieusement. N'est-ce pas, Ary ?

Il insista.

— N'est-ce pas ?

Ary bougea la tête, mais ce ne fut ni un oui ni un non. Et il était évident que personne n'en saurait davantage.

— J'ai beaucoup de choses à faire, je vous laisse régler ça entre vous, lança Nours avec une sorte d'abandon.

Inquiet, Noah l'interpella :

— S'il vous plaît…

— Je ne dirai rien à Dorphin, si c'est ça qui t'inquiète. Pas cette fois. Mais je compte sur vous pour lui donner la leçon.

— Ce sera fait ! lança Noah soulagé.

Dès qu'il fut parti, Nelle s'adressa à Ary :

— J'aurais été heureuse de t'apprendre l'utilisation des plantes si tu me l'avais demandé. Tu ne veux toujours pas expliquer ton geste ?

— Ça suffit maintenant ! s'exclama Noah. Regardez-le, il s'en veut, ça se voit.

Les secondes qui suivirent passèrent avec une lenteur exaspérante. Ary était toujours debout, le dos voûté, et il semblait contenir un flot de larmes qui ne venait pas.

Noah se mit à sa hauteur.

— Je ne sais pas ce que tu avais l'intention de faire avec tout ça, mais il ne faut plus recommencer. Tu as bien compris ?

Il laissa échapper un petit « oui ».

— J'aimerais que tu demandes pardon à Nelle.

— Pardon, gémit-il doucement.

Il s'écoula un temps.

— Très bien, fit Nelle. C'est un début. J'accepte tes excuses.

Noah en profita pour couper court.

— Alors, passons à autre chose. Ary, tu veux vivre quelque chose de magique ? Quelque chose d'époustouflant ?

— Le garçon acquiesça d'un mouvement de tête.

— Alors, partons maintenant !

— Noah, attends ! Où l'emmènes-tu ? demanda Nelle stupéfaite.

— Voler ! répondit Noah en levant ses bras en l'air. Il n'y a que là-haut qu'on se sent vraiment bien !

Quand elle vit, par la fenêtre, les deux frères s'éloigner, elle ne parvint pas à se débarrasser de l'inquiétude qui la minait. Ces fioles contenaient des breuvages puissants ; il aurait pu s'empoisonner ou empoisonner la personne à qui elles étaient destinées. Et pourquoi avait-il volé de la nourriture ? Ary n'aimait pas la viande rouge. Il n'en mangeait jamais.

Elle secoua la tête d'un côté, puis de l'autre. Rien à faire, quelque chose la chiffonnait. Et ce quelque chose, dont elle ne savait rien, la faisait frissonner.

* *
*

Noah emmena Ary dans les terres rouges. Il ne s'était pas rendu là-bas depuis longtemps, mais rien n'avait changé, le paysage était toujours le même : absolument désertique et spectaculaire avec son labyrinthe infernal de roches aux formes bizarres et ses parois impressionnantes.

Alors qu'il se hâtait de revoir Filondor, son fidèle compagnon, la course lui revint en mémoire. Ils s'étaient rencontrés au fond d'un gouffre alors que Victor usait de tous les stratagèmes pour remporter la victoire. Une magnifique rencontre entre deux âmes perdues et solitaires.

Le temps était doux. Un vent du soir s'était levé, on pouvait voir des grains de sable se soulever par endroits.

Il n'eut aucun besoin d'appeler Filondor. Le sublime rapace au corps de lion, qui pouvait sentir sa présence à des kilomètres, sortit de son trou sans tarder et prit son envol jusqu'à eux.

Ary ne put qu'admirer son bec féroce, ses énormes griffes et la couleur flamboyante de ses plumes. Là-bas, au cœur de ce paysage teinté de rouge, il était toujours roi.

Noah s'approcha de lui et s'empressa de l'enlacer tendrement.

— Ne t'inquiète pas. C'est notre ami, il ne te fera aucun mal, expliqua Noah en le caressant doucement.

— Il est beau ! murmura Ary, les yeux remplis d'admiration.

— Et courageux aussi. Lui et moi, avons une histoire en commun. Il m'a aidé à réduire à néant une terrible sorcière et il veille sur nous, sur la vallée tout entière. Un jour, je te raconterai ce qui s'est passé. Dis-moi, est-ce que tu aimerais qu'on s'envole dans le ciel avec lui ? Tu peux me faire confiance, il ne t'arrivera rien.

Ary recula d'un pas.

— Regarde, c'est sans danger ! s'exclama Noah en chevauchant l'animal.

— Lance-toi ! Allez, viens ! Donne-moi ta main et installe-toi devant, juste là, expliqua Noah en désignant l'espace qu'il y avait entre lui et le* griffon.

Le garçon mit un certain temps à accepter cette main qui se tendait vers lui. Mais l'envie de grimper sur Filondor et de s'envoler dans le ciel fut soudain plus forte, plus intense que ses propres peurs.

Il céda.

Les deux frères tournoyèrent dans les airs, libres et légers comme des oiseaux, rasant de près les rivières et les forêts, admirant la nature dans toute sa splendeur.

Dans le ciel, tout était incroyablement silencieux et Ary n'avait plus à supporter le regard des autres.

Heureux et soulagé, il caressa doucement les plumes du griffon et s'endormit paisiblement. Il fit un rêve étrange ce jour-là. Il se vit courir et bondir à travers champs. Et il adorait ça.

« On est tellement bien, là-haut, loin du monde d'en bas… » songea Noah.

Cependant, une question tournait en boucle dans son esprit : Son frère avait un secret. Lequel ?

Il devait au plus vite mettre fin à ce mystère.

5

Un monstre dans les bois

Assis au bord du bassin, Ary regarde les têtards qui grouillent, vont et viennent dans tous les sens. Un beau sourire illumine son visage. Il va les nourrir, les élever et les voir grandir jusqu'à ce qu'ils deviennent de belles grenouilles qu'il relâchera ensuite dans la nature. Voilà ce qu'il se dit en les enfermant dans un grand bocal en verre.

Il relève la tête et sent l'air qui s'est légèrement rafraîchi. L'été est sur la fin, l'automne prend ses marques. Puis il revient à ses occupations, il ne remarque pas le soleil qui s'efface discrètement derrière les arbres.

Le temps passe, la pénombre gagne du terrain.

Soudain, il aperçoit au loin une grande silhouette, toute noire. Elle s'avance lentement vers lui.

Nerveux, il lâche le bocal qui se renverse sur le sol, libérant ainsi toute l'eau et les têtards qu'il contient. Et le temps s'écoule encore… Et la nuit tombe… Et la lune, pleine et lumineuse, s'élève doucement dans le ciel.

*

C'était un matin comme les autres, « ou presque ».

Alors qu'il aidait à la réparation d'une toiture, Noah entendit un brouhaha venant de la place du village. Curieux, il posa ses outils, descendit du toit et s'approcha pour écouter.

— Ce n'est plus possible ! De jour en jour, nos poulaillers sont dévastés, s'exclama Nours, le boulanger, la main posée sur son ventre bedonnant.

— Il faut réagir ! Tout a commencé avec le chien de la veuve Braie, maintenant ce sont nos brebis, c'est très inquiétant… Et c'est d'une telle violence ! ajouta une femme en s'empressant d'enlacer son enfant.

Dorphin semblait dépassé par les événements. La tête abritée d'une capuche, il allait et venait en maugréant des mots inaudibles, et à ses côtés, Lucie agitait ses bras, sortant de temps à autre un mouchoir pour essuyer ses yeux larmoyants.

Inquiet, Noah s'approcha afin d'en savoir plus sur les raisons de l'étrange rassemblement.

— Lucie, qu'est-ce qui te met dans un état pareil ? Tu as des problèmes ?

— Oh, Noah… J'ai entendu du bruit la nuit dernière, alors je suis sortie, car nos bêtes hurlaient à la mort, elles étaient terrifiées. J'ai vu quelqu'un s'enfuir, mais il faisait noir, j'ai eu si peur…

Le garçon se tourna vers Dorphin, les yeux remplis de stupéfaction. Qu'allait-il faire maintenant ? Quelle décision allait-il prendre ? Il remarqua qu'il avait une mine épouvantable, comme s'il n'avait pas dormi depuis des jours.

— Il faut que cela cesse ! J'ai fait une promesse à la veuve Braie, je mettrai un terme à cette infamie, lança Dorphin, en montant dans sa charrette. Il faut que je trouve un moyen d'arrêter ça… Il le faut !

Vincent, un charpentier du village, l'interpella.

— Le fermier qui vit près du pont…

— Jo ?

— Oui. Plusieurs de ses brebis ont été attaquées et il a vu quelque chose, semble-t-il… Nous devrions lui rendre visite.

— Dorphin ? insista-t-il en voyant son regard se perdre dans le lointain.

Il fallut quelques secondes à Dorphin pour réagir, comme si son esprit embrouillé avait besoin de se réveiller.

— Oui, pardon… c'est entendu, affirma-t-il, les mains accrochées fermement à ses rênes.

Noah leva les yeux vers le ciel et aperçut Filondor qui planait dans le ciel. Il agitait ses ailes et criait en tournoyant au-dessus du village. Ce n'était pas un bon présage. C'était même un avertissement. Quelque chose avait fait sortir l'oiseau de son antre.

* *
*

Peu de temps après les terribles événements liés à la sorcière, un homme prénommé Vincent était venu s'installer au village. Il était grand, bel homme et très habile de ses mains. Il émanait de son regard une grande gentillesse, mais aussi une sorte d'autorité bienveillante.

S'il habitait Chaumie depuis quelques mois seulement, il était en revanche déjà apprécié par les villageois. Bon père de famille, toujours serviable, travailleur et de bon conseil, on pouvait dire qu'il était l'exact opposé de Nathan, celui qui avait poussé les habitants du village à se rendre dans les gorges et « vendre leur âme au diable », comme disaient certains. Dorphin appréciait grandement la présence de cet homme fort et rassurant à ses côtés, d'ailleurs il lui avait rapidement donné une place au conseil lorsqu'ensemble ils étaient parvenus à résoudre quelques affaires pour le moins compliquées. Ce père de trois enfants, deux filles et un garçon, avait en peu de temps gagné la confiance du village tout entier.

Lorsque Dorphin et Vincent arrivèrent chez Jo, c'est sa femme, Rosie, qui ouvrit la porte. Elle les laissa entrer, puis elle verrouilla la porte derrière eux aussi vite que possible, comme si sa vie en dépendait. Une fois à l'intérieur, elle ferma les yeux et poussa un long soupir de soulagement. Son visage rond, son teint de porcelaine et ses boucles rousses qui retombaient sur ses pommettes saillantes lui donnaient un air de petite fille. Cependant, il ne fallait pas s'y fier. Son regard était vif, espiègle, et bien qu'elle fût petite et rondouillarde, on sentait qu'elle avait une poigne de fer.

Immobile contre la porte, elle les fixa de ses grands yeux verts et lança d'une voix frémissante :

— Il faut faire quelque chose ! Ça s'est passé hier soir. Il n'a rien avalé depuis, tellement il est contrarié.

Elle sortit une bouteille de génépi du placard, la posa sur la table, y ajouta des verres, puis elle s'assit près de son époux et lui tint la main, sans lâcher les deux hommes du regard.

Jo, son mari, était un rude gaillard. Un visage carré, des épaules larges… il n'était pas le genre d'homme à se laisser impressionner facilement. Malgré tout, le blanc de ses grands yeux noirs avait viré au rouge et son regard, rempli d'angoisse, exprimait toute la peur qu'il avait pu ressentir.

— Voilà. J'ai ouvert la porte de l'écurie et je l'ai vu là-haut, caché derrière des meules de foin.

— C'est tout ? demanda Dorphin.

— Je ne l'ai vu que quelques secondes. Il a bondi, puis il s'est enfui. Mon pauvre cheval, gémit-il en cachant son visage entre ses mains.

Dorphin lui servit un verre de génépi.

— Comment ça, votre cheval ? intervint Vincent intrigué.

— Plusieurs de mes bêtes ont été attaquées, expliqua-t-il en buvant son verre d'une main tremblotante. Et mutilées. Mon cheval est blessé lui aussi, je ne sais même pas s'il va s'en remettre.

Vincent posa sa main sur son épaule.

— Essayez de vous rappeler, mon ami. À quoi ressemblait cet animal que vous avez vu ? Un loup peut-être ?

— Je n'ai jamais dit que c'était un animal.

— Quoi ? Mais enfin… Que dites-vous là ? s'exclama Dorphin en déboutonnant le col de sa chemise.

— C'est que… Tout s'est passé si vite… bafouilla Jo encore fortement éprouvé.

Tout à coup, sans raison particulière, Dorphin haussa le ton :

— Si vous ne savez rien, nous perdons notre temps !

Vincent l'observa un instant. Des gouttes de sueur dégoulinaient de son front et il semblait très agité. Ce genre de comportement ne lui ressemblait pas.

Embarrassé, il le prit à part un instant :

— Essayons de garder notre calme, voyons. Ce pauvre homme est encore sous le choc. Sa mémoire reviendra, il faut lui laisser un peu de temps.

— Oui… C'est que… J'ai une rage de dents qui me donne un mal de tête insupportable.

— Parfois, quand elles font trop mal, il vaut mieux les arracher, vous ne croyez pas ?

Dorphin tenta de se ressaisir.

— Je vais tenir bon, continuons, répondit-il en s'essuyant le front du revers de sa manche.

— Vous êtes sûr ?

— Oui, sûr.

Affichant un air désolé, Dorphin retourna vers Jo et lui resservit un verre.

— Je suis navré, je n'aurais pas dû m'énerver, mon humeur me joue des tours en ce moment. Nous avons tout notre temps.

Il tressaillit légèrement. Un pénible frisson venait de traverser son corps.

— Il fait froid ici, vous ne trouvez pas ?

— Chaud, froid… Mais enfin, qu'est-ce qui vous arrive ? lui demanda Vincent.

— J'ai dû attraper une saleté quelque part, grincha Dorphin en resserrant ses bras autour de son corps. Il se servit un verre de génépi qu'il but d'un trait sous les yeux des deux hommes qui le regardèrent, stupéfaits. Il ne buvait pas d'alcool. Jamais.

Vincent reprit le fil de la conversation :

— Continuez votre récit. Un détail, peut-être, qui pourrait nous être utile ?

Le visage de Jo se crispa :

— Oui, dit-il. Son grognement bestial. Je m'en souviendrai toute ma vie.

— Et à part ça ? lui demanda Dorphin.

Le fermier fronça les sourcils.

— À part ça ? C'est déjà pas mal, non ? Quand il s'est élancé d'un seul coup vers la porte, j'ai été tellement surpris que je n'ai pas réagi, je suis resté planté là, sans rien faire.

— Sûrement un animal enragé… marmonna Vincent.

Jo se leva brutalement de sa chaise.

— Venez avec moi, je vais vous montrer, fit-il en les invitant à le suivre d'un geste de la main.

Il les conduisit jusqu'à son écurie, située à quelques mètres de la maison.

— Vous comprenez maintenant ? dit-il en pointant son doigt vers un amas de planches cassées. Je ne connais aucun animal, même enragé, qui aurait la force de faire ça.

Ils constatèrent les dégâts avec un grand étonnement. Il n'y avait plus de porte. La bête avait tout arraché sur son passage, laissant à la place un énorme trou béant.

— Un ours, alors ? supposa Vincent, en se tournant vers Jo.

— Non.

— Comment ça, non ? D'après vous, qu'est-ce que c'était alors ? enchaîna Dorphin agacé.

Le fermier laissa échapper un long soupir.

— Un monstre… voilà ce que c'était, dit-il d'une voix grave.

— Un monstre ? Mais enfin… Cela ne veut rien dire, ça, un monstre !

S'efforçant de garder son calme, Jo continua :

— Sa tête et son corps étaient enveloppés d'une toile de jute ! Quelqu'un se cachait là-dessous et ce n'était pas quelqu'un comme vous et moi, j'en suis sûr.

Le chef du village sortit de ses gonds :

— C'est ridicule ! Qu'allons-nous faire si tout le monde commence à raconter n'importe quoi !

Le regard de Jo se durcit. À l'évidence, il n'appréciait guère qu'on se moque de lui.

— Il vaut mieux qu'on s'en aille, Dorphin. Croyez-moi, vous êtes blanc comme un linge et vous avez une mine affreuse, fit remarquer Vincent.

— Peut-être… Je me sens si fatigué…

— Vous voyez… Attendez-moi dehors, je vous rejoins immédiatement.

Dorphin s'exécuta sans attendre, pendant que Vincent remerciait Jo.

Quand il rejoignit Dorphin, il le trouva assis le buste en avant, sa tête lourdement posée sur ses bras.

— Mais qu'est-ce qui vous a pris enfin ? Ça ne sert à rien de blâmer ces gens, maugréa-t-il en s'asseyant à ses côtés.

— Je suis désolé… J'ai… Ramenez-moi, s'il vous plaît, il faut que je me repose, gémit-il alors qu'une sueur glacée se répandait sur son visage.

Le voyant au plus mal, Vincent s'exécuta sans le contrarier davantage. Cependant, ils n'étaient pas encore partis que Jo les interpella :

— Je me souviens de ses yeux ! De ses horribles yeux jaunes ! C'était un monstre ! Personne ne parviendra à me convaincre du contraire, personne ! Il a tué mes brebis, bon sang ! Comment allons-nous faire maintenant, ma femme et moi ?

Malheureusement, Vincent ne trouva aucune réponse à leur donner. Embarrassé, il acquiesça d'un léger signe de tête avant de tirer violemment sur les rênes.

*

Le soleil avait disparu depuis longtemps. Ary n'était pas rentré et Noah, furieux, l'attendait de pied ferme. Ce n'était pas la première fois. Que faisait-il dehors le soir si tard ?

Assis devant la porte, Noah fixait l'obscurité grandissante, espérant à tout moment le voir apparaître. Mais rien. Les ombres s'allongeaient et le petit Ary ne se montrait toujours pas.

Quand enfin sa silhouette émergea de l'angoissante nuit noire, Noah était si inquiet qu'il crut exploser de colère.

— Ary, où étais-tu enfin ? Je me suis fait un sang d'encre, grommela Noah furieusement.

— Pourquoi ?

— Il y a un… Il y a quelque chose… un animal féroce qui rôde dans les bois.

— J'ai un ami, tu sais.

Le visage de Noah se transforma. Son regard furieux venait de faire place à une expression de stupéfaction. Le fait qu'Ary parvienne à se faire des amis était une bonne nouvelle ; une nouvelle inespérée.

Il prit alors le temps de l'écouter.

— Vraiment ? Je suis content pour toi, comment s'appelle-t-il ?

Ary ne répondit pas.

— Quoi ? Vous jouez ensemble et tu ne connais pas son nom ? Est-ce que tu parles du jeune loup ?

Les yeux d'Ary s'écarquillèrent, mais il resta silencieux.

Noah le regarda d'un air perplexe tout en saisissant la soupière qui était posée sur la table. Quand la chaleur lui brûla les mains, il poussa un cri de douleur.

— Ça fait mal, Noah ? demanda Ary.

— Évidemment que ça fait mal ! pesta Noah. C'est pas vrai ! Je ne pensais pas qu'elle était si chaude ! Décidément ce n'est pas mon jour, maronna-t-il en s'emparant d'un chiffon mouillé. Où on en était ? Ah oui… Il ne faut plus que tu rentres si tard, c'est beaucoup trop dangereux.

— Je n'ai pas peur.

Noah s'égara un instant dans ses pensées.

— J'étais comme toi, tu sais. Et je n'ai pas vraiment changé d'ailleurs… À ton âge je passais tout mon temps dans la nature, je m'y sentais bien. En sécurité. Mais s'il te plaît, promets-moi de rentrer avant la nuit maintenant ; j'ai besoin que tu me donnes ta promesse.

— C'est promis, Noah.

— Bien. Je suis content alors.

— Est-ce que je peux aller dormir ?

— Un peu de soupe, et tu es libre.

— C'est la même ? demanda-t-il anxieusement.

— Oui toujours la même. Bien rouge. Heureusement que tu aimes les tomates maintenant, ça change un peu…

— Que dans la soupe, je n'aime pas les croquer.

— Je sais. Tu n'as pas à t'inquiéter, c'est Nelle qui l'a apportée tout à l'heure, elle te connaît bien maintenant, dit-il avec un sourire en coin.

— D'accord, répondit Ary. Mais il ne put s'empêcher de plonger et replonger sa cuillère dans la soupe afin d'en vérifier la consistance. Quand il fut enfin rassuré, il engloutit le tout et s'empressa de monter au grenier.

Lorsque Noah vint rejoindre son frère, il le trouva plongé dans ses pensées.

— Ary, tu viendras avec moi au village demain ?

Il fit un non de la tête.

— Tu aimes bien les gens, Noah ?

— Oui. Pourquoi tu me dis ça ?

— Moi non. Je ne les aime pas.

— Pourquoi ?

Ary haussa les épaules, comme s'il ne savait pas. Mais au fond, peut-être avait-il envie de garder ça pour lui.

— Je voudrais être un loup. J'adore les loups. Parfois je rêve la nuit que j'en suis un, dit-il soudainement. Je vais si vite, je suis si fort, que personne ne peut me rattraper.

Ses paupières s'alourdirent et il sombra dans le sommeil rapidement. Il ne s'était jamais endormi aussi vite, aussi tôt, ce qui amena Noah à penser qu'Ary avait dû drôlement s'amuser pour être aussi fatigué. Des questions lui vinrent alors à l'esprit : À quoi pouvait-il bien jouer là-bas, si tard le soir ? Et surtout, avec qui ?

Ce moment de réflexion fut interrompu par un bruit de fracas à l'extérieur de la maison. Persuadé qu'il s'agissait d'un renard, il se précipita dehors et vit une silhouette épaisse qui s'enfuyait dans l'obscurité. Inquiet, il redressa un seau qui avait été renversé et décida d'aller vérifier l'enclos des poules. Seulement voilà, son pied roula sur un tas de bûches éparpillées et il s'effondra au sol.

« Maudit tas de bois ! C'est pas vrai ! » grogna-t-il.

C'est alors qu'il entendit un craquement juste derrière lui. Il fit volte-face nerveusement et hurla en apercevant l'ombre qui se dressait devant lui.

— Mais enfin Noah, ce n'est que moi, dit une voix familière.

— Arthur !

— Oui ! s'exclama le garçon en dévoilant enfin son visage rondouillard. Je ne voulais pas t'effrayer.

— C'est raté, j'ai cru que mon cœur allait lâcher. Ça fait longtemps que tu es là ?

— Non, je viens d'arriver, pourquoi ?

— Tu n'as rien vu d'anormal ?

— Non, rien du tout. Mais j'ai vu Ary sortir du bois tout à l'heure, c'est pour ça que je suis là.

— Ah oui ? Et alors ?

— Eh bien… Il avait l'air bizarre et préoccupé.

— Attends une seconde, tu es venu jusqu'ici pour me raconter ça ?

— Oui. C'est que… J'ai trouvé qu'il n'avait pas un comportement normal. On aurait dit qu'il ne voulait pas être vu.

— Il avait peur de quelque chose ? De quelqu'un ?

— Non. Ce n'est pas ce que j'ai ressenti.

Soudain Arthur abrégea la conversation.

— Je rentre vite, car ces histoires de monstres me terrifient, heureusement que j'habite à côté, lança le garçon en s'élançant sur le chemin.

— Arthur ! Reviens s'il te plaît !

— On m'attend. On se verra demain !

Noah laissa échapper un long soupir. Et pendant un instant, une pensée vint troubler son esprit. Il aurait tout donné pour être à la place d'Arthur. Être attendu par des parents aimants, dans une maison confortable et bien chauffée, avec un bon ragoût mijotant sur le feu… Nelle veillait sur lui du mieux qu'elle pouvait, mais ce n'était pas la même chose.

Puis il songea à la silhouette épaisse qu'il avait vue s'enfuir. Et cette nuit-là, il ne dormit presque pas. Et bien d'autres nuits encore…

* *
*

Toutes ces attaques commençaient à peser lourdement sur le moral des habitants qui n'avaient pas oublié la sorcière noire et la bataille qui s'était ensuivie.

Le conseil du village se réunit dans une grange. C'était pratique pour tout le monde et c'était un endroit calme, neutre, où chacun pouvait donner librement son avis.

Pour la première fois, Dorphin demanda à Vincent de se tenir à ses côtés, ce qui alimenta quelques commérages. Ils n'étaient pas nombreux. Nours, le boulanger, était toujours présent, le vieux Lagrange fidèle au poste, ainsi que quelques marchands et fermiers du village qui cherchaient à défendre leurs intérêts.

— Vous ne savez pas à quoi vous avez affaire ! Ce monstre est une créature maléfique, un démon ! déclara Lagrange.

Comme d'habitude, il attisa les moqueries et personne ne prêta grande attention à ce qu'il venait de dire.

Une autre personne était également de la partie : il s'appelait Quentin, mais on le surnommait « la fouine ». C'était un homme de petite taille, très mince, avec de petits yeux noirs perçants et une expression belliqueuse. Il vivait sur les hauteurs du village avec sa femme, qu'on ne voyait presque jamais, et il avait la réputation d'écouter aux portes et de se mêler de tout. Il était toujours de l'avis du plus fort et avait une façon désagréable « de suivre le vent qui tourne », comme le disaient certains.

Lors du conseil, la tension monta d'un cran :

— Tout cela est inacceptable. Nous devons réagir et capturer cet animal au plus vite ! s'écria Nours le boulanger.

Il y eut un léger brouhaha parmi les membres.

— Je suis de votre avis. Je propose qu'on lui tende un piège, intervint Vincent. Le plus tôt sera le mieux.

— En ce moment, la lune est pleine, ça nous facilitera les choses, renchérit Quentin.

Dorphin prit la parole péniblement. Curieusement, il s'était couvert comme en hiver, et des gants de laine recouvraient ses mains. Sous son manteau, on aurait dit qu'il tremblotait.

— Je pense qu'on devrait réfléchir davantage et attendre un peu avant de se précipiter pour lui tendre un piège. Comme le dit si bien Lagrange, nous ne savons pas à quoi nous avons affaire.

— Oui, soyons prudents, ça pourrait se retourner contre nous, ajouta Quentin.

Vincent prit à nouveau la parole.

— Dorphin, avec tout le respect que je vous dois, ce n'est pas sérieux. Chaque jour qui passe compte, vous le savez. Et si la bête commençait à s'en prendre à nous ? À nos enfants ? prévint-il d'un ton grave.

— Toutefois… je vous demande de ne pas vous précipiter et de bien réfléchir, insista Dorphin en soutenant sa tête d'une main.

— Je ne vous comprends pas, mon ami, ajouta Nours, vous voulez attendre quoi ? Que les choses empirent ? Il faut capturer cet animal, un point c'est tout !

— Je suis bien d'accord, battons le fer pendant qu'il est chaud ! s'écria Quentin.

Conscient de son petit jeu, Lagrange se tourna vers lui, furieux.

— Oh, vous ! Vous ne savez jamais de quel côté vous êtes ! s'écria le vieil homme en tapant le sol de son bâton.

Il y eut un brouhaha de paroles entre les membres du conseil, ce qui poussa Dorphin à élever sa voix d'une étrange manière.

— S'il vous plaît ! S'il vous plaît ! Pas si fort ! gémit-il en se tortillant sur son siège.

Personne ne fit attention à lui et le brouhaha continua. Souffrant, Dorphin posa lentement ses mains sur ses oreilles. Son visage se crispa et il se mit à grimacer étrangement à chaque son de voix. Il avait l'impression que sa tête allait exploser.

— Arrêtez ! Arrêtez maintenant ! cria soudain Dorphin en jaillissant de son fauteuil.

Tous les regards se tournèrent vers lui et on fit enfin silence.

— S'il vous plaît… c'est insupportable… se plaignit-il.

Vincent remarqua un gonflement au niveau de sa mâchoire, des deux côtés, comme si une infection s'était propagée. Inquiet, il se pencha vers lui.

— Vous ne pouvez pas rester dans cet état. Il vous faut de l'aide, je pars chercher Nelle sur-le-champ.

Dorphin le saisit par le bras.

— Non ! Non, mon ami, j'ai juste besoin de rentrer chez moi et de m'allonger un peu. Toujours cette maudite rage de dents…

— Mais il faut la soigner sans attendre, ça pourrait devenir grave.

— Il n'y a pas que ça… J'ai dû attraper froid aussi. Faites… faites… faites au mieux, j'ai confiance en vous, Vincent, admit-il avec une sorte d'abandon.

Il vacilla sur ses jambes, sous les yeux ébahis des membres qui le regardaient. Puis, d'un air désemparé, il sortit de la grange et referma la porte derrière lui.

Il fut décidé à grande majorité qu'il était temps d'appréhender le monstre qui semait la terreur dans le village. La voix de Dorphin n'y aurait rien changé.

* *
*

Allongé dans son lit, le dos relevé contre un coussin, Dorphin n'était plus que l'ombre de lui-même.

Assise à ses côtés, Lucie veillait sur lui d'un air déconcerté.

— Tiens, dit-elle en lui donnant un remède. Ça devrait soulager la douleur. Mais il faudra bien arracher cette dent qui te fait mal.

Soudain, Dorphin se mit à trembler et son regard, inquiet, se tourna vers la fenêtre.

— J'entends le cri d'un corbeau. J'entends même le battement de ses ailes, comme s'il était là, tout près de moi. Dis-moi, est-ce que tu le vois ?

La jeune fille s'avança vers la fenêtre et observa le soleil qui descendait doucement sur le village. L'air était doux et plaisant, pendant un court instant elle en oublia tous ses problèmes.

— Alors ? Tu le vois cet oiseau de malheur ?

La voix de Dorphin, qui venait de l'interpeller, la ramena à la réalité.

Elle scruta le ciel et le seul corbeau qu'elle aperçut se trouvait si loin, qu'elle le perdit de vue aussitôt.

— Il y a un magnifique coucher de soleil, tu devrais en profiter.

Voyant qu'il ne répondait pas, elle s'assit près de lui et lui prit la main.

— Lucie, pourquoi je ne vois plus la couleur du ciel comme avant ?

— Que dis-tu ?

— Le paysage a perdu toutes ses couleurs.

— Écoute… Tu es brûlant de fièvre et cette histoire de monstre te mine.

— J'ai fait une promesse à la veuve Braie. Et je ne vais pas pouvoir la tenir.

— C'est donc ça… Tu te fais trop de soucis pour les autres, pense à toi. Hier soir, tu n'as même pas touché à ton souper. Comment veux-tu te remettre ? Je commence vraiment à m'inquiéter.

— J'ai peur de ne pas pouvoir dormir. De ne plus jamais pouvoir dormir.

— Mais non… Il faut simplement te détendre un peu.

Dorphin se redressa et tenta de calmer les tremblements qui avaient maintenant gagné tout son corps.

— Que m'arrive-t-il ? J'ai froid… j'ai tellement froid… Mes bras, mes jambes me font mal… et ce fichu mal de dents…

En déployant une couverture sur ses jambes, elle remarqua que ses pieds étaient sales et que ses chevilles étaient égratignées, comme s'il s'était blessé à l'extérieur.

— Je ne veux plus que tu bouges d'ici tant que tu es dans cet état, c'est clair ? ordonna-t-elle en posant sa main sur son front. C'est étrange… Tu étais brûlant il y a quelques minutes et maintenant ton front est glacé.

— Je ne me suis jamais senti aussi mal.

— Vincent a raison, une mauvaise dent peut faire des ravages. Et puis ce stupide voyage t'a épuisé… Regarde-moi ça, dit-elle en prenant sa main dans la sienne. Tes ongles sont longs et noirs, il faut les couper. Tu t'es vraiment laissé aller ces derniers temps.

Soudain il l'agrippa par les épaules et la tira brusquement vers lui, les yeux remplis de folie.

— Il ne faut pas que tu traînes dehors la nuit ! La nuit, les ténèbres dévorent des âmes innocentes. C'est très dangereux ! Dangereux ! insista-t-il en la secouant. Tu comprends ce que je dis ? Est-ce que tu comprends ?

— Mais lâche-moi ! Arrête enfin, de quoi parles-tu ? Tu me fais peur ! répliqua Lucie en se dégageant aussitôt.

Elle se leva d'un bond et le regarda d'un air médusé.

Désemparée, elle se dirigea vers la table et se servit un verre d'eau, mais elle tremblait tellement qu'elle le renversa. Alors elle s'en servit un autre, qu'elle but d'un trait, tout en essayant d'oublier ce qu'il venait de dire.

Il lui fallut un certain temps pour retrouver son calme, ce qu'il venait de dire l'avait drôlement secouée. Toutefois, elle y parvint. Elle mit cela sur le compte de son état, bien qu'elle ne fût pas tout à fait certaine de croire à cette excuse.

Dorphin ne dit rien, mais il avait l'air gêné. Elle pouvait lire dans son regard de la honte, mais aussi du désespoir.

— Il faudrait que tu manges un peu, lança-t-elle en se rassoyant auprès de lui.

— Pardon… pardonne-moi, je… je ne voulais pas t'effrayer, Lucie, c'est juste que…

— Je ne veux plus rien entendre ! coupa-t-elle. Tu perds la boule ! Le manque de sommeil, la fatigue et tout le reste… Il faut vraiment que tu te reposes et surtout que tu avales quelque chose.

Elle voulut lui donner une cuillerée de soupe, mais il détourna la tête avec dégoût.

— Bon… Essaye de dormir, juste une petite heure, ça te fera du bien.

Il fit un non de la tête, un non catégorique.

— Écoute. Je dois te laisser seul un moment, promets-moi de rester tranquille, il ne faut pas t'agiter, d'accord ?

À son grand désespoir, il resta silencieux. Quelque chose dans son regard avait changé, elle le voyait bien. Dorphin semblait triste, pire encore, désemparé.

Quand elle fut partie, il tourna la tête vers la fenêtre et soupira désespérément. Une douleur atroce lui irradiait le crâne et il avait beau essayer, il ne voyait pas le beau soleil dont Lucie lui avait parlé. À ses yeux, le paysage était immensément, immuablement gris. Et il sentait son cœur vaciller vers des ténèbres grandissantes.

* *
*

Une semaine plus tard, Émilie et Daniel, deux enfants du village, rentraient chez eux en empruntant un raccourci à travers bois. Ils revenaient de chez la veuve Braie, qui pleurait toujours son chien, et à qui ils avaient gentiment porté des confitures et des fromages.

Après avoir perdu leurs parents pendant la grande bataille contre la sorcière, un couple de fermiers, qui n'avaient pas encore d'enfants, les avaient recueillis. En échange de leurs corvées, les deux gamins recevaient le gîte et le couvert. En réalité, les fermiers s'étaient discrètement attachés à eux et les enfants, bien élevés, soignés et dorlotés, ne manquaient de rien, surtout pas d'affection.

Ce jour-là, alors qu'ils arpentaient un sentier à travers bois, ils étaient loin d'imaginer ce qui les attendait. Daniel n'aimait pas prendre ce raccourci, mais sa sœur, plus téméraire, l'y poussait toujours. Ils n'auraient pas dû rentrer si tard. Ils avaient perdu du temps en s'amusant à ramasser des framboises sur un talus en bord de champs et il leur fallait marcher encore une bonne dizaine de minutes avant d'atteindre le chemin principal.

— Je me demande ce qu'on nous a préparé pour le souper, pas toi ? lança Daniel en regardant le soleil disparaître derrière les arbres.

— Je m'en fiche bien, répondit la fillette en haussant les épaules.

— Camille, je dois lacer ma chaussure.

— Tu me fais à chaque fois le coup ! Je marche devant, dépêche-toi, répondit sa sœur agacée.

— Camille, non, attends-moi !

— Dépêche-toi, c'est tout ! bougonna la fillette en accélérant le pas.

Camille pouvait parfois être une vraie peste. Voulant faire une blague à son frère, elle décida de se cacher derrière un tronc d'arbre. C'était idiot, elle le savait. Mais elle adorait ça !

Daniel laça sa chaussure tout en regardant la lune, pleine, qui s'élevait dans le ciel. Il eut alors l'impression qu'un visage le regardait.

Soudain, il entendit une branche craquer, puis encore une autre. Il se redressa et scruta les buissons qui se tenaient sur sa droite, mais il ne vit rien, tout était calme.

La minute d'après, il vit cette fois des feuilles s'agiter comme si quelque chose s'y était dissimulé. Il renonça une première fois à aller voir, mais lorsqu'il entendit un gémissement étouffé et des grognements étranges, le garçon habituellement peu téméraire, succomba à sa curiosité. « Un animal blessé peut-être… » Voilà ce qui lui traversa l'esprit alors que ses petites mains écartaient les premiers branchages, puis d'autres plus épais. Il s'arrêta une fois, indécis, puis il progressa encore, jusqu'à ce qu'il s'immobilise enfin, les yeux écarquillés et la bouche grande ouverte.

* *
*

Quand Camille sortit de sa cachette, elle fut étonnée de ne pas apercevoir son frère. Puis, un petit sourire se dessina dans le coin de sa bouche. « Quel idiot, il se cache. Il cherche à se venger maintenant », pensa la fillette en examinant le chemin.

Lentement, elle revint sur ses pas, à l'endroit exact où Daniel s'était arrêté pour lacer ses chaussures. Du temps s'écoula. Trop de temps. Son sourire en coin disparut.

— Daniel ! Allez, viens ! Je n'aurais pas dû faire ça, je regrette. Sors de ta cachette maintenant !

— Eh ! Je te promets que je ne le ferai plus ! Tu as ma promesse ! Il se fait tard, il faut rentrer !

Toujours rien. Juste le bruit du vent dans les arbres qui, de temps à autre, balayait doucement les boucles blondes de son visage.

— Tu vas te faire gronder ! Tu n'imagines pas à quel point ! Allez, montre-toi !

Elle se mit à longer les buissons d'un côté, puis de l'autre, tout en scrutant les bois avec attention.

— Daniel ! Ce n'est pas drôle ! Daniel !

La voix de Camille se transformait peu à peu. Plus elle criait, plus on pouvait y déceler de la peur. Son frère, d'habitude si obéissant, si craintif, ne répondait pas et l'idée affreuse qu'il ait pu lui arriver quelque chose germa soudain dans son esprit.

— Oh non ! Daniel ! S'il te plaît, réponds-moi ! supplia la fillette.

Des larmes coulaient sur son visage, un désarroi immense s'était maintenant emparé d'elle.

— Ne me fais pas ça ! S'il te plaît, Daniel, je ne sais pas quoi faire ! se lamenta la fillette.

Prise de panique, elle fit un tour complet sur elle-même en scrutant le bois silencieux qui semblait avoir avalé son frère. Sa respiration était rapide maintenant, son visage rouge et larmoyant, ses lèvres toutes tremblotantes.

Soudain, elle abandonna son panier et se mit à courir, rejoignant rapidement le chemin. Et là elle fut surprise d'apercevoir une silhouette qui marchait tranquillement dans sa direction. En s'approchant de plus près, à bout de souffle, elle reconnut Ary.

— Aide-moi ! s'écria-t-elle en accourant vers lui. J'ai perdu mon frère, je ne sais pas où il est !

Il la regarda les yeux écarquillés et s'il eut l'air de vouloir dire quelque chose, sa bouche se referma aussitôt. Le visage de la fillette était près du sien maintenant. Trop près. La chaleur de son haleine l'incommodait et son odeur de transpiration mêlée aux notes sucrées de son parfum floral envahissait violemment tout son être.

Il voulait l'aider mais, pour cela, il fallait qu'elle s'éloigne un peu et qu'elle le laisse respirer. Il avait besoin d'air, besoin d'espace.

— Il était là ! Et il a disparu ! Aide-moi, bon sang !

Sa voix aiguë lui perçait les tympans et il sentait ses postillons lui arroser le visage.

— Pourquoi tu ne dis rien ? Hein ? Pourquoi ? insista Camille désemparée.

Ary ne se sentait pas bien. Les cris de la fillette… sa voix stridente… son odeur… son haleine… ses postillons… Son cœur cognait dans sa poitrine, il avait envie de hurler.

Quand elle posa ses mains sur ses épaules, il les ôta de manière brutale et recula d'un pas, affichant un air furieux.

Abasourdie par son comportement, Camille lui lança en retour, un regard aigu.

Ce qu'on dit sur toi est bien vrai alors… Il te manque bien une case dans la tête ! lâcha la fillette en l'abandonnant sur le chemin.

Malgré des heures de battues, personne ne retrouva Daniel. Tout le village était en émoi, secoué par les événements. On ne parlait que de ça et certains allaient même jusqu'à dire que le monstre l'avait peut-être dévoré, lui aussi.

* *
*

Le monstre est là, tout près. Et il attend. Noah aperçoit à peine son imposante silhouette qui se dessine dans la brume ténébreuse.

Le garçon ne peut pas bouger. Malgré tous ses efforts, son corps ne répond plus, il est comme paralysé. Il l'entend grogner, il l'entend se mouvoir autour de lui.

Puis il voit le visage de Lucie se dessiner dans un nuage d'argent.

— Pourquoi, Noah ? Pourquoi tu as fait ça ? gémit-elle en pleurant. Ses yeux sont remplis de désespoir. Et aussi de colère.

Noah ouvrit les yeux et se dressa sur son lit, jetant des regards affolés dans chaque coin de sa chambre. Son cœur battait la chamade et il pouvait encore entendre la voix larmoyante de Lucie se perdre peu à peu dans les abîmes de son rêve éveillé. Le cauchemar récurrent de ce monstre qui semblait le poursuivre commençait vraiment à l'inquiéter. Quelle était sa signification ?

Une étrange question lui traversa l'esprit. La jeune fille de l'océan. Où était-elle maintenant ? Que faisait-elle ? Et alors que la douceur de cette pensée venait alléger ses angoisses, il réalisa que plus le temps passait, plus il éprouvait l'envie de la revoir.

Il se leva d'un coup, comme si sa raison venait de prendre le dessus sur son égarement. Il secoua la tête, et se haït, alors, d'avoir songé à elle.

Quelques minutes plus tard, il trouva Nelle, assise dans la pièce d'à côté. Les yeux plongés dans son café, elle avait l'air soucieuse.

— J'espère que je ne te dérange pas. La porte était ouverte, alors je suis entrée.

Il la regarda d'un air dépité.

— Eh bien… dit-elle. Tu n'as pas l'air en forme. Je n'ai pas osé te réveiller, mais nous sommes en fin de journée, ce n'est pas le moment de dormir.

— Je sais. Je m'étais juste allongé un moment.

Elle laissa échapper un long soupir d'exaspération.

— Je ne comprends pas, dit-elle. L'état de Dorphin semble empirer, il ne quitte plus sa chambre.

— Donnez-lui un de vos remèdes, rétorqua Noah en farfouillant dans un placard.

— C'est déjà fait, mon garçon.

Nelle se plongea dans ses pensées.

Elle avait concocté diverses potions à base de plantes sauvages qu'elle avait ramassées soigneusement dans les bois. L'aubépine et la valériane aux fleurs blanches étaient, selon elle, les plus efficaces pour calmer l'insomnie et les nerfs. Cela dit, elle ne s'était pas prononcée sur la maladie de Dorphin, (car on parlait maintenant d'une maladie). Son état était un vrai mystère.

— Je pense qu'une profonde tristesse s'est emparée de lui. Ça arrive plus souvent qu'on ne le pense, il ne faut pas prendre ça à la légère, expliqua-t-elle d'un air inquiet.

— Peut-être… mais… et ses douleurs ?

— Il faut absolument que je parvienne à lui retirer cette dent qui lui fait mal. Un mal de dents peut causer un grand nombres de problèmes. Une infection par exemple.

— Qu'est-ce qu'il faut faire alors ?

— Le problème c'est qu'il refuse de se soigner. Lucie fait tout ce qu'elle peut, mais il s'est complètement replié sur lui-même.

La tête plongée dans le placard, Noah repensa à leur escapade au grand lac. Encore une fois il se sentit coupable d'avoir menti à Dorphin au sujet des créatures bleues. Il avait été si heureux, si excité à l'idée de faire ce voyage, et il avait tellement été déçu d'apprendre qu'elles n'existaient pas… Était-ce la raison de son mal-être ?

Il songea : « Et si c'était cette lune bleue qui avait tout fichu en l'air ? Et si elle avait eu des conséquences sur sa santé, son humeur ? Et si elle était mauvaise ? »

Nelle le sortit brutalement de ses pensées.

— Que cherches-tu enfin dans ce placard ? Quel capharnaüm !

— Un livre que vous m'aviez donné sur les rêves.

Elle posa sa tasse sur la table.

— Pourquoi ?

— Je rêve toutes les nuits d'un horrible monstre, confia Noah.

— Un monstre, dis-tu ?

Noah regarda vers la fenêtre, il venait de voir une ombre.

— Oui. Je pense qu'il y a un lien entre mon rêve et ce qui se passe dans le village en ce moment.

— Vraiment ?

— Je le sens, Nelle, il rôde. Vous allez me prendre pour un fou, mais j'ai l'impression qu'il attend quelque chose de moi.

— C'est très étrange, en effet.

(Noah ne quittait pas la fenêtre des yeux.)

— Qu'est-ce que tu regardes comme ça ? dit-elle en se retournant.

— J'ai cru voir une ombre tout à l'heure.

— Un jeu de lumière sûrement… Et Ary ? Où est-il ?

— Toujours en vadrouille. Il s'est fait un ami.

— Tu l'as rencontré ?

Noah mit un temps avant de répondre.

— Non, jamais, admit-il en haussant les épaules.

— Il pourrait s'agir de ce loup dont tu m'as parlé si souvent.

— Je ne sais pas… j'ai l'impression qu'il y a autre chose et ça commence à m'inquiéter.

— Et si c'était un ami imaginaire ? Il s'est senti seul pendant si longtemps…

— Quelle drôle d'idée !

Elle s'extirpa lentement de sa chaise.

— Suis-le. Tu as déjà trop attendu.

— Suivre Ary ? Non… Je veux lui laisser sa liberté. Nelle, vous me connaissez, j'ai toujours fait ce que je voulais ; j'ai toujours été libre comme l'air et ça m'a plutôt réussi d'ailleurs, dit-il avec le sourire.

— Tu devrais être plus prudent. Tu te souviens de ce qu'il a fait tout de même. Les potions qu'il m'a volées et…

Il l'interrompit sans attendre.

— Ah non ! Vous n'allez pas recommencer avec ça, enfin ! Tout le monde a le droit de faire des erreurs ! On dirait que vous parlez d'un bandit !

Consciente d'être allée trop loin, Nelle se ravisa.

— Excuse-moi. Ce que je voulais dire, c'est que… j'ai l'impression qu'il nous cache quelque chose. Tu sais que j'ai raison, ose me dire le contraire.

Noah repensa à ce que lui avait dit Arthur, l'autre soir devant chez lui. Et ça le fit frissonner.

— Et puis il y a eu toutes ces attaques, ajouta-t-elle. Il ne doit plus traîner dehors le soir si tard, tu dois trouver un moyen de le faire obéir.

— Obéir. Je déteste ce mot.

— Il est pourtant utile de respecter certaines règles. Nous en avons tous besoin.

Il y eut un silence pendant lequel Noah soupira.

— Vous avez raison, j'ai eu tort d'attendre. Je vais faire plus attention et le suivre à la trace.

Satisfaite, Nelle lui lança un sourire avant de se diriger vers la porte.

— Attendez ! J'ai une question à vous poser. Que savez-vous au sujet de la lune bleue ? demanda Noah.

— La lune bleue ? dit-elle en se retournant vers lui.

— Oui, vous l'avez vue ce fameux soir, n'est-ce pas ?

— Évidemment. Tout le monde l'a vue, elle était magnifique. On raconte que lorsque la lune se teinte ainsi de bleu, elle devient très puissante.

— C'est tout ?

— Non. On dit aussi qu'il faut s'en méfier.

Soudain elle parut soucieuse, comme si une idée sombre venait de lui traverser l'esprit.

— Noah, qu'êtes-vous allé faire au grand lac ce soir-là, tu ne me l'as jamais dit ?

Il se souvint de s'être manqué à ce sujet. Elle n'aurait jamais dû savoir qu'ils s'étaient rendus là-bas. Jamais. Et maintenant c'était trop tard.

— Rien, répondit-il en se grattant la tête. Je l'ai suivi et… et c'est tout.

— Tu ne me caches rien, j'espère…

Il eut l'air de chercher ses mots.

— Non. Pourquoi je ferais ça ?

— Parce qu'il faut une bonne raison pour se rendre là-bas. Dorphin en avait-il une ?

— Il rêvait depuis longtemps de découvrir ce lac, répondit-il brièvement.

Elle remarqua la façon qu'il avait d'éviter son regard.

— Très bien, je voulais juste te l'entendre dire, soupira-t-elle.

Nelle avait des doutes, mais elle s'abstint malgré tout d'ajouter quoi que ce soit. Les sourcils froncés, le regard inquiet, elle se contenta de refermer la porte derrière elle.

Quand Nelle fut partie, il se sentit soulagé. Puis il songea : « Qui était l'ami d'Ary ? Pourquoi ne l'avait-il jamais vu, jamais rencontré ? »

Puis il repensa à cette lune, qu'il ne connaissait pas.

Le soir venu, il vit à nouveau une ombre derrière la fenêtre, persistante cette fois. Et ce n'était ni un renard, ni Arthur, ni un jeu de lumière, d'ailleurs il n'y avait pas de vent. C'était quelqu'un qui l'espionnait, il en était certain maintenant.

Il sortit sans attendre, et quelle ne fut pas sa surprise lorsqu'il aperçut, au loin, l'épaisse silhouette noire s'enfuir à nouveau. Cette fois il devait savoir de qui il s'agissait. Il devait savoir pourquoi on l'espionnait.

Déterminé, il se lança à sa poursuite, mais la silhouette sauta en hauteur, survolant les buissons avec une rapidité et une force déconcertantes. Surpris, Noah s'arrêta net et plissa les yeux dans l'obscurité qui grandissait autour de lui. Il n'avait jamais vu quelqu'un courir à cette allure, ni réaliser de telles prouesses. Qu'était-il en train de se passer dans ce village ?

Il allait revenir sur ses pas quand la petite lueur verte lui apparut à nouveau, tournoyant autour de son nez. Que lui voulait-elle maintenant ? Pourquoi le suivait-elle ? Curieux, il essaya plusieurs fois de l'attraper avec sa main, mais en vain. Ne parvenant pas à ses fins, il s'élança sur elle, sans savoir que la lumière, joueuse, allait lui donner une bonne leçon. Elle lui fit sauter des bosquets, puis elle l'entraîna au cœur d'immenses buissons épineux et lorsqu'il en émergea tant bien que mal et qu'il crut enfin pouvoir la saisir entre ses mains, il glissa dans une ravine.

Heureusement pour lui, il s'en sortit avec seulement quelques égratignures.

— Je commence à en avoir assez de tous ces mystères ! maugréa-t-il en serrant ses poings de colère.

Il rebroussa chemin jusqu'à la maison et trouva Ary sur le pas de la porte. La faible lueur qui émanait de la fenêtre lui donnait une allure spectrale.

Noah s'approcha de lui, pas à pas, apercevant enfin son visage dont la pâleur était déconcertante.

— Ary ? Tu vas bien ? Je pensais que tu dormais.

— Tu l'as fait fuir, avoua le garçon d'une petite voix.

— Quoi ? Que viens-tu de dire ?

Le garçon se mura dans le silence.

— Explique-toi, enfin ! insista Noah.

Toujours rien.

— Écoute bien, Ary… Tu devrais éviter de sortir pendant quelques jours.

— Non !

— Non ? Comment ça, non ?

— Mon ami va m'attendre et je ne veux pas qu'il m'attende. Il a besoin de moi.

— Tu le verras quand ils auront enfin attrapé ce…

— Tu comprends rien ! s'exclama Ary. Puis il courut se réfugier à l'intérieur de la maison.

Noah le suivit sans attendre, et quand il le trouva recroquevillé dans son lit, il s'en voulut de l'avoir contrarié à ce point.

— Ary, excuse-moi. S'il te plaît, ne te mets pas dans un état pareil. Il se passe des choses étranges en ce moment, je commence à avoir peur. Je veux juste te protéger, tu comprends ?

Le garçon resta silencieux et son esprit se mit à vagabonder dans le lointain.

Noah se demandait : Où était-il ? À quoi pouvait-il bien penser ?

— Tu me racontes des histoires de loups ? lança subitement Ary d'une petite voix.

Surpris, Noah le regarda d'un air troublé.

— Encore ? Mais… On pourrait changer quand même, je connais d'autres histoires, tu sais.

Ary fit non de la tête. C'était un non catégorique.

— Très bien… répondit Noah en s'asseyant près de lui.

Il lui raconta comment les loups vivaient, comment ils se déplaçaient, en meute, et comment ils chassaient, le nez au vent. Et Ary l'écouta avec une vive attention, les yeux tout écarquillés, comme si c'était la première fois.

Ce soir-là, Noah prit très au sérieux l'intérêt grandissant qu'Ary avait pour les loups. Cette étrange passion devenait pesante. Ça commençait même à l'inquiéter.

Puis il frissonna alors qu'un grand nombre de questions affluaient dans son esprit. Qui était venu chez lui pour l'espionner ? Qui était cet ami inconnu dont Ary parlait, s'agissait-il du loup de la forêt ? Avait-il rencontré quelqu'un, ou bien, comme le disait Nelle, avait-il tout inventé ?

Désireux de prendre l'air, il sortit de la maison et aperçut dans un mélèze, la chouette blanche assise sur une branche, qui le regardait. Cette chouette, il la connaissait bien puisqu'elle lui avait sauvé la vie une première fois dans les gorges, et une seconde fois dans le bois noir.

Elle le fixait intensément de ses grands yeux jaunes. C'était encore un signe. La menace se rapprochait.

* *
*

Des coups résonnèrent dans toute la maison. Noah se leva péniblement, pressa ses doigts dans les coins intérieurs de ses deux yeux et laissa échapper un long bâillement.

Il vit par la fenêtre que le village se réveillait à peine. « Je dois sûrement rêver, c'est trop tôt », se dit-il en secouant la tête.

Mais les coups reprirent et s'intensifièrent.

Intrigué, il posa son oreille contre la porte et lança d'une petite voix :

— Qui est-ce ?

— C'est Vincent. Noah, s'il te plaît, nous devons te parler !

« Nous ? » répondit Noah sidéré. Combien étaient-ils et pourquoi voulaient-ils lui parler si tôt le matin ?

Quand il ouvrit la porte, ses yeux s'écarquillèrent de stupéfaction.

Vincent et Quentin s'étaient levés aux aurores et un air sérieux s'affichait sur leur visage.

— Il faut que je parle à ton frère, demanda Vincent en balayant la pièce du regard.

— Ary dort encore, répondit Noah du bout des lèvres.

— Tu es au courant que le petit Daniel a disparu ?

— Oui, évidemment.

— Ça fait une bonne semaine maintenant. Camille, sa sœur, affirme qu'elle a vu Ary le jour de sa disparition.

— Rien d'étonnant. Il aime se balader dans les bois.

— Oui, mais elle dit aussi qu'il a eu un comportement étrange. Il a refusé de l'aider. Il est resté là, sans rien faire.

— Il a du mal parfois avec les gens, il ne faut pas lui en vouloir.

— Peut-être qu'il sait quelque chose, ou bien qu'il a vu quelque chose. Où est-il ? insista Vincent.

— Il ne sait rien, j'en suis sûr. Et puis il est déjà assez perturbé, laissez-le tranquille, rétorqua Noah sèchement.

Quentin s'immisça de force à l'intérieur. Il n'aimait pas Noah qu'il qualifiait de mauvaise graine. Mais il avait une véritable aversion pour Ary, ce frère étrange et silencieux, sorti de nulle part.

— Eh ! Ne vous gênez pas surtout ! s'exclama Noah, furieux. Je vais le réveiller et on va mettre tout ça au clair.

Il monta au grenier et redescendit presque aussitôt, l'air désemparé.

— Je ne comprends pas… Il n'est déjà plus là, avoua-t-il, embarrassé.

— Tu veux dire qu'il n'a pas passé la nuit ici ? demanda Vincent.

— Ce n'est pas ce que j'ai dit ! À mon avis il est parti à l'aube.

— Quitter son lit douillet alors qu'il fait encore nuit… Il doit avoir une sacrée bonne raison, fit remarquer Quentin.

— Je suis sûr que mon frère n'est pas loin.

— S'il te plaît, mène-moi jusqu'à cet endroit secret où Ary passe tout son temps. Je l'ai vu passer le pont à maintes reprises, mais j'ai perdu sa trace à chaque fois, curieux, non ? insinua Vincent.

Noah était dépité. Aucun mot, même le plus simple, ne parvenait à sortir de sa bouche.

— Je sais exactement ce qui te passe par la tête en ce moment, enchaîna Vincent en posant une main sur son épaule. Tu veux protéger ton frère, tu ne veux pas le trahir. Et pourtant en faisant cela, il est possible que tu le mettes en danger.

— Je ne crois pas, non.

— Je te rappelle qu'un jeune garçon a disparu. Sa sœur est dans tous ses états, sa famille s'inquiète pour lui. Bon sang, j'ai entendu tellement de choses incroyables à ton sujet. Aide-nous, s'il te plaît. Je te promets que je ne lui veux aucun mal, tu peux me faire confiance.

Pendant un long moment, Noah se perdit dans ses pensées. Il soupira anxieusement, se gratta le côté droit de la tête et fit quelques pas dans un sens, puis dans un autre. Finalement, après avoir longuement pesé le pour et le contre, il s'arrêta net.

— Je vais vous y conduire, dit-il soudain à contrecœur.

(Il ne le montrait pas, mais une vague d'inquiétude commençait à le submerger.)

Alors que le soleil éclaboussait lentement les montagnes de sa lumière naissante, Vincent, Quentin et Noah firent un détour pour aller chercher Lucie. Elle pouvait leur être utile car, tout le monde l'avait remarqué, Ary s'était rapidement attaché à la jeune fille en qui il voyait une figure maternelle. Il lui faisait confiance.

Tandis qu'ils marchaient en silence, Noah sentait sa gorge se nouer, son estomac se serrer. Il avait fait une promesse à son frère, une promesse qu'il était sur le point de rompre, celle de ne jamais révéler le lieu de leur endroit secret. Seulement voilà, comme le disait Vincent, la vie d'un garçon était en danger et il fallait au plus vite résoudre ces mystères.

Arrivés sur les lieux, ils aperçurent Ary assis sur la berge. À leur approche, il se dressa immédiatement sur ses jambes, affichant un regard dur et colérique. Clairement, il n'était pas content de les voir.

— Ary ! s'écria Noah. Que fais-tu ici le matin si tôt ! Réponds !

— Je dois te poser des questions, expliqua Vincent. Il s'est passé quelque chose de grave, tu peux nous aider ? Est-ce que tu sais quelque chose à propos de la disparition du petit Daniel ?

Muet comme une carpe, le garçon se contenta de fixer les bois d'un œil inquiet.

— La petite Camille dit que tu étais là quand son frère a disparu. Elle t'a vu sur le chemin. Tu sais, la disparition de Daniel est très inquiétante, sa vie est sûrement en danger. Si tu sais quelque chose, il faut nous le dire pour qu'on puisse l'aider, le secourir. Chaque minute compte.

Rien. Rien ne sortit de sa bouche aux lèvres légèrement ourlées. Submergé par la colère, il se mit à serrer ses poings comme s'il allait exploser.

— Tu avais promis, promis que c'était notre endroit, rien qu'à nous ! cria-t-il en jetant à Noah un regard furieux.

Noah en profita pour crever l'abcès.

— Alors c'est ici que tu t'amuses avec ton ami ?

— Je ne te dirai plus rien !

— Ary… Je ne l'ai jamais vu, jamais rencontré. C'est pas normal ça…

— C'est parce qu'il ne sait pas comment faire !

Noah secoua la tête.

— Tu sais ce que je crois ? Je crois que tu t'es inventé un ami !

— Non ! Il existe, je te dis ! affirma Ary.

— Dans ce cas, où est-il ?

— Noah, vraiment tu exagères ! intervint Lucie.

— Il est venu à la maison l'autre jour ! Mais tu l'as fait fuir ! lança Ary d'une voix étranglée.

Noah sentit le découragement l'envahir.

— Quoi ? Mais… Je commence à en avoir assez de tes histoires à dormir debout !

Lucie l'interrompit à nouveau :

— Arrête enfin Noah ! Tu vas trop loin !

— Tu ne devrais pas te mêler de ça !

— Il y a sûrement une explication, suggéra-t-elle calmement. Et si on prenait le temps de discuter ?

— Je te déteste ! lâcha Ary, avant de se blottir dans les bras de Lucie.

Le voyant à ce point bouleversé, Vincent secoua la tête d'un côté, puis de l'autre.

— Noah, je suis désolé. J'ai peut-être fait une erreur, nous n'aurions pas dû venir ici.

Puis il s'adressa à Ary :

— Je n'ai pas l'intention de te tourmenter davantage. On va partir et te laisser tranquille. En revanche, garde à l'esprit que si tu sais quelque chose qui peut sauver Daniel… Tu sais, il ne faut pas que tu aies peur, je peux tout entendre, absolument tout.

— Ça suffit, vous ne croyez pas ? maugréa Lucie.

Noah décida d'en finir :

— Allez, viens, Ary, on rentre à la maison.

— Jamais ! assena le garçon, les yeux pleins de larmes.

— Quoi !

— Pourquoi tu ne me crois pas ? Pourquoi ? J'ai rien inventé !

— Dépêche-toi sinon…

— Je ne viendrai pas. Je ne veux plus être avec toi, tu as trahi notre secret ! cria Ary.

— Laisse-lui un peu de temps… Il est en colère, mais ça va lui passer. Et ça ne sert à rien de forcer les choses ! expliqua Lucie en fusillant Vincent du regard.

C'est alors qu'un événement vint interrompre leur différend.

— Vincent, je crois que vous devriez venir voir ça ! s'exclama Quentin, debout à l'entrée de la grotte.

— Non ! N'entrez pas ! hurla Ary, les yeux rivés sur le trou obscur.

Vincent se munit d'une torche et s'engagea avec prudence à l'intérieur. Au fond, il aperçut, ce qui au premier coup d'œil, ressemblait à un tas de draps ou de chiffons. Mais quand il s'approcha de plus près, il réalisa avec effroi qu'il s'agissait de vêtements : des pantalons déchirés et des chemises tachées de sang. Un peu plus loin, son pied heurta quelque chose de dur, il faillit trébucher. C'était un os et il n'y en avait pas qu'un seul, le sol était jonché d'ossements et de restes d'animaux, il se trouvait au milieu d'un véritable charnier.

Quand Vincent sortit de la cavité, il parut inquiet et furieux. Le petit air désolé qui s'affichait sur son visage quelques minutes plus tôt avait disparu.

— Ary va venir avec nous, lança Vincent d'une voix grave.

— Pourquoi ? répondit Noah surpris.

— Parce qu'il ment. Il sait quelque chose et je dois connaître la vérité.

— Mais enfin… Qu'est-ce qui s'est passé ? Qu'avez-vous trouvé au fond de cette grotte ? J'ai le droit de savoir ! s'écria Noah.

Quentin se fit un plaisir d'attraper Ary et de le maintenir fermement entre ses bras. Frustré, le garçon devint hystérique.

— Laissez-le ! s'écria Noah. Il ne supporte pas qu'on le touche !

À peine eut-il fini sa phrase qu'un monstre venu de nulle part émergea du bois. Sa tête et son corps étaient couverts d'une toile de jute, et deux trous, taillés au niveau de son visage, laissaient entrevoir d'effroyables yeux jaunes.

Il se planta brusquement devant Quentin et poussa un affreux grognement en exhibant ses ongles immenses, acérés comme des griffes.

Frappé de stupeur, celui-ci relâcha Ary immédiatement.

Trop tard.

Alors qu'il s'apprêtait à fuir, le monstre, pris de fureur, se jeta sur lui et le roua de coups féroces.

Il se précipita ensuite vers Vincent, mais celui-ci trébucha en arrière sur un caillou et se retrouva à terre.

Le monstre s'approcha, se pencha sur lui et le saisit à la gorge, au point que le pauvre homme en perdit la respiration. Mais étrangement, il renonça à le tuer. Il se contenta ensuite de soulever son corps, à bout de bras, et de le lancer dans les airs.

Vincent retomba et s'effondra lourdement sur le sol, inconscient.

Adossée derrière un arbre, Lucie savait que s'il la repérait, elle serait perdue. Terrifiée, elle se demandait : « Qu'allait-il faire maintenant ? L'attaquer elle aussi ? Et où était Noah ? »

Curieusement, le monstre sembla garder son calme et hésiter, laissant échapper de temps à autre un grognement bestial, rempli de frustration.

Lucie sentit tout à coup une main s'emparer de la sienne.

— Viens ! Il ne faut pas rester ici ou bien nous serons les prochains. Suis-moi ! lança Noah en prenant les devants.

Ils se rendirent jusqu'au bassin d'eau douce et lorsqu'ils furent prêts à sauter, Lucie fut prise de panique.

— Et les autres ? Et Ary ?

— J'ai vu Ary s'enfuir. Écoute, on ne peut rien pour eux pour le moment. Prends ta respiration et nage sous l'eau jusqu'à ce que tu atteignes ces buissons, dit-il en désignant un ensemble d'arbustes.

— Noah… J'ai peur… se lamenta la jeune fille, en regardant derrière elle.

Il lui saisit le visage.

— Concentre-toi sur ce que je dis, Lucie, fais-moi confiance. Ces buissons sur la berge seront une très bonne cachette. Tu les vois alors?

Elle parvint enfin à se ressaisir.

— Oui, je les vois.

— Alors, il va falloir faire vite. On se rejoint là-bas. Et surtout, reste bien dans l'eau.

— D'accord… d'accord… dit-elle en s'efforçant de se concentrer.

Ils entendirent des pas lourds ébranler le sol. La créature n'était pas loin et elle se rapprochait.

— Maintenant ! cria Noah.

Ils plongèrent tous les deux, laissant un flot de bulles remonter à la surface. Puis il y eut un très long silence.

— Noah ? Où es-tu ? appela Lucie en écartant de ses mains les herbes qui lui obstruaient la vue. Son corps entier étant immergé, seule sa tête dépassait à la surface.

— Chut ! Ne fais pas de bruit. Je suis là, tout près. Il ne viendra pas, on dirait que…

— Quoi ?

— On dirait qu'il n'aime pas l'eau.

Il ne se trompait pas. La créature, qui avait longé plusieurs fois le bassin dans un sens, puis dans un autre, ne tarda pas à abandonner.

Au bout d'un long moment, qui leur parut interminable, et après avoir longuement évalué le danger, Noah sortit de l'eau le premier. Il le fallait bien.

— Tu es sûr ? lança Lucie en s'extirpant du bassin à son tour.

Noah se tut et pendant un instant son esprit sembla ailleurs.

— En fait… je sens qu'il n'est plus là, répondit-il d'une voix assurée.

Immédiatement, il se rendit auprès de Vincent. Le pauvre homme était mal en point mais il était vivant. De même pour Quentin, qui laissa échapper un râle de douleur.

— Va chercher de l'aide, Lucie !

— Mais…

— Tu n'as rien à craindre, tu peux me croire !

En son for intérieur, le garçon était convaincu qu'il n'y avait plus de danger. En tout cas, pas pour le moment.

Fortement éprouvée, la jeune fille parvint tout de même à retrouver son calme. Elle avait confiance en Noah et en ses intuitions. Elle prit donc une grande respiration et s'élança sur le chemin sans attendre.

Inquiet pour son frère, Noah s'engagea dans le bois et parcourut une bonne centaine de mètres dans tous les sens.

— Ary ! Ary, tu m'entends ? Tu peux sortir de ta cachette, il est parti ! Ary ! Je suis tellement désolé ! On peut tout arranger ! cria Noah en s'engageant au plus profond du bois.

Mais il n'eut pour réponse que les gémissements du vent.

Il marcha pendant plus d'une heure, se frayant des passages au milieu des arbres et au milieu des ronces. Puis il déboucha sur une immense clairière, vide.

Des idées épouvantables lui vinrent alors à l'esprit.

Il n'allait pas trouver Ary. Tout simplement parce qu'il ne voulait pas être retrouvé et qu'il pouvait être n'importe où.

— Ary ! Je suis tellement désolé… Reviens ! lança-t-il d'une voix étranglée.

Désemparé, il se laissa glisser à terre. C'était la journée la plus horrible de sa vie.

Puis l'impensable se produisit. Une voix forte et rauque parvint jusqu'à lui. Une voix effrayante qui sembla surgir des ténèbres.

« Noah… Tu ne me vois pas, mais je sais que tu m'entends. Je sais que tu as ce pouvoir. Il va falloir que tu me tues. Sinon, je finirai par tuer des hommes. Je vous tuerai tous ! »

* *
*

Vincent s'en sortit avec des côtes cassées, mais son dos, à cause du choc, devint entièrement noir. Quentin, lui, eut bien du mal à se remettre de ses multiples fractures. Son corps entier était couvert d'hématomes.

Noah, de son côté, rêvait de jours meilleurs. Assis au bord de la falaise, il regardait l'horizon en repensant à leur été plein de joie et d'insouciance. Comme ils avaient été heureux, tous, avant que ce monstre surgisse et ne vienne tout gâcher.

C'est alors qu'une voix familière l'interrompit dans ses pensées.

— Les temps sont durs, n'est-ce pas ?

Noah se retourna et fut surpris de voir Lagrange. Que lui voulait-il ? L'avait-il suivi ?

— Tu peux te confier à moi, si tu en as envie. Tu n'es pas obligé de porter toute la misère du monde sur tes épaules.

Le garçon soupira de désespoir.

— Je ne sais plus quoi faire… Un enfant a disparu et… voilà que mon frère aussi s'est volatilisé maintenant. Avec ce monstre qui rôde dans les bois, que voulez-vous que je pense ?

Soudain, Noah fronça les sourcils.

— Mais pourquoi êtes-vous là, monsieur Lagrange ?

— Si je suis là, c'est parce que j'ai quelque chose à te donner. Lève-toi.

— Ce n'est pas le moment, je…

— Bien au contraire, insista le vieil homme. Il lui tendit un objet enveloppé dans un tissu.

— Qu'est-ce que c'est ? demanda Noah en se dressant sur ses jambes.

— Regarde…

Noah retira le tissu délicatement.

— Un couteau ? dit-il d'un air étonné.

— Pas n'importe quel couteau. Celui-ci est très particulier. Il est en argent.

Il ôta le chapeau qu'il avait sur la tête avant d'ajouter :

— C'est là-bas, dans cet endroit que vous gardiez secret, que ton frère et le monstre se sont rencontrés pour la première fois.

Piqué à vif, Noah réagit instantanément.

— Vous n'allez pas vous y mettre vous aussi ! Pourquoi faut-il que tout le monde veuille mêler mon frère à cette histoire ?

— Parce qu'ils sont liés maintenant.

— Mais qu'est-ce que vous racontez ?

Quand le vieux Lagrange lui jeta un regard sombre, Noah comprit alors qu'il était plus sérieux que jamais.

— J'aimerais t'en dire plus. Mais c'est si délicat, tu n'as aucune idée…

— Je ne comprends rien à ce que vous dites.

— Ce monstre a trouvé, auprès de ton frère, un certain réconfort.

— Mais enfin de quoi parlez-vous ? C'est absurde, rétorqua Noah.

— Vincent t'a expliqué ce qu'il a trouvé dans la grotte ?

— Oui… Enfin, il n'est pas rentré dans les détails…

— Ary protège ce monstre. Il s'est lié d'amitié avec lui.

— Quoi ? Mais c'est impossible ! Impossible ! objecta Noah en secouant négativement la tête.

Il y eut un moment de flottement insupportable pendant lequel le garçon s'efforça de garder son calme. Mais son sang bouillonnait et l'angoisse lui oppressait l'estomac.

Le visage de Lagrange se durcit et sa voix devint plus grave.

— Ce monstre est en pleine transformation, encore partagé entre le bien et le mal. Il souffre moralement et physiquement. La nuit, il n'est plus lui-même, il chasse, c'est un besoin viscéral. Le jour il se met à l'abri, il se cache. Son désarroi est immense.

Noah était à la fois perplexe et désemparé.

— Mais… comment savez-vous…

— Écoute, bon sang ! coupa-t-il. À chaque pleine lune, il devient plus puissant, plus féroce. À chaque pleine lune, la bête qui est en lui gagne du terrain. Bientôt, il ne pourra plus se contrôler, il ne pourra plus lutter contre les forces maléfiques qui l'habitent. Il aura besoin de se nourrir, coûte que coûte, et le peu d'humanité qu'il y a encore en lui disparaîtra à tout jamais.

Noah resta longtemps à chercher ses mots.

— Ce que vous racontez… c'est… Je ne sais plus quoi penser… répondit Noah.

— Vincent et Quentin ont eu beaucoup de chance. Il n'a pas supporté qu'on s'en prenne à ton frère, c'est la raison pour laquelle il s'est jeté sur eux aussi violemment. Il aurait pu les tuer ! Mais il ne l'a pas fait, il a tenu bon. Réfléchis. Ary s'est-il comporté de façon étrange ces derniers temps ?

Le garçon se remémora un ensemble de choses qui lui donnèrent des frissons.

La viande et les remèdes qu'Ary avait volés… Ses échappées nocturnes… Cet ami mystérieux qu'il protégeait et que personne ne voyait jamais… Peu à peu, tout devint clair dans son esprit.

— Noah, tu commences à me croire, n'est-ce pas ? Ary est son dernier lien avec ce monde.

— Mais… si c'est vrai ce que vous dites, qu'est-ce que je dois faire alors ?

— Il faut agir. Et vite. Le seul moyen d'en finir est de planter ce couteau en argent dans le cœur de cette bête avant que sa métamorphose soit définitive. Fais-le !

— Sa métamorphose ?

— Bientôt il ne répondra plus de rien.

— Mais… pourquoi moi ? Rien que d'y penser je suis mort de trouille ! Allez dire ça aux autres du village.

— Ils sont terrifiés et bien moins courageux que toi. Et ce n'est pas la seule raison. Il t'a choisi, tu l'as vu dans tes rêves, n'est-ce pas ? Nelle m'a parlé de tes cauchemars.

— Depuis quand vous êtes si proches, tous les deux ?

— Mais… nous l'avons toujours été, affirma Lagrange en affichant un sourire au coin des lèvres.

Le regard de Noah s'assombrit.

— Est-ce que mon frère est en danger ?

— Je ne pense pas. Le lien qui s'est tissé entre eux est fort. En revanche…

— Quoi ?

Préférant changer de sujet, Lagrange posa ses mains sur les épaules de Noah.

— Rappelle-toi bien ce que je vais te dire, car je ne te le dirai qu'une seule fois. Quand tu seras face à ce monstre, ne te laisse pas berner. Son âme est damnée. N'hésite pas à le tuer ou bien c'est lui qui nous tuera tous.

Ce que Lagrange s'était bien gardé de dire à Noah, c'est qu'il était tombé sur eux, un matin aux aurores, alors qu'il cueillait des sanguins près de chez lui. Malgré les attaques qui avaient eu lieu, il n'avait pas souhaité changer ses habitudes.

Il était donc parti en s'aidant de sa canne, lentement et sûrement. Il était vieux maintenant, il devait redoubler d'efforts et d'attention.

Ce jour-là, il en avait déjà ramassé un bon paquet, quand le monstre avait émergé brutalement d'un buisson, le prenant sans doute pour un animal.

Conscient que le moindre de ses gestes pouvait lui être fatal, le vieil homme était resté parfaitement immobile, comme une statue. Il avait même retenu sa respiration un instant.

Le plus incroyable, c'est que le monstre n'était pas seul. Il était accompagné d'Ary, qui le suivait de près.

Ils étaient restés là quelques secondes à le regarder fixement, avant de disparaître tous les deux dans les buissons. Lagrange avait tout de suite remarqué à quel point ils étaient proches.

Et il ne se trompait pas.

L'esprit du jeune garçon était ébloui par cette force de la nature qui avait surgi des ténèbres un soir de pleine lune. Il admirait sa puissance, sa rapidité, son courage et sa capacité à percevoir les bruits lointains, même les plus faibles.

Cela se voyait à son regard, Ary rêvait de lui ressembler.

* *
*

Les attaques s'enchaînaient les unes après les autres. À Chaumie, mais aussi dans les bois environnants. Biches, cerfs, chevreuils… toutes sortes d'animaux violemment attaqués et dévorés, en pleine nuit.

Désespéré, Noah se rendit chez Lucie, mais la jeune fille ne le laissa pas entrer. Il eut juste le temps d'apercevoir à l'intérieur un bon nombre de remèdes éparpillés sur la table. Ils échangèrent quelques mots, mais elle eut l'air d'être ailleurs. Pressée d'en finir, elle écourta leur conversation et referma la porte sans qu'il ait même eu temps de lui dire au revoir. Il trouva son comportement étrange, comme si elle lui cachait quelque chose d'important. Cependant, il n'avait pas le temps pour le moment de s'occuper de ça.

Noah décida, à contrecœur, d'aller chercher lui-même les réponses à ses questions. Il devait retrouver son frère, à tout prix.

Il fit donc appel à Filondor, son fidèle ami des terres rouges, et ensemble ils tournoyèrent au-dessus du village avant de s'aventurer plus loin, au-dessus des forêts et des champs.

Mais rien. Aucun signe de vie.

Un temps interminable s'écoula, quand enfin il aperçut une silhouette près de l'endroit secret. Elle se déplaçait entre les arbres, et elle se dirigeait vers la grotte.

— Il est là ! C'est sûrement Ary ! s'écria-t-il.

L'oiseau vacilla d'un côté, puis de l'autre, avant de se faufiler entre les mélèzes.

— Dépêche-toi, je l'ai vu se rapprocher de la grotte !

Filondor plongea vers la cavité avant de se poser discrètement sur le sol. Curieusement, il avait l'air perturbé, il ne semblait pas partager l'enthousiasme de Noah.

Anxieux, il se mit à s'agiter nerveusement autour du garçon, laissant échapper d'étranges cris plaintifs. Puis il jeta un œil inquiet vers le trou obscur. Il ressentait quelque chose. Quelque chose qui ne lui plaisait pas.

— Je sais que tu n'as pas envie d'être ici. Moi non plus d'ailleurs. Mais je dois retrouver mon frère, lui rappela Noah en le caressant doucement. Je suis certain qu'il est revenu ici.

Il s'empara d'une lanterne qui se trouvait là, allumée, sur le sol, et il s'enfonça au fond de la cavité toute noire.

— Ary ! Je suis tellement désolé ! Pardonne-moi ! s'exclama Noah en progressant dans l'obscurité.

Il entendit des bruits de craquements sous ses pieds alors que de lointains grognements parvenaient maintenant jusqu'à lui.

Il s'arrêta un instant, puis continua d'avancer.

« Ary… » songea-t-il. « Je l'ai vu, j'en suis certain, c'était lui. »

Il eut beau essayer de se convaincre, il se sentit tout à coup mal à l'aise et le doute s'immisça dans son esprit. Son intuition l'avait-elle trompé ? Ou peut-être, tout simplement, ne l'avait-il pas suffisamment écoutée ?

Et soudain son cœur fit un bond. Car l'imposante silhouette qui se dessinait dans la pénombre n'avait rien à voir avec son frère. C'était lui. L'effroyable monstre des bois. Le dos tourné, il était occupé à déchiqueter une proie qu'il venait de tuer.

Désemparé, Noah recula de quelques pas.

Trop tard.

La créature pencha légèrement sa tête vers la droite, en grognant.

— Avance, Noah ! Viens jusqu'à moi, je ne te ferai rien ! lança une voix rauque. Je t'attendais. C'est pour ça que je suis revenu. As-tu pris ta décision ?

Noah frissonna de tout son corps.

— Je… je veux juste retrouver mon frère.

Le monstre se retourna violemment et laissa échapper un rugissement.

Terrorisé, Noah glissa sa main dans sa poche et saisit le couteau en argent.

— Avance ! Avance vers moi, je te l'ordonne ! N'as-tu pas compris que je pourrais te tuer maintenant si je cédais à l'envie qui me dévore de l'intérieur ?

Noah sentit son corps l'abandonner. Il n'arrivait plus à respirer et tous ses membres tremblaient lamentablement. Malgré tout, il avança vers lui en prenant le temps de l'observer.

Le monstre portait toujours la toile de jute, mais elle avait rétréci. De longs poils apparaissaient sur son corps qui avait gagné en taille et en masse, ses pieds étaient devenus énormes, il était maintenant robuste et puissant. La toile recouvrait toujours son visage, ne laissant visible que ses yeux jaunes qui luisaient dans le noir.

Soudain, il saisit le bras de Noah et guida le couteau jusqu'à son torse musclé.

— Pourquoi hésites-tu ? Je suis déjà presque mort.

Noah posa les yeux sur sa main allongée et griffue.

— Mais… de quel mal souffrez-vous ? On peut peut-être vous aider, bredouilla Noah.

— Parce que tu crois qu'il s'agit d'une maladie ?

Le monstre éclata de rire, puis reprit son sérieux aussitôt.

— Tue-moi maintenant ! Fais-le ! Là ! Dans mon cœur ! ordonna-t-il en pressant la pointe du couteau contre sa poitrine.

— Où est mon frère, où est Ary ?

— Il ne trouvera jamais sa place auprès de vous. Il est seul. Comme moi. Et il vous déteste.

Noah sentit son sang bouillir de colère. Il serra les poings.

— Comme tu es faible… Tu as pourtant l'habitude d'affronter mille dangers. Tue-moi, je te dis ! Bientôt, il sera trop tard !

Noah plongea son regard dans celui du monstre. Il y vit quelque chose de démoniaque. Mais il vit aussi du désespoir et une immense détresse. Paniqué, il laissa tomber la lanterne et s'enfuit à toutes jambes.

— Argh ! Reviens Noah ! Reviens, espèce de lâche ! hurla-t-il.

Noah eut à peine le temps de sentir quelque chose rouler sous son pied qu'il s'affala sur le sol. En cherchant à se relever, sa main effleura un objet. Il le saisit et réalisa avec stupeur qu'il s'agissait d'un crâne. Et tout autour de lui, des os, par centaines. Il y en avait partout et de toutes les formes.

Il se releva et sortit de la grotte comme un fou. Il courut aussi vite qu'il put à travers les arbres, lorsqu'il vit une ombre filer au-dessus de lui. C'était Filondor, qui venait à son secours. Quand il parvint à sa hauteur, il le chevaucha sans attendre et s'envola dans les airs, espérant oublier cette voix et ce regard.

Il devait oublier. Il ne pouvait en être autrement.

* *
*

Bien qu'elle fût lointaine, la voix du monstre ne cessait de parvenir jusqu'à lui. Elle le poursuivait inlassablement, et elle lui ordonnait :

— Tue-moi ! Fais-le ! N'as-tu pas encore compris ?

— Non ! Laissez-moi tranquille ! Cela ne peut pas être moi ! criait Noah recroquevillé sur lui-même.

Il ne dormait plus, il ne sortait plus. Il se contentait de fixer les ténèbres en pensant qu'il allait devenir fou.

À bout de forces et espérant trouver de l'aide, il se rendit chez Vincent.

C'est sa femme, Nina, qui conduisit Noah jusqu'à son mari. Discrète comme toujours, elle se garda bien de lui dire qu'elle n'appréciait pas sa visite. Avec sa mine blafarde et ses cheveux tout décoiffés, le garçon semblait à bout de nerfs et ça ne lui plaisait pas. Cependant, Vincent n'aurait pas souhaité qu'elle s'en mêle, car si Noah demandait à s'entretenir avec lui, c'est qu'il avait certainement quelque chose de très important à lui dire.

Le couple habitait une jolie maison au centre du village et leur intérieur était à leur image : simple et chaleureux. Les enfants couraient, riaient et se chamaillaient d'une pièce à l'autre. On ne s'y ennuyait jamais.

— Ne le fatigue pas trop avec tes histoires, il doit se reposer, lança Nina en refermant la porte de la chambre.

Il comprit, au son de sa voix, plutôt froid et sec, qu'elle ne l'aimait pas trop.

Noah ne put se contenir davantage. Il s'assit dans un fauteuil, près de Vincent, et il lui raconta absolument tout : son escapade avec Dorphin au grand lac, l'attaque des loups, ainsi que la conversation qu'il avait eue avec Lagrange.

Il s'ensuivit un long silence pendant lequel Vincent ferma les yeux, s'efforçant tant bien que mal d'assembler tous les éléments dans son esprit.

Puis, au bout d'une bonne dizaine de minutes, il se releva sur son oreiller, grimaçant sous l'effet de la douleur.

— Mon pauvre, tu dois te sentir très seul. Hélas, je ne peux pas t'aider, regarde-moi, je ne suis pas encore remis de l'attaque que j'ai subie, je dois faire attention, admit-il d'un air désolé.

— Vous ne comprenez pas... Ce monstre va tous nous tuer si je ne fais pas quelque chose. Mais je ne sais pas comment m'y prendre. Je n'ai que ce couteau en argent que Lagrange m'a donné.

Vincent soupira longuement.

— J'aimerais pouvoir convaincre le conseil de te venir en aide, mais... tu les connais, n'est-ce pas ? Ils ne croiront jamais en ton histoire et même si avec le temps ils finissaient par y croire, ils auraient bien trop peur et prendraient de mauvaises décisions.

— Si seulement Dorphin était là... maugréa Noah en soupirant.

— Mais... il va beaucoup mieux, paraît-il, répondit Vincent surpris qu'il ne soit pas au courant.

Le garçon écarquilla les yeux.

— Quoi ? Il va mieux ? Vous en êtes sûr ?

— Oui. C'est Lucie elle-même qui nous l'a dit. Il a déjà repris des forces, je suis certain qu'il sera bientôt de retour parmi nous.

Noah se tut. Et il eut soudain une sensation de nœud dans la gorge. Pourquoi lui avait-elle caché une nouvelle aussi importante ?

Voyant qu'il était contrarié, Vincent secoua la tête d'un air désolé.

— Ne te mine pas pour ça. Deux enfants ont disparu. Le petit Daniel, et ensuite ton frère… Certains parlent de quitter le village, d'abandonner leur maison et leurs terres, tu te rends compte, Noah ? Voilà où nous en sommes. Je ne peux te dire qu'une seule chose : fais ce que tu penses être juste.Voilà ce que répondit Vincent. Ni plus ni moins.

Noah savait au fond de lui que l'affrontement avec ce monstre serait inévitable. Il ne pouvait s'y dérober et malgré la peur qui grandissait en lui de jour en jour, le sort du village, était une fois de plus entre ses mains..

6

Métamorphose

Toujours assise sur sa branche, la chouette fixait Noah de ses grands yeux perçants, attendant patiemment le bon moment pour s'envoler. Le ciel s'assombrissait, une brume épaisse envahissait peu à peu Chaumie et ses alentours et la lune, parfaitement ronde, s'élevait lentement dans le ciel.

Quand l'oiseau déploya ses grandes ailes blanches, Noah sut qu'il n'avait plus le choix : le moment terrible, qu'il redoutait tant, était arrivé.

*

Noah s'élança en direction du village, tout en songeant au petit Daniel qui avait émergé du bois un beau matin. Un homme, portant un chapeau, l'accompagnait.

Malgré toutes les questions qu'on avait pu lui poser au sujet de sa disparition, l'enfant était resté muet comme une carpe. La raison était simple : il ne se souvenait de rien. Ou peut-être, tout simplement, préférait-il oublier.

Mais la vérité, c'est que ce jour-là, il avait vu quelque chose dans des buissons, quelque chose qui l'avait tellement effrayé qu'il s'était enfui sans trop savoir où il allait. Complètement désorienté et l'air hagard, il avait marché pendant des heures.

Et puis un autre drame s'était produit : alors que les ombres de la forêt se faisaient effrayantes autour de lui, il était tombé dans un ravin. Après avoir rebondi plusieurs fois dans la pente, il avait atterri sur un amas de cailloux en contrebas et sa tête avait heurté un rocher. À partir de ce moment-là, il avait sombré dans un trou noir.

Des semaines plus tard, un chasseur qui habitait de l'autre côté de la vallée et qui avait recueilli et soigné Daniel, avait eu vent de la disparition inquiétante d'un enfant. Bienveillant, il s'était rendu jusqu'au village avec l'espoir de retrouver sa famille. C'est ainsi, que le petit Daniel avait retrouvé les siens.

*

Le brouillard enveloppa Noah. À mesure qu'il avançait, le nuage brumeux s'épaississait, effaçant de sa vue les habitations sur son passage.

Le silence était pesant et la peur grandissait en lui, il ne savait pas ce qui l'attendait. Malgré tout, même s'il avait envie de fuir, quelque chose au fond de lui le poussait à accomplir cette mission.

Lorsqu'il vit deux yeux jaunes flamboyants percer le voile opaque qui se dressait devant lui, il eut l'impression que ses jambes allaient le lâcher.

— Je… je suis là. Je suis venu… bredouilla Noah en sortant de sa poche le couteau en argent.

Il n'obtint aucune réponse. Tout ce qu'il obtint fut un grognement rauque, puis un autre, plus puissant.

Noah attendit sans bouger, puis, au bout d'un long moment qu'il crut interminable, le monstre s'extirpa enfin du brouillard, dévoilant son effrayante apparence.

Conscient du danger, le garçon eut un mouvement de recul.

Si quelques traits humains subsistaient sur ce visage féroce et poilu, la toile de jute avait disparu mettant son corps entier à nu, un corps également couvert de poils longs et épais. Il se tenait debout sur ses jambes, comme un homme, mais il ressemblait davantage à un loup avec sa barbe touffue et ses oreilles pointues. Il était corpulent, musclé et de très grande taille, il devait mesurer au moins deux mètres.

Quand il ouvrit son énorme mâchoire, laissant entrevoir ses longues dents acérées, Noah comprit que Lagrange ne s'était pas trompé. Une nouvelle transformation avait eu lieu, la dernière sans doute. Et la plus terrible.

Noah se mit à déglutir. Plusieurs fois.

« Quelle folie, je n'aurais jamais dû venir ici, c'était une erreur… » pensa-t-il en soupirant anxieusement. Il se demanda même si ses jambes auraient la force de lui permettre de s'enfuir.

C'est alors que le loup se cabra et poussa un affreux hurlement avant de fixer Noah à nouveau de ses yeux jaunes. Il n'était plus possible de dialoguer maintenant, ce monstre n'avait qu'une seule idée en tête : se jeter sur Noah et le dévorer.

Noah se mit à trembler et son cœur se mit à battre si fort qu'il crut qu'il allait sortir de sa poitrine. Affolé et pris de panique, il se précipita vers un arbre aux branches épaisses et grimpa rapidement, de branche en branche, espérant que le loup ne le suivrait pas. Mais il se trompait. Furieux, celui-ci s'élança vers lui et planta ses énormes griffes dans le tronc. Puis il grimpa, lentement et agilement, rejoignant peu à peu Noah qui l'observait d'un air pétrifié.

— Non ! C'est pas vrai ! s'écria Noah en voyant l'animal se rapprocher. Il était maintenant presque à sa hauteur.

Alors que le loup faisait claquer sa mâchoire baveuse, garnie de dents pointues et qu'il tentait de l'agripper avec ses longues griffes coupantes, Noah sortit le couteau en argent de sa poche.

Le vent s'immisça entre les feuillages et sa pensée dériva.

« Lucie, pensa-t-il, si seulement tout pouvait redevenir comme avant. J'ai tellement peur… »

Un rugissement de la créature interrompit le fil de sa pensée.

— Je n'y arriverai pas, c'est voué à l'échec, gémit-il en secouant sa tête d'un côté puis de l'autre.

Et une fois de plus, la lueur verte lui apparut, tournoyant à nouveau autour de son visage.

— Noah… tu peux le faire. Crois en toi, Noah… murmura la voix.

La lueur se mit à grossir à vue d'œil et devint alors plus dense, formant dans le brouillard un halo de lumière.

Noah sentit grandir en lui le courage dont il avait besoin et il sut alors qu'il devait aller au bout de sa mission, même si son cœur allait en souffrir, même s'il risquait d'y laisser sa vie.

— C'est le moment que tu attendais, alors me voilà ! clama Noah haut et fort en se projetant soudainement dans les airs.

Il emporta avec lui le monstre dans sa chute et leurs deux corps dégringolèrent, arrachant au passage les branches qui se brisaient sous leur poids.

À la suite du bruit sourd de l'impact, il y eut un long silence pendant lequel ils restèrent côte à côte sans bouger.

Puis Noah ouvrit enfin les yeux. Une pointe de douleur à la cheville venait de le réveiller. Il essaya de se relever, mais elle lui faisait bien trop mal.

Quand sa vision, troublée par le choc, parvint à s'éclaircir, il vit l'énorme loup retirer péniblement le couteau qu'il venait de lui planter dans l'épaule, et le jeter à terre.

Le pouvoir de cette arme en argent semblait l'avoir affaibli, mais ça n'allait pas durer. Noah devait le tuer.

Déterminé, il se traîna jusqu'à lui, s'empara de l'arme et plaça la lame juste au-dessus de sa poitrine, au niveau du cœur.

Étonnamment, le loup se mit à couiner et son regard, furieux, se remplit de tristesse et de désespoir.

— Non ! Ne fais pas ça ! hurla Lucie en accourant dans sa direction.

En la voyant ainsi surgir au milieu de cette brume ténébreuse, il repensa à ses cauchemars, il eut une impression de « déjà vu ».

— Arrête, je t'en prie, Noah ! gémit-elle presque à bout de souffle.

Surpris, Noah baissa son arme. Ce qu'il s'apprêtait à faire était un acte épouvantable, il le savait bien. Un acte qui allait lui coûter cher.

Soudain, une silhouette se détacha du brouillard.

— Ary ? murmura Noah, en plissant les yeux.

Il eut du mal à le croire, mais c'était bien lui. Immobile, le jeune garçon regardait Noah fixement et d'un air furieux..

— Je t'ai cherché partout. J'ai…

Il n'eut pas le temps de finir sa phrase que l'impensable se produisit. En un éclair, Ary se métamorphosa en loup. Et pas n'importe quel loup. Il était tout blanc, grand en taille, et pour son jeune âge, il avait déjà une ossature puissante. Ses yeux étaient jaunes, comme ceux de Dorphin.

Noah se frotta le visage avec ses mains. Il fallait qu'il se réveille de cet indicible cauchemar. Cette vision de son frère se transformant en une bête féroce venait de lui donner la nausée.

Hélas, il n'en fut rien. Ary était toujours là, immobile, comme s'il attendait de voir ce qu'il allait faire.

— Ne le tue pas ! implora Lucie en s'approchant de plus près.

Déchiré entre les sentiments qu'il éprouvait à l'égard de Lucie et la certitude qu'il devait aller au bout de sa mission, Noah se sentit perdu.

Mais pas pour longtemps, car un grognement bestial du monstre l'interpella à nouveau. Ses yeux venaient de s'écarquiller et il retroussait ses babines en montrant les crocs. Quelque chose de démoniaque habitait cet animal, Noah en était certain maintenant, et il devait agir avant qu'il ne soit trop tard.

Les paroles de Lagrange lui revinrent à l'esprit : « Tu dois le tuer, sinon c'est lui qui nous tuera tous. »

Déterminé, cette fois, à aller jusqu'au bout, il ignora les supplications de Lucie et s'en tint à sa décision.

Le coup fut vif et brutal. Il transperça la bête tout en laissant échapper un gémissement de profond désarroi ; et alors qu'il entendait Lucie pousser un hurlement d'horreur et que son frère bondissait vers lui, une larme se mit à couler le long de son visage.

L'instant d'après, Noah fut violemment plaqué au sol. Sonné, il tenta de se relever, mais Ary pressa ses lourdespattes contre ses épaules, l'empêchant ainsi de faire le moindre mouvement. Les oreilles tenues vers l'arrière, il le fixa de ses yeux jaunes, et alors que Noah se demandait ce qui allait lui arriver, Ary, fou de rage, montra les dents, grogna et poussa un terrible hurlement bestial avant de disparaître dans la brume.

Pendant quelques secondes, Noah se sentit soulagé. Puis il eut envie de pleurer. Ary avait pris la défense de ce loup monstrueux, à tel point qu'il avait bien failli le tuer. Le tuer, lui, son propre frère. Rien que d'y penser, il en était malade.

Alors que le brouillard se dissipait doucement, de nombreux visages faisaient peu à peu leur apparition.

— Qu'allait-il se passer maintenant ? La créature était-elle enfin hors d'état de nuire ?

Abasourdie, Lucie regarda Noah d'un air hébété.

— Je… je suis vraiment désolé, bredouilla le garçon en tendant sa main vers elle.

Elle ignora son geste et il lui fallut un moment pour réaliser ce qui venait de se passer, car ce monstre, qui gisait là, elle le connaissait. Tout le monde le connaissait.

« Dorphin »

Comment cet homme, qui était un père, un ami, un chef, un exemple pour tout le village, avait-il pu se transformer en une bête aussi redoutable ?

— Pourquoi tu as fait ça ? Pourquoi ? Tu aurais dû lui laisser une chance ! cria Lucie, le visage soudain rempli de larmes.

Quand elle vint se blottir contre la bête, Noah comprit à cet instant qu'un chapitre de sa vie venait de se fermer.

Lucie pleurait parce qu'elle avait de la peine, mais aussi parce qu'elle lui en voulait terriblement. Jamais elle ne lui pardonnerait son acte.

Lucie avait tout découvert quelques jours auparavant.

Un soir, elle avait tambouriné à la porte de la chambre de son père. Comme Dorphin ne répondait plus à ses appels et que la porte était verrouillée de l'intérieur elle avait décidé de faire le tour de la maison et de s'introduire par la fenêtre, par chance celle-ci était restée entrouverte.

Non seulement elle avait compris que Dorphin n'était plus là depuis longtemps, mais ce qu'elle avait vu était horrible, impossible à expliquer. La chambre était sens dessus dessous, il y en avait partout. Des vêtements déchirés, des objets cassés, des restes d'animaux et des taches de sang.

Après avoir longuement regardé autour d'elle, elle était restée immobile un moment, incapable de rassembler clairement les idées dans son esprit. Puis elle s'était jetée sur la porte, espérant que Nelle saurait l'aider.

Et c'est auprès de Lagrange qu'elles avaient toutes les deux trouvé les réponses qu'elles cherchaient. En effet, Dorphin était venu voir le vieil homme au début de sa transformation. Il était venu lui poser des questions étranges au sujet de morsures d'animaux sauvages. Et il lui avait également posé des questions au sujet du grand lac et de son histoire. Lorsque Lagrange avait appris que Noah et Dorphin s'étaient rendu là-bas un soir de lune bleue, il avait tout compris. Et il n'était pas le seul.

Le petit Daniel, le jour de sa disparition, avait surpris Dorphin dans les buissons alors qu'il subissait une nouvelle transformation. Il l'avait reconnu et ça l'avait tellement effrayé qu'il en avait perdu tous ses moyens. Suite à cela, il avait fui le plus loin possible, sans se rendre compte qu'il s'enfonçait dans les bois.

Ce voyage au grand lac avait causé la perte de Dorphin. Là-bas, il avait été attaqué et mordu par des loups démoniaques et bien qu'il ait été soigné de ses blessures, l'infection provoquée par la salive au contact de son sang s'était rapidement propagée dans son corps.

Noah repensa à ce qu'Antinéo lui avait dit : « J'ai sauvé son corps, mais pour son âme… »

Antinéo savait ce qui allait lui arriver. Il avait compris que ses soins seraient impuissants face au pouvoir étrange de la lune bleue.

Dorphin avait maintenant sombré dans un sommeil profond. Une fois par heure, on pouvait sentir sa poitrine s'élever et un mince filet d'air sortir de sa gueule impressionnante. Prisonnier des limbes, il n'était ni vivant ni mort. Il était en attente d'une libération qui ne viendrait peut-être jamais.

En attendant de décider de son sort, on l'avait transporté dans la remise d'une vieille ferme abandonnée, et on avait posté deux hommes devant la porte qui se relayaient jour et nuit pour veiller à ce que personne n'entre à l'intérieur.

On voulait sa mort. Ses heures étaient comptées.

* *
*

Un matin, Noah aperçut Lucie, assise sur le pont de l'Auzon. Il l'observa d'abord de loin. Ses cheveux flottaient au gré du vent et elle balançait ses jambes dans le vide, comme elle l'avait toujours fait. Il se doutait bien qu'elle devait le haïr pour ce qu'il avait fait et qu'il ne pourrait sûrement pas la récupérer, pourtant il ne put s'empêcher d'essayer. Elle lui manquait bien trop.

— Je sais que c'est toi, dit-elle en regardant droit devant elle. Tu as cette façon d'approcher les gens.

— Lucie, laisse-moi t'expliquer…

— Tu ne m'as rien dit. Si j'avais su, j'aurais pu réagir et faire quelque chose pour empêcher ça. Mais tu as agi seul, tu as agi comme si je n'existais pas !

— Pourquoi tu n'as rien dit pour mon frère ?

Elle soupira.

— Quand nous avons su avec Nelle, c'était déjà trop tard. Lagrange a bien caché son jeu. Il était au courant de tout et depuis longtemps.

Noah se rappela la conversation qu'il avait eue avec le vieil homme. Frustré, il foula la terre d'un violent coup de pied.

— Ary est jeune. Sa transformation a été beaucoup plus rapide, expliqua Lucie.

— Et en apprenant ça, je dois me sentir mieux ? Ton père l'a mordu et il en a fait l'un des siens ! Il en a fait un monstre !

— Non ! Ce n'est pas ce qui s'est passé !

Il crut déceler dans son attitude un désir de vengeance. Et il n'avait pas tort. Elle lui en voulait tellement qu'elle prenait un certain plaisir à lui faire du mal, même si au fond, elle l'aimait toujours beaucoup.

— Qu'est-ce que ça veut dire ? demanda Noah.

— Ary n'a pas été mordu. Il a simplement souhaité devenir un loup.

— Tu te moques de moi. Arrête maintenant !

Il comprit à sa tête, qu'elle était plus sérieuse que jamais.

— Au contact de mon père, il s'est imprégné de lui et la malédiction a envahi tout son être. Il désirait tellement être un loup que c'est arrivé, la lune a exaucé son souhait. Mais il s'agit encore d'une nouvelle race, Ary peut se transformer quand il le souhaite ou sous le coup d'une émotion.

— Mais est-ce que tu te rends compte de ce que tu dis, hein ? Se transformer quand il veut ? Seuls les monstres font ce genre de choses.

— Il n'est pas mauvais, si ça peut te rassurer.

— Je ne comprends pas… On ne devient pas un loup comme ça du jour au lendemain, dit-il en soupirant d'exaspération.

— Ce n'est pas arrivé du jour au lendemain ! Réveille-toi enfin !

Alors que des images d'Ary s'amusant avec les loups lui revenaient à l'esprit, Noah sentit que ses nerfs allaient lâcher.

— Parle-moi du grand lac maintenant, dit-elle le regard noir. Noah, tu m'entends ? insista la jeune fille.

— Je n'arrive toujours pas à le croire… Quoi ? dit-il en la regardant soudainement.

— Ne fais pas le malin ! Nelle m'a tout expliqué. Il existe au grand lac des loups très différents de ceux que nous connaissons ici. Que s'est-il passé ?

Noah mit du temps avant de répondre.

— Je ne voulais pas t'inquiéter. Et puis je ne savais pas que cette morsure serait… Je croyais que…

— Tu es toujours à court d'explications… Dis-moi au moins pourquoi vous êtes allés dans cet endroit si isolé du monde avec mon père, s'il te plaît… C'est là-bas que tout a commencé, n'est-ce pas ?

Il ne put cacher son embarras. Et aucun mot ne parvint à sortir de sa bouche.

— Tu vois, tu t'entoures de mille mystères, tu es tellement inaccessible !

— J'ai toujours essayé de faire ce que je croyais juste.

— Tu aurais dû encourager mon père à revenir, le faire changer d'avis.

— J'ai essayé mais il ne voulait rien savoir.

La jeune fille soupira d'exaspération.

— Nous sommes si différents, en fait. L'honnêteté est importante pour moi, alors que pour toi c'est secondaire. Tu te rends compte de ce que tu as fait ? Tu as enfoncé un couteau dans son cœur ! Tu l'as tué !

— Mais je n'avais pas le choix !

— On a toujours le choix. Nelle aurait pu trouver une solution si tu lui avais laissé le temps.

— Je ne crois pas, non.

— Tu as préféré écouter ce vieux bouc !

— Si je ne l'avais pas arrêté, Dorphin aurait tué des gens ! Il est devenu un monstre !

Puis il ajouta en soupirant :

— Tout au fond de moi, je le savais, mais je ne voulais pas le croire.

— Tais-toi ! Je ne veux plus rien entendre ! assena-t-elle. C'est terminé !

— Qu'est-ce que tu veux dire ?

— Je ne pourrai jamais te pardonner. S'il te plaît, laisse-moi tranquille, dit-elle en versant un flot de larmes.

Noah baissa la tête, incapable de dire un mot de plus. Son cœur venait de se briser.

(Et pendant ce temps, là-haut près du grand lac, la meute de loups se préparait à attaquer.)

* *
*

Noah n'avait pas dormi depuis des jours. Sa jambe lui faisait un mal de chien et trop d'images lui revenaient en mémoire. « La façon qu'Ary avait eue de prendre la défense de Dorphin… » Cette pensée le minait. Profondément.

Il s'arrêta un instant de marcher pour relire le papier qu'on avait glissé sous sa porte. Il était écrit : *Rejoins-moi à la nuit tombée, dans la remise de la vieille ferme abandonnée. Et surtout, prends garde de ne pas te faire remarquer. Nelle.*

Il frissonna à l'idée de se rendre à l'endroit où Dorphin avait été enfermé ? Que lui voulait-elle encore ?

Il songea plus d'une fois à faire demi-tour, mais il commençait à ressentir une certaine curiosité qui le poussait à continuer.

Alors que le soleil se couchait lentement, il se dit en lui-même qu'il détestait la nuit maintenant. Il avait l'impression qu'elle avait envahi son âme, son esprit, et que plus jamais il ne reverrait la lumière.

Il contourna la place du village et se faufila sous un grand saule, avant de rejoindre sans se faire voir le petit sentier qui menait à la ferme abandonnée.

Quand il s'approcha de la remise et qu'il aperçut deux hommes endormis au sol, il s'arrêta net. Il se demanda ensuite s'il avait bien fait de venir. Que pouvait-il encore se tramer derrière ces murs ?

Soudain, il entendit une voix familière.

— Noah ! Viens !

Il hésita un instant, puis, se doutant bien qu'il devait s'agir de Nelle, il s'approcha, balayant les lieux d'un regard circulaire.

— Entre, Noah ! Fais vite ! insista la voix.

Il enjamba les deux hommes, poussa la porte doucement et s'introduisit dans la remise, l'air inquiet.

— Je me suis occupée d'eux à ma façon, ils vont roupiller pendant des heures, expliqua Nelle en ramassant une assiette vide.

(En mangeant les biscuits qu'elle leur avait proposés, les deux hommes ignoraient qu'ils étaient imprégnés d'un puissant somnifère.)

Assise dans un coin, Lucie fit mine d'ignorer la présence de Noah.

— Mais qu'est-ce que je fais ici ? demanda-t-il en se grattant le côté droit de la tête.

— Je pense avoir trouvé une potion, accompagnée d'un rituel, susceptible de sauver Dorphin.

— Le sauver ? demanda-t-il, abasourdi.

— Sa vie est en danger. Le conseil s'est réuni et certains menacent de vouloir le tuer, d'en finir. C'est la raison pour laquelle ils ont posté ces deux sentinelles devant la porte. Le sort de Dorphin va se jouer dès demain matin. Ils ont peur que la bête se réveille, peur pour leurs enfants, on ne peut pas leur en vouloir…

Un bref instant, le regard de Noah croisa celui de Lucie.

Le blanc de ses yeux était rouge, ses paupières gonflées et son regard froid comme de la glace.

— Si tu avais touché son cœur, Noah, il serait mort. Mais tu as manqué ton coup, tu as frappé à côté. Tu l'as fait exprès ? lui demanda Nelle.

— Non ! Bien sûr que non ! Il fallait que je…

Lucie se leva brutalement et sortit prendre l'air un instant. Les émotions contradictoires qui l'habitaient la rendaient malade et elle avait une envie folle d'exploser.

— Alors, il a eu de la chance, reprit Nelle. Il est au plus mal, mais il va peut-être s'en sortir. On ne peut pas rester ici, il faut le transporter ailleurs. Tu es prêt ?

— Ailleurs ? Mais où ça ? répondit Noah.

— Dans la forêt. Je crois que j'ai trouvé le moyen de mettre fin à cette malédiction.

— Et pour Ary ?

— Je ne sais pas, Noah. Peut-être que si j'arrive à mes fins, tout pourra alors redevenir comme avant. Lucie, viens nous aider !

Voyant qu'elle ne réapparaissait pas, elle s'énerva.

— Lucie Garence ! lança-t-elle d'une voix forte.

Rien.

— Elle fut obligée de l'appeler plusieurs fois avant que la jeune fille veuille bien refaire son apparition.

— Je sais bien que ce n'est pas facile pour toi, mais je t'en prie, aide-nous ! implora Nelle en la prenant dans ses bras.

Lucie soupira tout en essayant de retenir ses larmes. Décidément, c'était la deuxième fois en peu de temps qu'on l'appelait par son nom.

Gêné, Noah n'essaya plus de croiser son regard. Il n'avait pas envie de raviver les braises de sa colère.

Consciente des remous qui s'agitaient en elle, Nelle caressa la joue de la jeune fille et l'invita à s'asseoir.

— Lucie, je vais essayer de le sauver. Alors je sais que c'est difficile, mais j'ai besoin de toute l'aide possible autour de moi. Je n'y arriverai jamais toute seule, tu comprends ?

La jeune fille se pinça les lèvres et fit un léger oui de la tête.

L'instant d'après, ils saisirent Dorphin sous les bras et par les pieds. Soulever ce corps robuste et musculeux ne fut pas une mince affaire, ils durent s'y reprendre plusieurs fois avant de réussir. Néanmoins, au bout d'un long moment, ils y parvinrent.

(Et maintenant, la meute de loups sautait des ravins, traversait des ruisseaux et dévalait des pentes à toute vitesse.)

* *
*

Ainsi donc, après avoir longé deux immenses champs de blé et traversé des endroits extrêmement boisés, la charrette s'engagea sur un sentier qui s'avéra être une belle montée caillouteuse. Ce sentier interminable n'en finissait pas et Noah s'inquiétait. La charrette allait-elle tenir bon ?

Lorsqu'enfin ils atteignirent une petite clairière isolée, la première chose qui attira leur attention fut l'imposant autel en pierre, très ancien, qui semblait siéger là depuis la nuit des temps.

Lucie frissonna. Le clair de lune les éclairait, mais les bois autour d'eux avaient l'air effrayants. Son estomac était noué, elle se sentait de plus en plus nerveuse et elle avait de moins en moins envie d'être là.

— Où sommes-nous ? demanda-t-elle d'une voix tremblotante.

— Les magiciens, autrefois, se réunissaient ici pour formuler leurs incantations. Et ils se servaient de cette table pour y déposer toutes sortes de choses utiles à leurs prières : pierres, bougies, plantes, insectes et ossements. Il leur arrivait même, lors de certains rituels, d'y allonger un animal ou une personne si cela s'avérait nécessaire, répondit Nelle.

Noah et Lucie la regardèrent d'un air suspicieux.

— Quoi ? Vous n'allez pas recommencer à me soupçonner d'être une sorcière quand même ! dit-elle en levant les yeux au ciel.

Leur silence en dit long sur ce qu'ils pensaient d'elle.

— Peu importe, lança-t-elle en haussant les épaules. Allez… Il ne faut pas perdre de temps.

Ils furent contraints de soulever le monstre et de le transporter jusqu'à la table de pierre. Une fois qu'il y fut installé, Nelle s'empressa de disposer un grand nombre de bougies autour de son corps, qu'elle alluma sans attendre.

— Nous allons lui faire boire ce remède, dit-elle en sortant une fiole de son sac, mais sachez que je ne peux pas garantir le résultat.

— Nelle… Je ne voudrais pas vous vexer, mais vos plantes ne suffiront pas cette fois, lui fit remarquer Noah.

— C'est vrai. Mais réunir la science et la magie peut parfois faire des miracles. Je vais essayer de guider Dorphin pour qu'il puisse revenir vers nous. Quelque chose me dit que son âme est toujours là, perdue quelque part dans les ténèbres. Il va devoir affronter les forces maléfiques qui le retiennent.

— Est-ce qu'il… pourrait mourir ? demanda Lucie d'une petite voix.

— Oui, c'est une possibilité, avoua Nelle péniblement.

Noah voulut s'adresser à Lucie, mais la jeune fille se détourna aussitôt d'un air dédaigneux. Le courant entre eux ne passait plus, il n'y avait plus que du vide.

Soudain Nelle fronça les sourcils.

— Alors, tu vas enfin me le dire, Noah ? Que faisiez-vous au grand lac le soir de la lune bleue ? Des choses terribles se sont passées là-bas !

— De quoi parlez-vous ? demanda-t-il en se passant la main derrière la nuque.

Debout, le dos contre un arbre, Lucie lui jeta un regard noir.

— Il y a très longtemps, cinq magiciens se sont rendus là-bas un soir de lune bleue. Lors d'un rituel, ils auraient sacrifié des loups et bu leur sang.

— Quelle horreur ! Mais pourquoi ?

— Une offrande à la lune pour devenir immortels. Seulement voilà, le rituel a mal tourné et ils y ont laissé leur âme. Ils se sont transformés en des loups monstrueux. Ils sont maudits, Noah, leur sang est noir et il ne coule pas. La lumière du jour les affaiblit, c'est la raison pour laquelle ils ne s'éloignent jamais de leur territoire. Ils ne quittent leur tanière qu'à la nuit tombée, pour chasser. Ce soir-là, quand Dorphin a été mordu, leur salive s'est mêlée à son sang, provoquant ainsi une nouvelle transformation.

— C'est-à-dire ?

— Une nouvelle race, mi-homme, mi-loup.

— Tout est de la faute de cette maudite lune bleue ! vociféra le garçon en serrant les poings.

Nelle eut l'air de vouloir dire quelque chose, mais elle se tut. Puis, après un long moment de réflexion, elle répondit d'un air convaincu.

— La pleine lune influence la pousse des plantes, elle agit aussi sur le sommeil et l'humeur des gens. On dit même qu'elle fait danser les grenouilles.

— Nelle… Je sais déjà tout ça… se plaignit Noah.

— Écoute, bon sang ! maugréa-t-elle en élevant le ton brutalement. Quand la pleine lune se teinte de bleu, elle devient très puissante.

Noah leva un sourcil.

— Puissante comment ? demanda-t-il en la regardant avec un intérêt profond.

— Je ne sais pas. Mais il faut respecter son pouvoir, ne pas la provoquer. On raconte même qu'une puissance divine se cache derrière tout ça.

Le regard de Nelle parut lointain, puis elle revint à elle comme si elle venait de réaliser quelque chose.

— Il s'agit d'une force qui nous dépasse. Ces magiciens savaient que la lune était puissante cette nuit-là, c'est la raison pour laquelle ils sont allés là-haut. Mais ils ont exigé quelque chose si violemment, si égoïstement en sacrifiant ces pauvres loups, qu'ils ont été punis. Leur volonté malintentionnée s'est retournée contre eux.

Noah repensa à ce qu'Antinéo lui avait dit au sujet des humains et leur façon de se comporter. Puis, il repensa brièvement à son voyage dans l'océan.

— Comprenant que son esprit s'égarait, Nelle l'interpella sèchement :

— Noah ? Noah, enfin ! Nous n'avons pas le temps de nous attarder à des rêveries !

Dépitée, Lucie secoua la tête, alors que Noah, lui, semblait perdu. L'envie qu'il avait eue de tout abandonner pour suivre Antinéo venait de se réveiller.

— Ressaisissez-vous, tous les deux ! Je vais essayer de mettre un terme à cette malédiction. Nous avons de la chance, la lune est pleine ce soir ! s'exclama Nelle.

Elle ouvrit légèrement la gueule du monstre et fit couler un breuvage vaporeux dans sa gorge. Puis elle prit un vieux grimoire entre ses mains et commença à marmonner des paroles incompréhensibles.

Pendant de très longues minutes, rien ne se produisit. Absolument rien. La respiration de Dorphin était toujours lente et profonde, il avait l'air mourant.

Assise auprès de lui, Lucie se rongeait les sangs.

— Dorphin ! s'écria Nelle brusquement. Réveillez-vous ! Maintenant !

Elle continua de l'appeler, à maintes reprises, comme s'il était mort et qu'elle cherchait à le ramener d'outre-tombe.

Lucie et Noah la regardèrent encore une fois d'un air suspicieux. Qu'espérait-elle ? Qu'avait-elle en tête ?

Ils ne le savaient pas mais, là-bas, au cœur des ténèbres qui l'engloutissaient, Dorphin venait d'ouvrir les yeux. Il avait entendu la voix de Nelle qui appelait.

Il se releva tant bien que mal, réalisant peu à peu où il se trouvait. Au bord du vide et sur une surface plane d'un mètre sur deux environ, juste assez grande pour s'y allonger. Il leva les yeux vers le ciel mais il ne vit rien d'autre qu'un néant absolu. Derrière lui, la paroi rocheuse d'une grande falaise. Il posa sa main sur son cœur pour vérifier s'il battait, puis il s'examina en intégralité, heureux de découvrir qu'il avait repris son apparence initiale.

Lorsqu'il se pencha en avant et qu'il aperçut les brasiers infernaux qui se trouvaient en bas, il recula et cala son dos contre la paroi.

Nelle s'adressa à lui :

— Dorphin ! Suivez le son de ma voix ! Je vais vous guider !

Il avait compris ce qu'il lui restait à faire, mais il se demandait comment il allait trouver l'énergie d'escalader la pente verticale et presque raide qui le surpomblait.

Pendant ce temps, Nelle continuait le rituel tout en aspergeant son corps d'un breuvage mystérieux.

— Qu'est-ce que c'est ? demanda Lucie intriguée.

— Une potion à base d'aconit. Une plante toxique qui, je l'espère, m'aidera à extirper le mal qui est en lui.

Sous un ciel tapissé d'étoiles, Lucie et Noah écoutaient les incantations de Nelle se mêler aux bruits de la forêt. La chouette blanche hululait sur une branche, bien décidée à ne rien rater du spectacle. Les feuilles des arbres conversaient entre elles, des insectes passaient près d'eux en bourdonnant, alors que, non loin de là, deux lièvres bondissaient entre les buissons. Un renard apparut. Curieux mais incroyablement méfiant, il disparut aussitôt, tandis qu'un mulot effrayé se déplaçait par petits bonds.

Lucie essaya de retrouver dans son esprit les bons souvenirs qu'elle avait partagés avec Noah, mais elle eut beau essayer, elle n'y parvint pas. Et puis elle n'avait qu'une seule idée en tête pour le moment, sauver son père de la malédiction qui s'était emparée de lui.

De son côté, Dorphin commençait son ascension en se servant des trous qu'il trouvait ici et là pour prendre appui contre la paroi. Au bout d'un temps qui lui sembla interminable, il atteignit à bout de souffle une deuxième surface, aussi petite que la première. Il n'était plus tout jeune, les paumes de ses mains étaient devenues rouges et ses muscles des bras et des jambes lui faisaient mal.

Il se retrouva ensuite devant l'entrée d'un tunnel. Anxieux, il ôta péniblement les toiles d'araignées qui lui barraient le passage et s'engagea à l'intérieur. En suivant la voix de Nelle, il progressait maintenant dans une obscurité totale, dans un noir absolu. Il n'en voyait pas la fin, il se sentait perdu et terrifié. Il ne comprenait pas ce qui lui arrivait. Où était-il ? Pourquoi se trouvait-il si loin des siens et de ceux qu'il aimait ?

— Dorphin ! Ne laissez pas ces démons vous terrifier ! Battez-vous, bon sang ! cria Nelle.

Soudain des formes spectrales se jetèrent violemment sur lui. Des visages effrayants et démoniaques farcis de dents pointues, déformés par des traits d'animaux. Il tenta d'avancer mais il sentit qu'on grimpait sur son dos. Quelque chose d'effroyable venait de s'accrocher à lui, à son cou et à ses épaules. Épouvanté, il hurla et tenta de s'en défaire en se débattant de toutes ses forces, et quand enfin il y parvint, il eut l'horrible sensation que des mains griffues l'agrippaient et le tiraient en arrière.

Des forces occultes, des démons, s'acharnaient sur lui alors qu'il essayait par tous les moyens de suivre la voix qui le guidait.

— Il se passe quelque chose, s'exclama Lucie en voyant que Dorphin s'agitait.

Il gémissait, râlait, criait, et par moments, il sursautait brutalement.

— Suive, Dorphin ! s'écria Nelle en continuant d'arroser son corps d'aconit.

Épuisée, elle fut prise d'un vertige puissant.

— Noah, il faut que… il faut que tu finisses le rituel. Ils arrivent… gémit-elle, en voyant passer des étoiles devant ses yeux.

Voyant qu'elle était au bord de l'évanouissement, Noah et Lucie vinrent la soutenir et la conduisirent à l'abri sous un arbre.

— Qui arrive ? De qui parlez-vous ? demanda Noah affolé.

— Les magiciens, ou plutôt ce qu'il en reste, dit-elle en s'asseyant. Ils sont tout près, ils savent que mon rituel va les détruire. Lis tout ce qui est écrit et lorsque tu seras arrivé en fin de page, recommence encore et encore, je t'en prie ! dit-elle en lui remettant le vieux grimoire.

— Mais je ne comprends rien à ce qui est écrit ! répondit Noah désemparé.

Tu y parviendras. Suis ton intuition, crois-moi tu en es tout à fait capable.

Les deux gardes que Nelle avait endormis s'étaient réveillés plus tôt que prévu, et lorsqu'ils avaient constaté la disparition de Dorphin, ils s'étaient lancé à leur poursuite accompagnés de trois autres individus, avec cette fois, la ferme intention de le tuer.

Hélas, alors qu'ils traversaient les bois, cherchant un indice, une trace, quelque chose qui aurait pu les mettre sur la voie, ils furent pris en chasse par le groupe de loups féroces. Malheureusement ils n'eurent même pas le temps de se défendre, aucun d'entre eux ne survécut à cette effroyable attaque.

Et maintenant, les loups aux babines encore chargées de sang bondissaient en direction de la clairière.

Pendant ce temps, Dorphin progressait dans le tunnel, alors que d'affreux démons tentaient de lui barrer la route. Ça le vidait de toute son énergie, ses jambes ne le portaient presque plus et il s'affaiblissait. Pourtant, il savait qu'il devait atteindre l'autre côté, il savait que c'était le seul moyen d'échapper à cet enfer.

Mais soudain, il se ressaisit et s'accrocha à son désir de retrouver sa vie d'avant, il s'accrocha à l'idée qu'il allait bientôt retrouver les siens. Non, il n'allait pas renoncer, il n'allait plus se laisser faire, se laisser terroriser, malmener. Il traverserait ce tunnel coûte que coûte et aucun spectre ne saurait mettre un frein à sa volonté. Alors il continua d'avancer dans l'obscurité, en suivant son instinct et en pensant à ceux qu'il aimait, résistant courageusement à toutes les forces qui s'abattaient sur lui.

Et curieusement, il eut un regain d'énergie. Il sentit que les spectres qui s'agitaient inlassablement autour de lui ne pouvaient plus rien lui faire. Il sentit qu'il serait bientôt de retour !

Noah et Lucie se rapprochèrent l'un de l'autre et se collèrent dos à dos, sur le qui-vive. Nelle aurait voulu faire quelque chose, mais elle était bien trop faible, ça n'aurait servi à rien.

Les quatre molosses approchaient maintenant de la clairière, on pouvait les entendre casser les branches des arbres sur leur passage et écraser d'épaisses fougères. Ils n'étaient plus qu'à quelques centaines de mètres… Plus qu'à une dizaine de mètres… Ils étaient là, tout près, les buissons commençaient à s'agiter.

Immobiles, les deux amis retinrent leur souffle, et s'étant regardés l'un l'autre, ils comprirent que quelque chose de terrible allait leur arriver.

* *
*

Trois loups féroces jaillirent du bois. Lucie poussa un cri de terreur.

Ils étaient énormes, exactement tels que Noah les avait vus là-bas près du grand lac.

Heureusement pour eux, Filondor, le fabuleux rapace au corps de lion, apparut dans le ciel. Il était toujours là quand il le fallait. C'était un ami, un vrai, qui répondait toujours présent lorsque Noah avait besoin de lui.

Conscient du danger qui guettait ses amis, il plongea immédiatement vers eux et agrippa un loup grâce à ses énormes serres. Il le laissa tomber plus loin entre les arbres, et lorsqu'il le rejoignit, il profita de son état de faiblesse pour lui briser la nuque à l'aide de son énorme bec.

Malheureusement, alors qu'il s'apprêtait à rejoindre Noah, Filondor fut attaqué par un autre loup, tapi dans les buissons. En moins d'une seconde, celui-ci l'attaqua par-derrière et se jeta sur lui, ne lui laissant aucune chance de riposter. Ensemble ils glissèrent dans un ravin, sur une bonne centaine de mètres, avant de tomber dans la rivière pleine de remous. Malgré tout, après avoir lutté inlassablement contre les courants qui les retenaient prisonniers, ils parvinrent tout de même à s'en extirper et à rejoindre la berge.

Groggy à cause de la chute, il leur fallut un bon moment pour récupérer leur souffle. Mais très vite ils se ressaisirent, reprenant leur combat acharné.

Un nuage de poussière se forma autour d'eux, des cris de douleur s'en échappèrent. Que se passait-il ? Filondor était-il en danger ?

Il y eut ensuite un long silence et lorsque la poussière se dissipa, Filondor, blessé, s'effondra aux côtés de son ennemi.

Noah et Lucie ne bougeaient plus. Nelle était affaiblie, mais elle s'efforçait de tenir bon. Les deux autres loups s'étaient immobilisés devant eux, fixant de leurs effrayants yeux jaunes, le grimoire que Noah tenait entre ses mains.

Nelle baissa la tête d'un air exaspéré. Ils allaient attaquer d'une seconde à l'autre. Et sans aide, ils ne s'en sortiraient pas.

La tension montait et alors que tout semblait perdu, Dorphin ouvrit enfin les yeux et se redressa vivement sur la table de pierre. Il avait toujours son apparence hideuse d'homme-loup, mais Nelle avait réussi à l'extirper des ténèbres qui le retenaient prisonnier, toute trace de fureur avait disparu de son regard.

Soudain, il se mit debout sur ses deux jambes, exhiba son torse puissant et poussa un hurlement bestial, sous les yeux de Lucie et Noah qui le regardaient bouche bée. Puis il se dressa devant les deux molosses, avec l'air de vouloir en découdre.

En voyant Ary refaire son apparition, en loup, auprès de Dorphin, Noah sentit son cœur cogner fort dans sa poitrine.

Vu les circonstances, c'était plutôt une bonne nouvelle. Ces deux-là avaient un lien très fort et bien qu'il fût très jeune, Ary était déjà redoutable. Il semblait n'avoir peur de rien.

— Noah, continue l'incantation ! Il faut mettre un terme à cette malédiction, cria Nelle.

Les loups se livrèrent aussitôt un combat impitoyable, et alors que Noah tournait les pages du grimoire, ses mains tremblaient tellement, étaient si raides, qu'il faillit plusieurs fois le laisser tomber. « Ary… Filondor… Allaient-ils s'en sortir ? » L'inquiétude le submergeait, et pourtant, il fallait qu'il se ressaisisse, qu'il tienne bon.

Il se concentra à nouveau sur les paroles magiques qu'il s'efforçait de lire, ignorant les grognements et les gémissements de luttes qui se mêlaient à des couinements atroces de douleur. Dorphin fut projeté contre un arbre et Ary, blessé à la patte, s'effondra au sol. Mais il n'avait pas l'intention d'abandonner. Féroce et courageux, il reprit son souffle, se releva et se relança aussitôt dans la bataille.

De son côté, Lucie priait de toutes ses forces pour que l'affrontement prenne fin rapidement. Elle s'inquiétait pour Dorphin, et aussi pour Ary.

Heureusement pour eux, le soleil commença à se lever. Surpris par la lumière naissante, les deux loups semblèrent s'affaiblir, perdre des forces, et alors qu'ils essayaient d'éviter les premiers rayons de chaleur, leur gueule immonde se tourna vers la lune, cherchant à obtenir une grâce de sa part. Mais il n'en fut rien. Celle-ci s'évanouit peu à peu, laissant place au soleil qui s'élevait lentement vers le ciel. Soudain les pages du grimoire s'enflammèrent, Noah dut le lâcher des mains. Consumés par la lumière qui leur brûlait la peau, les deux loups gémissaient de souffrance et alors que leurs deux corps à l'agonie se transformaient en énormes brasiers, ils poussèrent un dernier hurlement. Celui de la mort.Nelle se releva et vint rejoindre Dorphin et Ary qui s'étaient effondrés d'épuisement.

—Noah, nous avons réussi ! Venez voir ça ! s'écria-t-elle soudainement, la mine réjouie.Lucie et Noah se précipitèrent vers eux, mais une fois sur place, leur visage rempli d'excitation se referma aussitôt.

—Ce n'est pas possible ! Quelque chose dans votre magie a mal tourné ? lança Noah, les yeux écarquillés.

Nelle se tut. Elle avait, certes, mis un terme à cette terrible malédiction et sauvé la vie de Dorphin, il avait enfin retrouvé son apparence humaine.Cependant, pour Ary les choses n'avaient pas évolué comme prévu. Et il y avait une raison à cela, une raison très simple : « la passion ».

7

Le cauchemar d'Hernia

En longeant le lit de la rivière, Noah s'efforça de ne pas penser à Ary. Ça l'angoissait terriblement. Ses pensées se tournèrent vers Filondor. Malgré l'importance de ses blessures, Nelle était parvenue à le soigner et il s'était bien rétabli. Puis, il songea à la grande bataille. Si elles appartenaient maintenant au passé, certaines questions étaient toujours sans réponse. La pierre de bois que lui avait transmise le magicien de la vallée des merveilles, Lagrange, avait su comment l'utiliser, et grâce à son pouvoir, Noah avait réussi à vaincre le sortilège de la sorcière noire. D'où venait ce couteau, fait d'argent, qui avait mis Dorphin hors d'état de nuire ? D'où lui venaient toutes ses connaissances ?

Soudain il s'arrêta net devant un champ. Il était certain d'avoir vu la silhouette d'un enfant, qui courait dans les hautes herbes. Intrigué, il se précipita vers lui, mais quand il eut atteint l'orée du bois, il sut qu'il ne pourrait pas le rattraper. On aurait dit qu'il s'était volatilisé. Volontairement.

Plongé dans ses pensées troublantes, il descendit lentement la pente qui menait à la maison de Lagrange.

Le vieil homme était assis devant sa porte, dans un fauteuil. Des poules caquetaient sans répit à ses côtés et il y avait une chèvre, Isabelle, allongée à ses pieds, qu'il nourrissait de biscuits et de fruits trop mûrs.

— Je t'attendais, fit Lagrange en tirant une bouffée sur sa pipe.

— Je suis venu vous rendre votre couteau, je n'en ai plus besoin, expliqua Noah en lui tendant l'objet.

Le vieil homme le saisit, tout en laissant échapper un soupir.

— Je sais que ça n'a pas été facile, tu as été très courageux.

— Vous auriez dû me dire la vérité.

— Je ne pouvais pas. La tâche aurait été encore plus difficile. Mais au fond de toi, tu savais, Noah. Ose me dire le contraire.

— Peut-être... Oui... Mais j'avais peur. Et Lucie m'en veut maintenant, elle me déteste.

Lagrange se clarifia la voix avant d'ajouter :

— Avec le temps, ça lui passera... Tu connaîtras des jours meilleurs, j'en suis certain. Mais dis-moi un peu... pourquoi es-tu là ?

— Avec le temps, j'ai remarqué que vous connaissiez un grand nombre de choses. Ce couteau par exemple, d'où vient-il ? C'est aussi grâce à vous que j'ai réussi à vaincre la sorcière. Grâce à la pierre de bois, vous vous souvenez ? Vous avez arraché le collier de mon cou et il s'est passé quelque chose d'extraordinaire pendant la grande bataille, le sortilège de la sorcière a été anéanti.

— Allez, viens… J'ai quelque chose à te montrer, répondit Lagrange en l'invitant d'un signe de la main.

À l'intérieur, rien n'avait changé. Toujours le même capharnaüm avec des babioles et des déchets qui traînaient partout.

Noah balaya la pièce du regard. Où était son lit ? Où dormait-il ?

En apercevant un amas de couvertures sur le sol, il en déduisit qu'il dormait par terre, comme un vieux loup.

Ils montèrent l'escalier qui menait au grenier, et une fois là haut, Lagrange l'invita à s'asseoir.

— Je vais te faire de la place, dit-il en débarrassant un siège de la pile de vêtements qui l'occupait.

Puis, tranquillement, il ralluma sa pipe.

— Eh bien, que veux-tu savoir ?

Noah laissa échapper un soupir.

— D'où vient ce couteau en argent ? Et comment saviez-vous que…

— Je vais te raconter une histoire, j'aimerais que tu m'écoutes très attentivement, interrompit le vieil homme en souriant. Il tira une bouffée sur sa pipe, puis il reprit son sérieux comme s'il était sur le point de révéler quelque chose d'important.

Décidé à ne pas perdre une seule miette de son récit, Noah écarquilla les yeux.

— Ça s'est passé il y a très longtemps. Un certain Benjamin a construit sa maison de ses propres mains, là-bas près de Castel-Roc. Une grande et belle demeure. Tout le monde l'enviait, il faut dire qu'il avait voyagé dans des contrées lointaines, c'était un aventurier. Sa femme était d'une beauté à faire pâlir.

Noah l'interrompit.

— Attendez… Vous ne parlez pas de la grande demeure qui se trouve au milieu d'un champ ?

— Oui, pourquoi ?

— Comment s'appelait la femme dont vous parlez ?

— Hernia.

Le garçon s'efforça de rester calme. Et Lagrange, lui, se contenta de tirer une autre bouffée sur sa pipe.

— Si tu voyais ta tête… Qu'est-ce qu'il y a ? On dirait que tu as vu un fantôme, ricana le vieil homme.

Le ventre de Noah gargouilla, lui rappelant qu'il n'avait pas mangé depuis la veille au soir.

— Tu veux qu'on descende grignoter quelque chose ?

— Ah non alors, continuez, s'il vous plaît.

— Je n'ai jamais raconté ça à personne, avoua Lagrange. Mais je t'aime bien. Tu es un garçon tellement spécial, tellement courageux. Maintenant, promets-moi de ne plus m'interrompre.

— Je vous le promets, répondit Noah.

Il reprit enfin le fil de son histoire.

— Lors de ses voyages, Benjamin avait accumulé toutes sortes d'objets et de livres anciens qu'il avait rapportés de pays lointains. Le couteau qui t'a permis d'affronter Dorphin en faisait partie. Enfin, passons… dit-il en soupirant d'excitation. Là-bas, dans les gorges, il a trouvé quelque chose de précieux.

« Les gorges. » Noah frissonna. Elles venaient de lui revenir en mémoire avec leurs falaises escarpées, habitées de grottes obscures.

— Excuse-moi. J'ai oublié que tu connaissais cet endroit mieux que personne, n'est-ce pas ?

Le garçon acquiesça de la tête mais resta silencieux.

— Bien… Je continue, enchaîna Lagrange. Dans les méandres de la rivière, il a trouvé des pépites d'or ; dans un endroit, selon lui, où l'eau claire brillait de mille feux.

— De l'or vous dites ?

— Oui. Et il a rapporté cet or à la maison. Benjamin gardait toutes ses découvertes dans une pièce secrète au sous-sol, une pièce dont lui seul avait la clef. Seulement voilà, cela ne lui suffisait pas et bien qu'Hernia ait insisté pour qu'il reste, il a décidé d'y retourner une dernière fois.

— Où ça ?

— Dans les gorges, cervelle de moineau !

Gêné, Noah se pinça les lèvres.

— Et… que s'est-il passé ensuite ?

— Hernia s'est retrouvée seule, une fois de plus. Et un soir, alors que la lune s'élevait dans le ciel, toute teintée de bleue, ils ont apparu.

« Encore… Mais c'est pas vrai… » songea Noah en soupirant d'exaspération. Il se dit que cette lune bleue finirait un jour par avoir sa peau.

Il lui a semblé qu'on l'épiait à la fenêtre, qu'on grattait au carreau et qu'on courait sur le toit.

Quand elle a vu des ombres glisser derrière sa porte, elle est restée éveillée une bonne partie de la nuit, presque jusqu'à l'aube, et le lendemain, quand le jour s'était levé, elle a eu la surprise de découvrir au pied de son lit trois petites créatures jaune verdâtre, hautes comme trois pommes, qui la fixaient de leurs yeux globuleux.

Au début, Hernia s'est méfiée, il faut dire qu'elles étaient plutôt hideuses avec leurs grandes oreilles tombantes. Mais par la suite, elle les a trouvées amusantes et attachantes. Elle s'était sentie tellement seule que cette présence divertissante venait combler un vide, tu comprends ? Elle aurait dû écouter Mathilde, à qui elle s'était confiée. Cette jeune fille était une perle et elle avait prévenu Hernia que ça finirait mal.

— Qui était Mathilde ?

— Je t'expliquerai plus tard, répondit Lagrange en surmontant une quinte de toux.

Après cela, il continua :

— Au début, tout s'est bien passé. Les trois petites créatures se montraient obéissantes et elles suivaient Hernia absolument partout. Pour leur petite taille, elles avaient un appétit d'ogre, elles dévoraient tout ce qu'on leur donnait à manger même si elles avaient une préférence pour la viande rouge et le poulet.

Une amitié s'est donc liée entre elles et Hernia. Mais il y avait une règle cependant à ne pas transgresser. Une seule pièce leur était interdite : la chambre parentale où dormait le bébé. Les créatures avaient vite compris, dès les premiers jours, l'importance et la préciosité de cet amour.

— Et après ? demanda Noah impatient.

— Après… eh bien, les choses ont commencé à se gâter. Vois-tu, Hernia était loin d'imaginer qu'il y en avait d'autres. D'abord, au fil des semaines, elle s'est rendu compte que les créatures gagnaient en nombre. Une de plus, presque chaque jour. Curieuse, elle a cherché à savoir d'où elles émergeaient et elle a été surprise de découvrir, à quelques mètres de la maison, un étrange trou terreux. Prise de crainte, elle a commencé à se demander si elle n'avait pas fait une erreur. La pauvre, elle était loin d'imaginer qu'elle n'était pas au bout de ses peines. Car les jours suivants, d'autres créatures ont fait leur apparition. Physiquement elles ressemblaient aux plus petites, même si elles étaient plus grandes en taille et beaucoup moins attachantes. On pouvait nettement apercevoir la charpente osseuse de leur corps grisâtre et disgracieux. Leurs mains n'avaient que quatre doigts, avec à leur extrémité des ongles longs, noirs et crochus. Leur regard, envieux et rempli de malice, ajouté à leur bouche grimaçante, leur donnait un air qu'Hernia n'aimait pas.

Lagrange reprit son souffle avant de poursuivre.

— Hernia a commencé à paniquer, seulement voilà, seule avec un bébé elle n'avait nulle part où aller. Elle s'est donc rendue chez sa voisine, une amie, en espérant que celle-ci voudrait bien l'accueillir, mais cette prétendue amie, qui évidemment n'en était pas une, a refusé de l'héberger. Elle a fait semblant de croire à son histoire « de folle », comme elle disait, puis elle s'est empressée de tout raconter à son époux.

— Mais quelle peau de vache ! maugréa Noah.

— Tu as bien raison, mon garçon, ajouta Lagrange en secouant la tête d'un air désolé. Pauvre Hernia… reprit-il, peu à peu, les nouvelles créatures ont chassé les premières. Perchées sur les meubles, on aurait dit qu'elles attendaient quelque chose. Elles marmonnaient entre elles dans un dialecte incompréhensible, et Hernia pouvait déceler dans leur regard une pointe d'agressivité. Grognant, tapant du pied, poussant des gémissements hargneux à la moindre occasion, elles n'avaient plus grand-chose à voir avec les créatures qu'elle avait rencontrées au départ. Acculée et inquiète pour son bébé, Hernia a tristement cédé à tous leurs caprices, elle s'est même privée de manger pour pouvoir les nourrir. En vérité, elle s'est retrouvée prise au piège dans sa propre maison.

Le vieil homme soupira.

— À cause de ses voisins qui n'avaient pas su tenir leur langue, les médisances à son égard ont commencé à s'aggraver. On racontait qu'Hernia sortait de moins en moins, qu'elle était souffrante, crasseuse et toujours vêtue de la même robe. On l'avait vue obstruer ses fenêtres avec des planches et on l'avait même entendue hurler une fois devant chez elle alors qu'il n'y avait personne.

— Noah, je ne sais pas si je vais réussir à aller au bout, je suis un peu fatigué, admit-il soudainement.

— Non ! S'il vous plaît, j'ai vraiment envie de savoir !

— Très bien… dit-il en rallumant sa pipe qui venait de s'éteindre.

Il tira une longue bouffée et s'amusa à regarder les petits cercles de fumée s'élever au-dessus de son visage.

— Vous ne devriez pas fumer, ce n'est pas bon pour votre santé.

— Je suis déjà si vieux…

— Ce n'est pas bon, je vous le dis.

— Bien trop vieux pour qu'on me dise ce que j'ai à faire, mon garçon ! bougonna le vieil homme.

D'une voix enrouée, il continua son récit :

— Benjamin est enfin revenu de son voyage. Dès son arrivée, il a offert à Hernia une jolie boîte sur laquelle était gravé un cœur.

Noah repensa à la boîte que Lucie avait trouvée dans la maison et qui l'avait intriguée. Elle avait ressenti quelque chose, ce jour-là, en la tenant dans ses mains.

— À l'intérieur, il y avait deux pendentifs. Un pour elle et un autre pour le bébé. À leur bout, deux jolies pépites d'or. Il avait cru lui faire plaisir mais il s'était trompé. Amaigrie et à bout de nerfs, Hernia ne ressemblait plus à la femme qu'il avait connue. Les fenêtres étaient condamnées, elle avait enroulé des fils de fer autour des poignées de portes et elle semblait terrifiée. Quand elle s'est confiée à Benjamin au sujet des créatures, il ne l'a pas crue à et une dispute a éclaté entre eux, jusqu'à ce que…

Il fut à nouveau secoué par une quinte de toux, plus sérieuse cette fois.

— Vous voyez… cette fumée finira par vous tuer ! lança Noah agacé.

— Et moi je te dis que si tu veux entendre la suite de l'histoire, tu as plutôt intérêt à me laisser tranquille !

Noah se tut. Il n'avait pas envie que ça s'arrête, il voulait savoir ce qui était arrivé à Hernia.

— Jusqu'à ce que Benjamin soit lui aussi confronté aux créatures, reprit Lagrange. Elles s'étaient regroupées en bas devant la porte secrète et quand il a tenté de les chasser, elles se sont rebiffées en lui jetant un regard haineux. Évidemment, il a tout de suite pensé à des gobelins.

— À des quoi ?

— Des gobelins ! De sales bestioles, crois-moi, dit-il en grimaçant. Ces gobelins désiraient quelque chose ardemment. Et il semblait évident qu'ils ne partiraient pas sans cette chose.

— Quelle chose ? demanda Noah.

— À ton avis ? Réfléchis un peu…

— L'or ?

— Exactement ! Ce métal, il le leur fallait. Et à tout prix. Évidemment, Benjamin n'a pas cédé. Il était hors de question qu'il leur donne ce qu'il avait gagné à la sueur de son front ; maintes fois dans les gorges il avait failli perdre la vie.

— Continuez, monsieur Lagrange, s'il vous plaît… répondit Noah en se levant de son siège. Il avait besoin de se dégourdir les jambes.

Le vieil homme enchaîna :

— Il y avait une fille au village qui s'appelait Mathilde. Elle était âgée de treize ans à l'époque. Souvent elle aidait Hernia à la couture, et en échange, Hernia, qui appréciait sa compagnie, le lui rendait bien. Parfois, quand la saison le permettait, elle lui donnait toutes sortes de fruits de son jardin. Elle avait à l'époque de magnifiques fraisiers et de beaux pommiers dont elle était très fière.

Lagrange changea de voix, laissant présager que son récit devenait plus sérieux.

Mathilde ne parlait pas. Elle était muette et personne ne semblait savoir pourquoi. Depuis un moment déjà, ses parents lui avaient interdit de se rendre chez Hernia, mais tout de même, ce jour-là, le jour du drame, elle a fait un détour pour lui rendre visite. Elle s'inquiétait pour elle.

Quand elle est entrée dans la maison, elle a compris immédiatement qu'un événement grave s'était produit et que les créatures y étaient sûrement pour quelque chose. Des meubles avaient été renversés et Hernia était allongée à terre, inconsciente. Son visage et ses bras étaient lacérés de griffures.

Les gobelins, qui avaient pris possession des lieux, se sont jetés brutalement sur Mathilde, s'agrippant furieusement à sa robe et à ses cheveux. C'était affreux, crois-moi, alors qu'elle essayait par tous les moyens de protéger son visage, leurs ongles pointus lui tailladaient la peau ; ses mains et ses bras se couvraient de sang.

— Comment s'en est-elle sortie ?

— Elle a essayé de fuir, mais elle n'y est pas parvenue. Elle s'est rapidement retrouvée acculée dans un coin de la pièce.

Heureusement pour elle, Benjamin a surgi et lui a lancé un sac de gros sel.

— Du sel ? Mais pour quoi faire ? interrompit Noah.

— Le sel affaiblissait les gobelins. Vraiment, ils détestaient ça. Grâce à cela, elle a pu se dégager du coin et s'enfuir. De son côté, Benjamin s'est emparé d'un arc et de flèches pour se débarrasser des créatures qu'il a éliminées une à une. Et je peux te dire que la lutte a été difficile, ces bêtes étaient coriaces et agressives. À chaque fois qu'il leur plantait une flèche dans le corps, elles s'effondraient, puis elles se relevaient quelques secondes après, plus mauvaises encore. De sales bestioles, comme je te l'ai dit. Pugnaces et solides malgré leur petite taille.

— Et ensuite ? demanda Noah hâtivement.

— Après les avoir toutes tuées, Benjamin a retrouvé Mathilde à l'extérieur de la maison. Et il est tombé à genoux en lui expliquant que les gobelins lui avaient pris le bébé et qu'il n'avait rien pu faire. Attirés par le collier que l'enfant portait autour du cou et voyant que Benjamin refusait de leur donner ce qu'ils désiraient, ils avaient emmené l'enfant.

— Mais c'est affreux ! s'exclama Noah.

— Tout à coup, l'or qu'il cachait précieusement dans la pièce secrète n'a plus eu aucune valeur aux yeux de Benjamin. Il ne désirait qu'une seule chose, retrouver le bébé. Alors il est descendu au sous-sol, et une fois à l'intérieur de la pièce secrète, il a ouvert le coffre dans lequel se trouvaient les pépites d'or. Il s'est empressé de les mettre dans un sac afin de s'en servir pour procéder à l'échange, puis Mathilde l'a accompagné jusqu'à l'entrée du trou terreux et il s'y est engouffré, déterminé à récupérer son enfant.

— Est-ce qu'il a réussi ? demanda Noah les yeux écarquillés.

Finalement, au bout d'un très long moment, Mathilde a entendu la voix désespérée de Benjamin qui appelait : « Prends le bébé ! Prends-le, je t'en prie ! »

Elle n'a pas vu son visage, seulement ses mains larges et solides qui lui tendaient l'enfant.

Ces bestioles crapuleuses avaient accepté l'échange. Un bien précieux contre un autre. Malheureusement, alors que Benjamin s'apprêtait à se hisser hors du trou pour rejoindre Mathilde et le bébé, elles l'ont attrapé violemment par les jambes et il a disparu pour toujours avec elles dans les entrailles de la Terre.

— Mais pourquoi ?

— Pour se venger. Je te rappelle qu'il avait tué un grand nombre d'entre elles.

Noah sentit un frisson remonter le long de sa colonne vertébrale.

— Et Hernia ? Qu'est-elle devenue ?

Lagrange baissa la tête. Ce qu'il s'apprêtait à dire avait l'air de l'attrister.

— Quand Mathilde est retournée à la maison, un grand nombre de personnes se trouvaient déjà sur les lieux. Ses parents, qui s'étaient inquiétés de ne pas la voir revenir, étaient à la fois furieux et soulagés, mais tout le monde criait et personne ne faisait attention à ce que Mathilde essayait de dire. Malgré tous ses efforts, les mots ne parvenaient pas à sortir de sa bouche et quand Hernia a repris ses esprits, elle a été accablée de reproches et d'accusations. Son mari avait disparu et n'ayant trouvé aucune trace des mystérieux gobelins, pour eux cela ne faisait aucun doute, Hernia avait sombré dans la folie. En voyant l'état de la maison et la violence qui s'y était produite, certains allèrent même jusqu'à penser qu'elle l'avait peut-être tué. Aussitôt après le drame, le bébé lui a été arraché des bras et Hernia n'a plus jamais revu son enfant. Et ce n'est pas tout, on lui a fait avaler toutes sortes de potions qui n'ont fait qu'embrouiller son esprit et empirer son état. Suite à cela, elle s'est enfermée chez elle et a sombré dans une profonde solitude, errant d'une pièce à l'autre comme un fantôme. Après sa mort, la demeure a très vite eu la réputation d'être maudite.

— Voilà ! Tu connais toute l'histoire, mon garçon ! lança Lagrange.

— Mais c'est terriblement injuste ! Si seulement je pouvais raconter tout ça à Lucie, elle serait…

Il s'interrompit soudainement. La jeune fille lui sembla loin, comme si des abîmes infranchissables la séparaient de lui.

— Mathilde aurait dû insister quand même, reprit-il.

— Elle était jeune quand c'est arrivé, précisa Lagrange, et n'oublie pas qu'elle n'arrivait pas à s'exprimer. Et puis elle avait peur qu'on la croie folle, elle aussi. Des années plus tard, elle m'a conduit jusqu'à la maison et elle m'a tout raconté dans le moindre détail.

— Elle a donc appris à parler.

— Tu sais, on a découvert que Mathilde n'était pas muette du tout. Il lui fallait simplement du temps pour parvenir à dire les choses correctement. Elle s'est tue dès son plus jeune âge quand elle a compris qu'on se moquait d'elle. Et pourtant, Hernia l'avait entendue chanter plus d'une fois et merveilleusement bien.

— Incroyable…

— Oui. Je ne sais pas si c'est vrai, mais on raconte que sa mère l'aurait emmenée au cœur de la forêt voir une sorcière et que celle-ci l'aurait soignée en la libérant de ses peurs.

— Vraiment ?

— Oui. Des centaines de mouches seraient alors sorties de sa bouche, de son nez et de ses oreilles, dit-il en prenant une voix grave.

En voyant son regard stupéfait, Lagrange se mit à rire aux éclats.

— Comme les gens peuvent être bêtes… Ils sont vraiment capables de raconter n'importe quoi. Et puis après, il y a ceux qui les croient. Ceux-là sont encore plus bêtes, lança le vieil homme en ricanant. Ne me dis pas que tu as cru à cette histoire de mouches, toi aussi ?

Vexé, Noah déglutit en prenant un regard fuyant. Puis il haussa les épaules, comme s'il n'en avait rien à faire.

— Mais… Attendez une seconde, pourquoi vous a-t-elle emmené chez Hernia ? Pourquoi vous a-t-elle raconté toute cette histoire ? reprit-il.

— Parce que c'était moi. J'étais le bébé d'Hernia.

Noah écarquilla les yeux.

— Vous ?

— Oui. Je n'ai su la vérité que très tardivement. J'étais déjà vieux.

— Mais où avez-vous vécu tout ce temps ?

— Dans une autre famille. Aimante, heureusement pour moi.

— Ça alors… Vous avez dû être drôlement chamboulé d'apprendre la vérité.

— Oui. Mais les ragots s'étaient puissamment enracinés. Ma seule consolation fut de savoir la vérité, de savoir que ma mère n'était pas folle et qu'elle m'avait aimé.

— Et les gobelins, que pensez-vous qu'ils sont devenus ?

— Repartis dans les entrailles de la Terre, évidemment. Avec leur or.

— Après cela, êtes-vous retourné là-bas ? Dans votre maison ?

— Une seule et unique fois, avec Mathilde, quand elle m'a tout expliqué. J'ai même découvert la pièce secrète. Elle était simplement garnie d'une table et d'un placard.

Il y avait là toutes sortes de bouquins et journaux intimes dans lequel mon père écrivait ses découvertes. Et des objets, certains plus bizarres que d'autres, qu'il avait accumulés pendant des années. Le couteau en argent en faisait partie. Mon père était un incroyable aventurier, malheureusement, son aventure dans les gorges a été celle de trop.

— Mais dites-moi, vous n'avez rien vu d'étrange, rien entendu dans votre maison ?

— Que voulais-tu que j'entende là-bas ? Cette demeure est inhabitée depuis des lustres.

Voyant que Noah gardait son sérieux, il ajouta :

— Un craquement ou deux, peut-être... ce qui n'a rien d'étonnant dans une vieille baraque.

Noah eut soudain un déclic.

— Mais j'y pense. Évidemment qu'il y a quelque chose à faire, ça coule de source.

— De quoi parles-tu ?

— Il faut qu'on retourne là-bas.

— Où ça ?

— Chez vous ! Enfin je veux dire... dans la maison d'Hernia !

— Quoi ? Mais pourquoi? Je n'en ai aucune envie.

— Je vous expliquerai en chemin. Pour une fois, faites-moi confiance, c'est à moi de vous aider.

— Noah... Je suis vieux, et c'est bien trop loin.

— J'ai le moyen de vous y emmener, croyez-moi. Et je pense que le voyage vous plaira.

Installés sur Filondor, Noah et Lagrange prirent la route menant à Castel-Roc.

Le vieil homme sentait le vent s'engouffrer dans ses cheveux, fouetter son visage, et son cœur fatigué battait plus fort que de raison. Mais il s'en moquait, car là-haut dans le ciel il se sentait jeune, comme avant. Et ça lui faisait un bien fou.

* *
*

Alors qu'ils marchaient en direction de la demeure, Noah décida de se confier à Lagrange. Il en avait assez qu'on lui mente, qu'on lui cache la vérité. Et il souhaitait également percer le mystère lié à ses étranges visions.

— Je voudrais savoir. Cette lueur verte qui m'accompagne. Et cette voix très douce, qui me murmure des choses.

— La nature est puissante, Noah. Il arrive qu'elle murmure des choses à ceux qui…

Il s'interrompit.

— Eh bien… Continuez !

— Ce n'est pas à moi de te le dire.

Noah voulut insister mais Lagrange s'était fermé comme une huître. Le spectre de la demeure commençait à se dessiner au loin et l'idée de s'en approcher semblait l'angoisser.

— C'était une erreur de venir jusqu'ici, lança Lagrange en détaillant la maison de toutes parts. Elle est tellement sinistre, cette baraque, tellement froide… Je m'étais juré de ne jamais y remettre les pieds.

— N'oubliez pas que vos parents y ont été heureux un temps.

— Ce que mes parents ne savaient pas c'est qu'ils avaient construit leur maison sur une immense galerie. Suis-moi, je vais te montrer.

Ils avancèrent de quelques mètres, jusqu'à une butée. Là, dans le sol, ils mirent à jour l'entrée d'un trou terreux, bouché et recouvert de mousse.

— Voilà. Un royaume souterrain, farci de gobelins, lança Lagrange avec dégoût. Ces créatures se déplacent en utilisant des tunnels, il est possible que leur royaume s'étende même jusque là-bas, dit-il en pointant du doigt une petite montagne rocheuse. Il faut être prudent quand on construit une maison, on ne sait jamais ce qu'il y a en dessous.

Lagrange tourna son regard vers le ciel, puis vers Noah en fronçant les sourcils.

— La lune bleue est un phénomène rare, tu sais. Elle fait bouger bien des choses. Parfois des bonnes, parfois des mauvaises.

Noah eut une pensée pour Antinéo. Puis il songea aux loups et à la morsure de Dorphin. Un flot d'images lui traversèrent l'esprit.

— Mais, dis-moi maintenant, mon garçon, qu'est-ce qu'on fait ici ? demanda Lagrange.

Noah se décida enfin à cracher le morceau.

— La raison est simple. Quand nous avons passé la nuit ici, nous avons fait des rêves étranges. Et puis nous avons entendu des bruits et senti une présence… Votre mère n'a jamais quitté cette maison, il faut l'aider.

Le vieil homme quitta le chapeau qu'il avait sur la tête et resta silencieux, le regard vague.

— Vous avez entendu ce que je viens de dire ? reprit Noah.

— Oui… oui, j'ai entendu.

— Elle ne sait pas que vous êtes en vie, elle se croit responsable de votre disparition, de la disparition de votre père. Pire même, elle se croit folle !

— Noah, je ne crois pas à ce genre de choses.

— Elle a besoin d'aide, je vous assure. Toutes ces années, seule, abandonnée de tous, humiliée et incomprise… Comment voulez-vous qu'elle ait trouvé la paix.

Le vieil homme se perdit dans ses pensées.

— Qu'y a-t-il, monsieur Lagrange ?

— Eh bien, le jour où j'ai fouillé dans les affaires de mon père, j'ai senti une présence moi aussi. Et l'odeur d'un parfum qui semblait flotter autour de moi. J'ai eu si peur que j'ai pris mes jambes à mon cou.

— Pourquoi vous ne me l'avez pas dit ? Vous voyez, vous savez que j'ai raison. Allons-y, monsieur Lagrange, insista Noah en le prenant par le bras.

Ils firent quelques pas en direction de la demeure, quand soudain la porte s'ouvrit devant eux les invitant à entrer.

À l'intérieur, rien n'avait changé. Une tristesse infinie et des courants d'air frais qui allaient et venaient par les fenêtres.

Soudain une onde de froid glacial les submergea et ils entendirent un vague mouvement dans l'escalier ténébreux. Puis le plancher se mit à craquer dans leur direction, de plus en plus près, comme si quelqu'un se rapprochait.

Il y avait une présence qui semblait les observer.

— Hernia ! Montrez-vous ! s'exclama Noah en balayant la pièce d'un regard circulaire.

Mais la maison resta silencieuse et la voix de Lagrange se transforma en un murmure :

— Il vaut mieux nous en aller, je crois, dit-il d'une voix hésitante.

Il avait à peine fini sa phrase, qu'elle apparut enfin. C'était elle. Sa silhouette vaporeuse flottait dans l'air, mais on pouvait clairement apercevoir sa longue robe et le voile noir qui lui recouvrait le visage.

Il y eut un silence pendant lequel Lagrange resta de marbre, tétanisé.

— Robin ? murmura-t-elle.

Lagrange sentit son cœur s'emballer et Noah réprima un sourire. Il ne l'avait jamais entendu être appelé par son prénom.

Quand elle releva son voile, Noah eut une pointe d'angoisse. Comment le vieil homme allait-il réagir en voyant son affreux visage ?

Heureusement pour lui, il n'en fut rien, Hernia se montra sous son plus beau jour. Elle avait retrouvé son teint de porcelaine et un sourire ravissant animait son visage.

Puis une profonde tristesse sembla l'envahir à nouveau.

— Robin… Je t'ai tant cherché, tant attendu… murmura Hernia d'un air désolé. J'ai… Tout est de ma faute, gémit-elle en sanglotant à nouveau.

Ses craintes s'étant évanouies, Lagrange se décida enfin à lui parler.

— Ce n’était pas de ta faute et tu n’as rien à te faire pardonner. Je vais bien et j’ai eu une belle vie, confia-t-il avec le sourire. Mathilde m’a tout raconté. La lune bleue et les créatures.

— Mathilde…

Le regard d’Hernia sembla s’éveiller.

— Petite Mathilde… Oui… je me souviens maintenant, dit-elle alors que de petits points brillants apparaissaient autour d’elle.

— Il faut que tu quittes cette maison, Hernia, lança Lagrange d’un ton presque autoritaire.

— Partir ? Mais je suis ici chez moi !

Puis elle écarquilla les yeux comme si elle venait de réaliser quelque chose.

— Benjamin ! cria-t-elle affolée.

— Benjamin n’est jamais revenu ce jour-là, il s’est sacrifié pour me sauver. Plus personne ne vit ici depuis des années, Hernia. Tu es seule.

Il y eut un autre silence, plus long cette fois.

Mais étrangement, elle ne se mit pas à sangloter. Elle se contenta d’observer calmement les points brillants qui dansaient autour d’elle. Après tout, n’avait-elle pas assez pleuré toutes ces années ?

Enfin apaisée, elle s’approcha lentement du vieil homme et lui caressa la joue tendrement. Et alors que son parfum musqué s’évaporait autour de son visage souriant, elle disparut, peu à peu, dans un halo de lumière.

Un bruit les fit sursauter, puis un autre. Le sol commença à trembler, la charpente se mit à grincer, craquer, comme si le toit allait se déchirer.

— Partons ! Elle veut détruire la maison, tout va s'écrouler ! s'écria Noah en voyant de grandes fissures apparaître le long des murs. Ils se ruèrent à l'extérieur, et à peine furent-ils sortis de la demeure, que celle-ci s'effondra sur elle-même dans un fracas assourdissant. Au bout d'un long moment, quand le calme fut enfin revenu, Noah et Lagrange s'approchèrent avec précaution. Il ne restait plus rien de la maison à part un amas de poussière, niché au cœur des herbes folles. Ils restèrent silencieux un moment, observant les lieux avec un mélange d'étonnement et de sérénité. Elle s'appelait Hernia, murmura Lagrange d'une voix tremblotante. Et grâce à toi Noah, elle est enfin libre.

8

Odyssée

Nelle formula diverses incantations tout en remuant une mixture qu'elle posa ensuite sur la table.

— Je ne suis pas sûr de moi, bougonna Noah.

— Tu dois pourtant aller de l'avant.

— Comment ? J'ai tout perdu. Et puis…

Il fronça les sourcils.

— À quoi penses-tu ? demanda-t-elle.

— Eh bien… Vous aviez parlé de cinq magiciens. Et nous n'avons tué que quatre loups.

— Je sais, répondit-elle d'un air navré. L'un d'entre eux est sûrement resté là-bas au grand lac. La survie de l'espèce, Noah.

— Mais… l'incantation ?

— Eh bien, espérons qu'elle ait eu raison de lui, sinon, soupira-t-elle, le cycle de la malédiction reprendra son cours. Malheureusement, ces loups sont capables de traverser les siècles sans vieillir.

Ils échangèrent un regard silencieux, mais qui en disait long.

— Qu'y a-t-il encore, Noah ?

— J'ai vu un enfant l'autre jour dans le champ. J'ai essayé de le rattraper mais il s'est volatilisé.

Elle ne réagit pas à cela. Elle fit comme si elle ne l'avait pas entendu.

— J'ai tout gâché avec mon frère, n'est-ce pas ? reprit-il. Je n'ai pas eu confiance en lui, je n'ai pas su le comprendre et maintenant il ne reviendra jamais.

Nelle tarda à lui répondre :

— Ne sois pas trop dur avec toi-même, il ne t'a pas facilité les choses. Ton frère et toi, vous avez cette chose en commun d'avoir toujours oscillé entre deux mondes. Et aujourd'hui vos chemins se séparent.

(À la suite de l'affrontement avec les loups, Ary s'était relevé brutalement sur ses pattes et avait bondi entre les arbres. Lucie, Nelle et Noah ne l'avaient jamais revu.)

— Il faut que je le retrouve !

— Enfin, Noah, il faut que tu lâches prise !

— Mais on doit pouvoir faire quelque chose ! Un remède ou bien un sortilège… Vous y arriverez cette fois, j'en suis certain.

— Non ! Il n'y a plus rien à faire ! Tu l'as bien vu, la magie n'a pas opéré contre sa volonté. Sa passion est plus forte, tu dois l'accepter. Arrête de t'accrocher et de te torturer l'esprit, Ary est parfaitement heureux là où il est.

— Je ne veux pas entendre ça. Ce n'est pas normal.

— Ce n'est pas normal ? Eh bien, je te croyais plus ouvert d'esprit. Depuis quand te raccroches-tu ainsi à la normalité ? Elle est illusion ! On peut être qui on veut et ce que l'on veut à partir du moment où on le décide. Et personne n'a le droit d'intervenir.

Elle soupira :

— Dis-moi, Noah, n'as-tu donc aucune passion ?

Le regard de Noah se perdit dans le lointain et il lui fallut du temps avant de répondre.

— L'océan, dit-il d'une petite voix. J'aime cet endroit, si calme… et tellement puissant…

— Eh bien, je te souhaite un jour de vivre ta passion, Noah. De la vivre pleinement.

— Mais…

— C'est le moment ! affirma-t-elle, mettant ainsi fin à leur discorde.

Elle ouvrit une boîte et en sortit une aiguille, accompagnée d'un fil qu'elle plongea dans la substance noirâtre et visqueuse.

— Eh ! Qu'allez-vous faire avec cette aiguille ? Vous m'inquiétez vraiment maintenant !

— Tu me fais confiance, n'est-ce pas ?

— Oui, mais…

— Ce sera un peu douloureux, je ne te le cache pas, admit-elle. Mais tu es courageux, ça va aller.

Son explication le fit tressaillir.

— Tu peux encore te lever et partir. Tu es libre, Noah. Mais si tu choisis de rester, il faudra que tu ailles jusqu'au bout.

Noah la dévisagea comme il ne l'avait jamais fait auparavant. Elle était si différente des autres femmes de son âge avec tous ses grigris, ses potions et ses croyances étranges. « Sorcière ! » se dit-il en frissonnant.

— Je sais ce que tu penses. Et tu te trompes. Je te l'ai déjà dit, je suis une femme de connaissance, pas une sorcière. Ce mot est terrifiant !

Il saisit l'opportunité de lui poser enfin les questions qui le minaient.

— Pourquoi suis-je si différent des autres ? Tous ces rêves que je fais, mes visions... Pourquoi est-ce que les animaux m'envoient des messages, quelle est cette lumière verte qui m'accompagne ?

— Je pense que c'est le moment.

— Le moment ?

— De te le dire, tu es prêt.

Elle prit un air très sérieux.

— Tu es un messager, Noah.

— Quoi ?

— Un lien entre les esprits de la nature et les humains. La nature elle-même t'a fait ce don. Crois-tu que toutes les aventures que tu as vécues soient le fruit du hasard ? Crois-tu que Filondor se soit lié d'amitié avec toi par hasard ? Tu as toujours eu une vision différente de ce qu'était le monde. Et tu entends même des voix à distance, n'est-ce pas ?

— Oui, ça m'est arrivé, admit-il l'air songeur.

— Ce n'est que le début, l'avenir te tend les bras. Tu vas accomplir de grandes choses et faire de grands voyages.

— Pourquoi moi ?

— Et pourquoi le soleil se lève-t-il donc chaque matin ? dit-elle d'un ton presque moqueur. Ne crois pas que tu sois une exception. Il y en a d'autres comme toi, tellement d'autres... Mais ils n'ont pas conscience de leur don.

— Pourquoi vous ne m'avez rien dit toutes ces années ?

— Parce que tu devais grandir et faire tes preuves.

Elle s'approcha de plus près avec son aiguille.

— Tu es prêt ?

— Je crois que oui... dit-il en posant ses mains sur les rebords du fauteuil. Son instinct lui disait qu'il devrait bientôt s'y accrocher.

— Sois fort maintenant. C'est un beau cadeau que je te fais.

La voix de Nelle changea et devint plus grave, presque méconnaissable. Une odeur forte mais agréable de lavande se dégageait d'elle. On aurait dit qu'elle s'en était aspergée pour l'occasion.

— Ce symbole te protégera et t'aidera à accomplir ton destin. Tu iras loin, Noah, plus loin que tu ne saurais l'imaginer, dit-elle en introduisant l'aiguille dans sa chair.

Noah ferma les yeux et il eut alors une vision.

La créature de l'océan. Elle était toujours aussi belle avec sa chevelure éclatante et ses yeux clairs, sa queue de poisson ondulant dans les profondeurs de l'océan. Et elle lui faisait un signe. Un signe de la suivre.

* *
*

— Le chant de l'Auzon va me manquer... soupira Noah en se penchant au-dessus du pont.

— Pas seulement le chant de l'Auzon, n'est-ce pas ? lui répondit Arthur en souriant.

Le visage de Noah s'assombrit.

— J'ai fait ce que je croyais être juste, mais...

Il s'arrêta net de parler.

Quelque chose, au sommet de la colline, avait attiré son regard. La silhouette d'un loup, tout blanc, qui semblait l'observer.

— Mais qu'est-ce que tu regardes comme ça ? demanda Arthur en se retournant brusquement.

Noah voulut lui expliquer mais c'était déjà trop tard, la silhouette s'était évanouie dans le lointain.

— Noah ! Qu'est-ce que tu as vu ? Noah ! insista Arthur. Alors toi, tu ne changeras jamais décidément, admit-il en secouant la tête.

— Excuse-moi… C'est trop compliqué à expliquer…

— Les complications… Finalement, j'ai toujours eu l'impression que tu aimais ça, ajouta Arthur un sourire au coin des lèvres.

— Merci d'avoir été là, tant de fois à mes côtés.

— Noah, tu es mon meilleur ami. Mais tu sais, moi, le danger et les mystères, ce n'est pas ce que je préfère.

— Je sais, répondit Noah amusé.

Puis il reprit son sérieux.

— Veille sur Lucie, s'il te plaît.

— Ce sera fait. Mais, dis-moi… est-ce que c'est un adieu ?

— Je ne sais pas. Je dois aller de l'avant, plus rien ne me retient ici, répondit Noah en ramassant le sac qu'il avait posé sur le sol.

Arthur le regarda s'éloigner, et alors que sa silhouette disparaissait, il eut l'étrange pressentiment que c'était la dernière fois qu'il le voyait.

*

Noah marcha pendant des jours, s'appuyant sur un bâton pour soulager la douleur de sa cheville qui lui faisait encore mal. Il ne parvenait pas à se débarrasser de la culpabilité qui s'était insinuée en lui. Avait-il fait ce qu'il fallait ? Avait-il pris les bonnes décisions ? Et s'il avait mieux compris son frère, aurait-il pu le garder auprès de lui ?

Et alors qu'il s'engageait dans les bois, il apparut soudainement devant lui « le loup, à fourrure blanche ».

— Ary… murmura Noah d'une voix frémissante.

Dorphin avait, grâce à Nelle, retrouvé son apparence humaine, il était enfin revenu auprès des siens. En revanche, le destin d'Ary avait pris un tout autre tournant. Son désir de liberté et sa passion pour les loups avaient été tellement forts que le garçon avait résisté aux incantations de Nelle.

À la grande surprise de Noah, Ary vint se blottir contre lui. Il était toujours plus grand et plus fort que la normale, cela se voyait à sa puissante constitution, mais les iris de ses yeux avaient changé de couleur. Bizarrement son œil gauche était d'un bleu très intense, alors que son œil droit était d'un marron ambre presque mystique.

Ary était une créature hors du commun. Devenu immortel, il pouvait retrouver son apparence humaine ou se changer en loup lorsqu'il le souhaitait. Mais il était également porteur d'un étrange pouvoir. S'il s'avérait, un jour, qu'il y ait une passion ou une émotion intense entre lui et un humain, il pourrait, sous une pleine lune, en faire l'un des siens. Et il n'aurait pas besoin de mordre pour parvenir à ses fins. Son regard, intense et hypnotisant, suffirait.

Ary et Noah s'assirent près de la rivière et restèrent l'un à côté de l'autre pendant un très long moment. Ary ne lui en voulait plus, c'était évident. Il savourait sa liberté et il était enfin heureux, cela se voyait dans son regard, cela se voyait à la façon qu'il avait de ressentir la brise du vent. Il se sentait vivant.

Quand Noah aperçut un énorme loup, tout brun, qui attendait au loin, il remarqua que ses yeux étaient également vairons, un œil était bleu, l'autre marron, comme si cette singularité physique marquait la particularité d'une nouvelle espèce à jamais partagée entre deux mondes, celui des hommes et celui des loups.

Il comprit alors que son frère n'était plus seul. Ce loup avait senti la présence d'Ary, à des kilomètres de distance, et il était venu le chercher afin qu'il rejoigne sa nouvelle famille.

Noah saisit, ce jour-là, bien des choses qu'il n'avait pas comprises jusque-là, et lorsqu'il vit Ary disparaître dans la forêt, un immense soulagement déferla en lui, anéantissant toute la tristesse et les remords qu'il avait pu ressentir. Il se dit qu'il n'oublierait jamais ce moment, même s'il ne devait plus jamais revoir son frère, et même s'il devait vivre cent vies de plus.

Alors que le soleil s'élevait maintenant au-dessus des vallons et des plaines à peine ensoleillés, Noah reprit de l'énergie et se releva peu à peu, marchant d'un pas plus vif. Sa chemise ouverte laissa alors entrevoir son torse. À gauche, sur sa peau encore rouge, juste à l'emplacement du cœur, un symbole étrange désormais ne le quitterait plus :

« Une magnifique spirale, avec des inscriptions étranges qui tournoyaient à l'intérieur. »

Il était loin d'imaginer que Lucie, saisie de remords, courait à travers champs avec l'espoir de le rattraper à temps. Sa respiration était haletante, ses cheveux blonds ondulaient autour de son cou et les larmes qui coulaient le long de ses joues, s'éparpillaient dans le vent. Elle avait décidé qu'elle lui pardonnerait tout, absolument tout. L'amour avait écrasé toute la colère qui s'agitait en elle.

La jeune fille trébucha plusieurs fois, blessant ses genoux, déchirant sa robe à mesure qu'elle gravissait la colline. Son cœur battait si fort qu'il la faisait souffrir, ses lèvres tremblaient.

À bout de forces, elle parvint jusqu'au sommet, mais c'était déjà trop tard.

Le cœur léger, enfin libre, Noah s'élançait vers de nouvelles aventures.

* *
*

Des années plus tard, Lucie quitta le village et partit s'installer en ville. Elle y créa son propre atelier de couture et retrouva son ami Victor avec qui elle eut une belle vie, même si au fond de son cœur, elle garda jusqu'à la fin de ses jours, une place pour Noah. Arthur, lui, resta à Chaumie et il fut l'heureux père de trois enfants. Nelle eut encore de nombreuses années devant elle, durant lesquelles elle continua à soigner les gens qui l'entouraient.

Et Noah alors, me direz-vous, que devint-il ?

Le récit d'un grand nombre de ses aventures parvint jusqu'au village. Et puis un jour, un chasseur qui s'était rendu au grand lac prétendit avoir vu Noah aux côtés d'une étrange silhouette. D'après lui, ils auraient disparu soudainement, en un éclair.

Évidemment personne ne crut ses dires.

Et pourtant, à des centaines de kilomètres de là, Noah, qui était devenu un beau jeune homme, découvrait enfin la magnifique cité d'Antasia. Cachée au fond d'un immense canyon, il fallait, pour y accéder, franchir le seuil de plusieurs failles étroites qui servaient de passages.

Toute brillante de mille feux, elle apparaissait sous la forme de plusieurs cercles grandissants qui s'étalaient dans le fond marin, tous reliés par des ponts. En son centre, un édifice important : une tour, dont le rôle principal était de contrôler les va-et-vient des vaisseaux circulant sur le site.

Une membrane lumineuse servait de rempart et protégeait la cité des attaques extérieures. Une fois qu'on avait l'autorisation de la tour de contrôle et qu'on l'avait franchie, on pouvait enfin respirer à l'air libre. Les habitations étaient construites sous forme de dômes d'un blanc immaculé et il y avait partout de magnifiques jardins avec des cascades de fleurs et de feuillages jaillissant de toutes parts. De grandes serres servaient à la culture de denrées alimentaires et une centrale avait pour fonction de transformer l'eau de mer en eau douce.

À l'extérieur de la membrane, il existait un autre site, beaucoup plus ancien et complètement immergé, nommé

« Neptunéa ». Des temples très vastes, soutenus par de grandes colonnes, s'étalaient sur plusieurs kilomètres, et au milieu se dressait un immense palais entièrement constitué d'or. L'édifice était doté de nombreuses tours aux formes singulières, avec de grandes terrasses et un point culminant s'élevant à plus d'une centaine de mètres. Sa population, principalement constituée de créatures mi-humaines, mi-poissons, se logeait à l'intérieur de grands coquillages et d'anémones géantes. On pouvait y voir également de nombreux dauphins, des tortues et de magnifiques étoiles de mer. Mais la magnificence de cet endroit était principalement due à son grand nombre de poissons colorés et à la beauté de ses coraux chatoyants.

Devant le palais se dressait une statue impressionnante, d'une taille considérable. Il s'agissait d'un personnage charismatique au regard autoritaire. Ses cheveux longs, sa barbe et ses épaules incroyablement larges lui donnaient l'air d'un dieu. La partie haute de son corps était drapée d'un linge blanc alors que la partie basse se terminait en queue de poisson. Assis sur son trône, il tenait fièrement dans sa main une grande fourche à trois pointes.

Les deux parties de ce site gigantesque se vouaient un respect mutuel et vivaient parfaitement en harmonie, même si leurs habitants ne se mélangeaient que très rarement. En effet, si les Neptuniens avaient le cœur tourné vers les profondeurs de l'océan, les Antasiens eux, avaient le leur tourné vers les étoiles. Ils n'avaient pas les mêmes croyances ni les mêmes rêves. La seule chose qu'ils avaient en commun était un profond désir de paix.

Au fil du temps, Noah découvrit avec joie que la cité d'Antasia était gouvernée par des savants d'une grande sagesse qui consacraient leur vie entièrement à la méditation. Logés dans un édifice sacré, en forme de dôme, il était impossible d'y pénétrer sans en demander l'autorisation. Ces maîtres spirituels guidaient et protégeaient le peuple.

Pour diriger la cité, ils avaient porté leur choix sur un être honorable, fiable et respectueux : Antinéo. Son rôle était d'assurer le commandement des vaisseaux, de protéger les cristaux, mais aussi de veiller au bon fonctionnement et à la bonne coordination de tous leurs projets. Même s'il se déchargeait d'une partie de ses tâches auprès d'autres individus, également choisis par les maîtres, il avait tout pouvoir, toute décision émanait de lui.

Les Antasiens se réjouissaient des devoirs qui leur étaient confiées et ils communiquaient toujours entre eux de façon respectueuse et délicate, la colère était un signe de faiblesse. Grâce à la médiation, qu'ils pratiquaient quotidiennement, leur esprit et leur cœur étaient toujours ouverts à l'autre.

Ils prenaient grand soin de leur descendance. Les enfants étaient réunis chaque jour dans un temple, un lieu où on leur apprenait les mathématiques, les arts et les sciences humaines. Ils étudiaient également la carte des étoiles et des planètes.

Les Antasiens étaient parvenus à contrôler l'énergie des cristaux, ce qui leur avait permis de s'économiser et de gagner en longévité. Aucun horaire n'était imposé, on aurait dit que le temps s'était arrêté. Ces êtres à la carrure à la fois athlétique et élancée mangeaient seulement quand ils avaient faim, mais en prenant le temps d'apprécier chaque bouchée de nourriture. Ils ne pratiquaient pas la chasse sous-marine et ne mangeaient pas de poisson. Jamais. Ils respectaient les animaux marins et n'avaient aucune envie d'offenser le roi neptunien. Ils se nourrissaient principalement de végétaux aquatiques, de plancton et de boissons énergétiques, ce qui expliquait sans doute leur silhouette longiligne ; mais aussi de fruits et de légumes qu'ils cultivaient eux-mêmes dans les serres grâce à un système d'éclairage sophistiqué. Ils étaient même parvenus à faire pousser quelques arbres fruitiers. Ils consommaient aussi des boules confites à base de fruits séchés, qu'ils emportaient absolument partout.

Maîtrisant parfaitement les sciences, les Antasiens avaient construit des vaisseaux impressionnants qui leur permettaient de se déplacer en mer ainsi que dans le ciel lorsque cela s'avérait nécessaire. Mais à Antasia, on ne parlait jamais de la terre ferme. Son souvenir lointain faisait aussitôt ressurgir des traumatismes douloureux qu'on préférait oublier.

Antinéo expliqua à Noah que pour être accepté à Antasia, il devait se soumettre à une série d'épreuves.

Celles-ci se déroulant à Néptunéa, dans la partie immergée, une pilule d'oxygène allait lui permettre de respirer sous l'eau pendant quelques heures, le temps pour lui de mener à bien sa mission.

Une fois que Noah eut pris sa décision, on lui présenta son binôme, un jeune homme du même âge, qui devait lui aussi prouver son courage et ses qualités morales. Il s'appelait Juno.

La première épreuve consistait à se frayer un chemin au milieu d'un grand labyrinthe de corail. Une fois cette étape franchie, il fallait affronter des courants violents, pour enfin atteindre l'impressionnante vallée des coquillages. Cette seconde épreuve était délicate. Il s'agissait de trouver une perle précieuse, toute blanche et brillante. Et s'ils y parvenaient, ils devraient surmonter la troisième épreuve : affronter le propriétaire des lieux, un grand requin blanc dont la férocité était légendaire.

* *
*

Les deux jeunes hommes s'engagèrent dans le labyrinthe, un réseau inextricable de chemins tortueux. Ils devaient se montrer prudents, c'était un parcours semé d'embûches et certains coraux étaient tranchants, la moindre entaille pouvait attirer des prédateurs.

Ils eurent l'impression de tourner en rond et de se perdre. Plus d'une fois, l'angoisse finit par les saisir, par les prendre au cœur et ils commencèrent à paniquer, à penser qu'ils n'y arriveraient jamais.

Sachant que le temps leur était compté, ils durent se concerter un instant et réfléchir sérieusement à une méthode leur permettant d'avancer dans la bonne direction.

Et Noah eut soudain une idée ingénieuse. Ils posèrent leur main sur le mur de corail qui se tenait à leur droite et le longèrent en prenant garde de ne jamais changer de main.

Finalement, au bout d'une interminable succession de virages, ils atteignirent enfin la sortie.

Soulagés, ils échangèrent un bref sourire. Ce labyrinthe avait bien failli les garder prisonniers.

Mais alors qu'ils continuaient leur avancée, un courant contraire les tira brutalement vers l'arrière. La pression était forte, ils luttaient contre un flot jaillissant de bulles et devaient se cramponner à des rochers, les bras tendus, pour ne pas se faire emporter. Désorientés, ils ne savaient pas quoi faire. Devaient-ils faire demi-tour et gagner une zone plus calme en s'accrochant tant bien que mal à des rochers ? Devaient-ils s'efforcer d'avancer sans relâche ou bien attendre patiemment que le courant les laisse enfin tranquille ?

Ils optèrent pour la troisième solution, et ils eurent raison de le faire, car au bout d'un certain temps le courant les lâcha brusquement.

Ils entamèrent ensuite une magnifique balade au travers de failles et canyons, puis, après être passés sous le surplomb d'un immense rocher, ils tombèrent sur l'ancienne épave d'un très vieux navire endormi là depuis longtemps, avec tout autour, un grand nombre d'objets et de débris éparpillés au sol. De gros poissons aux couleurs somptueuses en avaient fait leur habitat. Ils le contournèrent et parvinrent jusqu'à une vaste zone sablonneuse.

C'était l'endroit qu'ils cherchaient.

Partout, de superbes coquillages d'une taille impressionnante. Il y en avait de toutes sortes, de toutes formes, et parmi eux se trouvait un grand nombre d'huîtres géantes.

Noah et Juno commencèrent à chercher la perle, les coquilles étaient lourdes, ils avaient du mal à les soulever. Ils étaient tellement occupés qu'ils ne prêtèrent aucune attention à l'ombre qui venait de passer lentement au-dessus d'eux.

S'il y avait une perle cachée dans l'un de ces coquillages, ils devaient faire vite, car la pilule qu'ils avaient ingérée et qu'il leur permettait de respirer sous l'eau ne ferait bientôt plus son effet, ils risquaient de manquer d'air.

Noah se rappela soudain ce qu'Antinéo lui avait dit dans le vaisseau au sujet des sirènes : « Elles adoraient chanter. »

À la suite de cela, ils se firent tout ouïe. S'il y avait une sirène, où était-elle ? Où se cachait-elle ? Tout était incroyablement silencieux. Ils désespéraient de la trouver.

Noah remarqua un énorme requin, au loin, qui nageait dans le silence. Il le trouva magnifique avec sa gueule puissante et ses belles nageoires en forme d'ailes. On aurait dit qu'il régnait en maître sur les profondeurs, son œil, tout rond, observait leurs moindres faits et gestes.

Soudain ils perçurent un son très faible, qui ressemblait à une petite voix presque imperceptible. Alors Noah et Juno se lancèrent un sourire complice, quelque chose leur disait maintenant qu'ils étaient presque au bout de leur mission. Déterminés, ils nagèrent sur une bonne centaine de mètres, sans remarquer que le requin se rapprochait, et à mesure qu'ils suivaient le son de la voix, celle-ci devenait plus forte, plus claire. Ils n'avaient plus aucun doute, c'était la voix étouffée d'une sirène qui chantait.

La voix mélodieuse les mena jusqu'à de belles huîtres nacrées, mais leurs yeux furent attirés par l'une d'entre elles en particulier, différente des autres, avec des reflets irisés bleu-vert spectaculaires. Leur regard s'illumina, car s'il y avait une perle rare cachée dans une huître, cela ne pouvait qu'être dans celle-là.

Certains d'avoir enfin atteint leur objectif, Noah et Juno soulevèrent délicatement la coquille.

Noah n'en crut pas ses yeux.

C'était elle.

La sirène aux cheveux roux et aux yeux clairs. Il l'avait enfin retrouvée. Tout en souriant, elle tendit son bras vers l'avant et ouvrit délicatement sa main, mettant à jour, au creux de sa paume, une magnifique perle blanche. La perle qu'il leur fallait.

Abasourdi par cette nouvelle rencontre et charmé par son chant mélodieux, Noah se contenta de lui rendre son sourire, sans bouger. Il ne se lassait pas de la regarder. Sa beauté, tellement étrange et particulière, le subjuguait au point qu'il en perdait tous ses moyens.

Mais son binôme, lui, n'avait pas l'intention de perdre du temps avec ces rêveries inutiles. Profitant de son moment d'égarement, Juno arracha violemment la perle des mains de la sirène et s'enfuit avec la ferme intention de la ramener. Il ne prêta aucune attention au requin qui s'était mis à le suivre. Le squale n'était qu'à une dizaine de mètres de lui, il allait le rattraper en un rien de temps.

Furieux à l'encontre de Juno, mais conscient que le requin ne ferait de lui qu'une bouchée, Noah s'élança vers la vieille épave du navire, s'empara d'une pièce en métal et tapa de toutes ses forces contre la coque pour détourner l'attention du prédateur.

Et il y parvint sans problèmes.

Mais alors que Juno s'échappait avec la perle, Noah se retrouva rapidement à la merci du requin qui venait de faire demi-tour vers lui. Il n'avait nulle part où aller, nulle part où se réfugier, et il allait bientôt manquer d'oxygène.

Pétrifié, il resta immobile, regardant avec horreur le squale se diriger dans sa direction. Il le trouva alors beaucoup moins beau, avec sa mâchoire affreuse et son œil noir, glacial, qui le fixait.

L'énorme squale se rapprochait dangereusement. Il n'était plus très loin, Noah se voyait déjà mourir.

Bien heureusement, une chose incroyable se produisit. La sirène refit son apparition, avec ses magnifiques cheveux flottant autour de son visage. Furieuse, elle s'interposa entre eux et se servit de sa fourche à trois pointes pour créer un courant fort et tourbillonnant. Incapable de lutter contre un tel pouvoir, le requin abandonna et se laissa entraîner vers le fond.

Quand Juno revint à Antasia avec la perle, il ne fut pas accueilli comme il le pensait. Au contraire, il fut répudié. Car il ne se doutait pas qu'il y avait une quatrième et dernière épreuve à surmonter, sans doute la plus difficile : « Ne jamais revenir sans son partenaire ». Si c'était le cas, il était préférable de ne pas rentrer du tout.

Pour vivre à Antasia, personne n'avait de droit absolu sur une chose. Il fallait avant tout respecter certaines règles morales ; avoir le sens du devoir et du partage.

* *
*

À court d'oxygène, Noah s'était évanoui. Quand il reprit conscience, il lui fallut du temps pour comprendre où il était. Un silence complet régnait en ce lieu si particulier, si étrange. Deux tritons, des créatures mi-homme, mi-poisson, l'accompagnaient. L'un était à sa gauche, l'autre à sa droite. Où se trouvait-il ? Que s'était-il passé ?

Noah leva la tête et tressaillit en voyant le personnage qui se dressait devant lui.

Couronné d'un magnifique tiaré, cet être surdimensionné était d'une carrure impressionnante et à partir de sa taille, ses hanches s'allongeaient en queue de poisson. Assis sur un trône imposant, recouvert d'or, il regardait Noah d'un air dubitatif, tandis que Gaia se tenait à ses côtés, silencieuse.

Noah observa les lieux avec attention. La salle dans laquelle il se trouvait était immense, et ses façades, également tapissées d'or fin, lui donnaient un éclat extraordinaire. Le sol recouvert d'une mousse verdoyante était parsemé de coraux de couleurs vives et des algues géantes, bleues, rouges et vertes, aussi grandes que des arbres, s'élevaient sur plusieurs mètres.

Pour une raison, qu'il ignorait encore, il se trouvait au palais de Néptunéa. Devant le roi.

Le souverain des mers et des océans le regardait sans savoir quelle décision il allait prendre. Il n'aimait pas les humains, il pensait qu'ils manquaient de sagesse et de courage. Mais surtout, qu'ils étaient source d'ennuis. Si cela n'avait tenu qu'à lui, il se serait débarrassé de Noah en le renvoyant à Antasia ou sur la terre ferme. Seulement voilà, il avait un problème à régler, un problème auquel il n'aurait jamais imaginé être confronté.

Sa fille, Gaia, avait choisi Noah.

En le sauvant d'une mort certaine, la princesse s'était liée à lui, ils ne faisaient plus qu'un maintenant. Pour autant, cela ne suffisait pas. S'il tenait à elle, Noah devait sauver l'honneur de Gaia et lui prouver son attachement en retour.

Le roi se leva brutalement de son siège, fronça ses sourcils épais, serra ses énormes poings et se mit à grogner, à marmonner son mécontentement dans sa barbe volumineuse. Une tempête semblait s'agiter en lui et cela se ressentait aussi à l'extérieur du palais. L'océan était déchaîné et les poissons, terrorisés, se mettaient à l'abri des courants violents.

Mais quand il vit l'immense tristesse qui s'affichait sur le visage de Gaia, il s'efforça de retrouver son calme et de revenir à de meilleurs sentiments. Il se rassit alors sur son trône, affichant un air désolé.

La tempête s'étant enfin apaisée, Noah regarda le roi d'un air inquiet. Cette façon qu'il avait de bouillir brutalement, puis de s'adoucir l'instant d'après, l'effrayait.

Au bout d'un long moment de réflexion, le roi prit enfin sa décision, il offrit à Noah deux choix : partir sur-le-champ ou accepter de devenir l'un des leurs. Dans ce cas, il devrait rejoindre le royaume de Neptunéa et renoncer définitivement à sa vie terrestre. Seulement voilà, il le fit sans dire un mot, sans même se servir de sa bouche, et Noah, incapable de le comprendre, se sentit perdu. Contrairement aux Antasiens qui pouvaient communiquer à distance par la pensée, les Neptuniens, eux, utilisaient uniquement leur ressenti.

Heureusement, Gaia vint à son secours. Patiente, elle lui expliqua les propositions du roi par des gestes, et malgré cela, il fallut du temps à Noah pour déchiffrer ce qu'elle essayait de lui dire. Toutefois, quand il y parvint, il réalisa qu'il était au pied du mur.

Noah songea à mille choses. À sa vie, à ses proches… Il eut une pensée pour chacun d'entre eux, car il savait, au fond de lui, qu'il avait déjà pris sa décision.

Ne sachant pas ce qui l'attendait vraiment, Noah accepta de rester à Neptunéa, car il y avait un lien fort, magique, entre Gaia et lui. Et il éprouvait une envie irrépressible d'être auprès d'elle, quoiqu'il puisse en coûter, et quoiqu'il puisse lui arriver.

Une fois que sa décision de rester eut été prise, le roi se leva brutalement de son trône et brandit son sceptre sur Noah, qui le regarda d'un air effrayé.

Au début, il ne se passa pas grand-chose. Il eut juste un mauvais goût dans la bouche. Mais peu à peu, des spasmes et des douleurs lancinantes commencèrent à se manifester partout dans son corps, jusqu'à devenir insupportables. Incapable de lutter, il se laissa glisser jusqu'au sol et se recroquevilla sur lui-même.

Il avait très froid, si bien que son corps glacé tremblait de façon permanente. Son bassin subissait des tiraillements atroces, ses os craquaient, sa peau semblait se déchirer par endroits et il avait l'impression qu'on lui compressait les jambes dans un étau. Il éprouvait des sensations effroyables de brûlures aux poumons, suivies de pressions intenses, comme si sa poitrine s'enflammait et qu'elle allait exploser. Il bavait et vomissait, ses oreilles saignaient, et parfois, quand l'épuisement venait à bout de sa résistance, il perdait conscience. Par moments, il voyait des ombres s'agiter, des visages affolés s'affairer sur lui comme s'il allait mourir et que personne ne pouvait rien y faire. Son cœur, son âme, son corps souffraient terriblement, rendaient l'âme.

Il se concentra alors sur Gaia, sur son sourire, c'est sans doute grâce à cela qu'il ne sombra pas dans la folie.

* *
*

Noah regarda autour de lui, mais il ne vit rien, à part le néant des eaux profondes. Où était-il maintenant ? Où était Gaia ?

Il eut soudain l'impression de se noyer.

« C'est fini, je meurs ! » pensa-t-il.

Privé d'air et prisonnier d'un corps meurtri, il se débattit pendant d'effroyables secondes apercevant la lumière du soleil qui perçait faiblement la surface de l'eau, et alors qu'il tendait sa main vers elle, les rayons ne pouvant plus atteindre l'endroit où il se trouvait se fondèrent doucement dans l'obscurité.

À bout de forces, Noah ferma les yeux et se laissa sombrer dans les noirs abîmes de l'océan.

*

Quand il reprit connaissance, il fut heureux de trouver Gaia, assise à ses côtés. Des larmes coulaient sur son visage et elle le regardait d'un air soulagé, comme s'il revenait d'entre les morts.

Noah se posait des questions. Que lui était-il arrivé ? Qu'allait-il devenir ?

Allongé sur la coquille d'une huître géante, il observa les poissons qui se déplaçaient sans crainte autour de lui. Puis il tressaillit. Était-ce possible ? Il ressentait de curieuses vibrations, il percevait des ondes, alors qu'un monde inconnu semblait s'agiter autour de lui. Tout cela lui faisait peur, il ne savait pas quoi faire, il n'osait même pas bouger.

Gaia saisit doucement les mains de Noah et les guida jusqu'à l'arrière de ses oreilles, où se trouvaient maintenant deux fentes branchiales. Grâce à elles, il pouvait maintenant respirer sous l'eau.

En touchant de ses doigts tremblotants ses ouïes qui palpitaient et réalisant que ses oreilles ne lui serviraient plus à rien, Noah sentit l'angoisse l'envahir.

C'est alors qu'il se redressa brutalement, cédant à une panique incontrôlable.

« Ses jambes. » Elles avaient disparu, laissant place à une chose gluante remplie d'écailles qu'il regardait d'un air terrifié.

Gaia hocha la tête négativement, tout en le regardant d'un air compatissant. Un air qui disait aussi : « C'est fait, et il n'y a aucun moyen de revenir en arrière. »

Il essaya par tous les moyens de surmonter la vague de répulsion qui déferlait en lui. En vain. Noah aurait tout donné à cet instant pour se débarrasser de cette chose étrange qui lui collait à la peau, il aurait tout donné pour remonter à la surface et rejoindre la lumière.

L'idée violente de mourir lui traversa l'esprit. Ses oreilles étaient devenues inutiles, il n'avait plus de jambes et ses poumons avaient été complètement détruits. Jamais plus il n'aurait froid, jamais plus il ne se tiendrait debout, et jamais plus il ne respirerait à l'air libre. Il était devenu l'un des leurs. Et il le resterait pour toujours.

L'incertitude et l'angoisse que Gaia voyait dans le regard de Noah la rendaient triste, elle se sentait impuissante. Consciente des changements brutaux qui s'opéraient en lui, elle vint poser doucement sa main sur son cœur, puis elle prit celle de Noah qu'elle posa également sur le sien, et ils restèrent un long moment comme ça à se regarder.

Il fallut du temps à Noah pour se calmer et accepter sa nouvelle apparence. Des semaines, peut-être plus, pendant lesquelles il fut terriblement agité et anxieux. Puis il commença à se sentir moins seul, moins effrayé, et quand la terreur fit enfin place à l'exaltation, il put alors s'éveiller à l'univers de sensations et de vibrations qui l'entourait. Un nouveau monde rempli de mystères s'ouvrait à lui, il ressentait l'océan, de tout son être, et c'était un sentiment puissant, d'une incroyable intensité.

Et alors qu'il lui était impossible de poser des mots sur ce qu'il éprouvait réellement, il se fia à son intuition et suivit Gaia en toute confiance, s'abandonnant ainsi à sa nouvelle vie.

*

Noah eut une longue et belle vie dans les profondeurs de l'océan. Si longue que son existence terrestre ne devint plus qu'un vague souvenir.

Et le moment qu'Antinéo et les siens attendaient depuis toujours arriva enfin. Alors que la lune s'était à nouveau teintée de bleu dans le ciel, les cercles de l'immense cité d'Antasia se rejoignirent, se resserrant ensuite autour de la forteresse. La tour se mit alors à émettre des sons étranges et les lumières s'éteignirent peu à peu, plongeant la cité dans l'obscurité la plus totale.

Il y eut d'abord un silence pesant, comme si le temps s'était arrêté. Puis il y eut un vrombissement accompagné d'un bruit sourd, suivi d'une remontée de bulles à la surface comme si quelque chose se préparait à émerger des profondeurs.

L'instant d'après, une dizaine de vaisseaux jaillissaient du canyon et brisaient les flots de l'océan, s'élançant dans le ciel en direction des étoiles.

Et au même moment, au grand lac, un loup monstrueux sortait de sa tanière. Terré à l'intérieur d'un trou profond, il avait échappé aux incantations de Nelle, attendant le moment propice pour se manifester à nouveau.

La malédiction était de retour. À son apogée. Et il éprouvait le désir ardent de créer une nouvelle meute.

Furieux, le loup hurla à la lune et s'élança brusquement dans la forêt.

Il lui fallait maintenant une nouvelle proie.

FIN

Table des matières

J'ai souhaité, à travers ce conte, aborder le thème de la différence, un sujet qui me tenait particulièrement à cœur. Je voudrais remercier mes amis pour leur soutien et je dédie ce livre à mes enfants.